더 크고 높고 알 수 없는 것

광활한 우주의
빛과 어둠이 들락거리는

오래를 위하여

더 크고 높고 알 수 없는 것

김석영 산문집

詩와에세이

더 크고, 높고, 알 수 없는 것

무엇인가 알 수 없는 것이 나를 여기까지 이끌어왔다. 온갖 곳을 다니게 하고, 온갖 사람을 만나게 하고, 온갖 것을 보고 듣고 느끼고 돌아와 글을 쓰게 하고, 이렇듯 한 권의 책으로 만들게까지 했다. 그 존재를 알 수 없기에 두렵기도 하고 피하고도 싶었으나 그것이 내 뜻으로 할 수 있는 것이 아니라는 것을 깨닫고 흔연히 받아들이기로 했다. 그리고 마음이 편해졌다. 몸은 고달팠으나 정신은 명민해지고 넋은 맑아지는 듯했다.

봄날에 만난 늙은 매화나무에 흐드러지게 핀 꽃들이 위안이 되었다. 제주도 마라도의 벼랑 끝에서 자그마한 성당 포르치운쿨라를 만나고 돌아와 내 마음에 심은 갈매나무가 힘이 되어주었다. 어디 그뿐이랴. 내 가까이에서 부족한 나를 언제나 보듬고 챙겨주고 다독여주는 오랜 벗들과 선후배들과 사랑하는 가족이 있어 쓸쓸하지 않았다. 멀리서나마 나를 알아주고 응원하는 또 다른 벗들이 있다는 것도 다행이고 감사한 일이다.

이만하면 된 것 아닌가. 더 무엇을 바라겠는가. 그래도 나무의 몸을 베어 글을 쓰고 한 권의 책을 엮는 일은 떨리고 가슴 벅차고 어깨가 절로 무거워지는 일이다. 글을 잘 쓰는 일보다 잘 사는 일이 훨씬 중요하다는 것을 매번 느끼게 된다. 글이 좋다는 것보다 사람이 좋다는 말이 훨씬 마음에 와닿는다. 내 글을 읽어주고 나라는 사람을 떠올리며 무언가 알 수 없는 교감을 선물해주는 이들을 생각해서라도 허투루 살지 않아야겠다.

몇 해 전 제주도 김녕 해변에서 보았던 눈부시게 맑은 햇살과 푸르디푸른 가을 하늘을 잊을 수 없다. 그때 돌아와 쓴 시의 한 구절을 주문처럼 읊는다. 먼저 떠나간 이들의 넋과 구천을 떠돌고 있을 모든 원혼과 그들을 천형처럼 그리워하며 살아갈 이들의 삶을 위해. 부디 모두들 평안하기를.

가을빛이여 두루두루 비치어
어기야차 온 세상을 오래오래 살리시라

한 권의 책을 만들기 위해 수고를 마다하지 않은 '시와에세이'의 양문규 시인 형님과 여러분, 추천사의 번거로움을 흔쾌히 허락해준 내 소중한 글벗 윤임수, 이종암 시인 그리고 평산 형님에게 깊은 감사의 뜻을 전한다. 나머지는 언제나 그랬듯이 모두 하늘의 뜻에 맡기련다.

2021년 대설 무렵
악양 필경재(筆耕齊)에서

초벽 김석영

차례__

제2부 프란치스코, 갈매나무, 진실

제3부 지역(地域), 로컬, 유역(流域) 문학을 넘어서

제1부

더 크고, 높고, 알 수 없는 것

2018년, 제노사이드 순력기(巡歷記)[1]

서(序)

이때 나는 내 뜻이며 힘으로, 나를 이끌어가는 것이 힘든 일인 것을 생
각하고,/이것들보다 더 크고, 높은 것이 있어서, 나를 마음대로 굴려가는
것을 생각하는 것인데
　　—백석, 「남신의주 유동 박시봉방」, 『백석전집』(실천문학사, 2003) 부분

백석 자신의 얘기일 수도 있는 이 시에 나오는 화자의 마음이 그러했을
것이다. 인생의 막다른 곳에 이르러 자신을 돌아보며 이 모든 것이 어디
에서 비롯된 것인가 되물었을 때, 문득 깨달았을 것이다. '무언가 알 수
없는 것'이 있어 자신을 그곳으로 이끌어갔다는 것을. 과연 "내 뜻이며 힘

---

1) 제노사이드(Genocide)란 집단살해, 특정의 민족이나 집단의 절멸을 목적으로 그
구성원을 살해하거나 생활 조건을 박탈하는 것을 뜻한다. 인종이나 종족을 뜻하
는 고대 그리스어 제노스(genos)와 살인을 뜻하는 라틴어 사이드(cide)의 합성어
다. 1944년 유대인 학자 라파엘 렘킨(1900~59)이 처음으로 제안했다. 한국 현대
사에서도 제노사이드는 해방공간에서 전국에 걸쳐 일어난 비극적 사건이다. 이 글
은 필자가 2018년 대전작가회의 사무국장으로서 전국에 흩어져 있는 비극의 현장
을 차례로 둘러보면서 적어둔 소회를 모아서 정리한 것이다.

으로, 나를 이끌어가는 것이 힘들"게 하는 그것은 무엇인가? 알 수 없다.

그것을 알 듯하면서도 온전히 알 수 없기에 우리네 삶은 언제나 역설적으로 아프고 떨리면서도 신비로운 것이다. 모든 선각자들은 그 아픔과 떨림이야말로 신비롭게도 우리가 존재하고 살아가는 힘의 원천이라는 것을 활연하게 깨달은 자들 아닌가. 이를테면 그것은 노자(老子)와 장자(莊子)의 말을 빌려 '가물한 것[玄]'이며, 붓다식으로 말해 '무상(無常)함'에 대한 통찰이고, 스피노자에 따른다면 우리는 영원히 그것을 온전히 알 수 없다는 것만을 온전히 알 수 있을 뿐이며, 전능한 자유의지를 내려놓음으로써 비로소 참된 자유에 이를 수 있다는 깨달음이다. 나는 이 모든 것의 뿌리가 '역설(逆說)의 진리'에 닿아 있다고 믿는다.

내게도 그런 일이 있었다. 예감할 수는 있었으나 그것이 막상 현실이 되니 아직도 어리둥절함에서 온전히 벗어나지 못하고 있지만 그런 일이 일어났다. 이 글은 2018년 봄부터 2019년 유월까지, 제주에서 광주, 대전, 대구, 여수, 거창, 다시 대전에 이르기까지 참혹한 민간인 학살의 현장으로 "내 뜻이며 힘"과 상관없이 나를 이끌고 온 그 '무언가 알 수 없는 것'에 대한 기록이자 보고서이다.

1. 사월, 제주

그 역사, 다시 우릴 부른다면 ―4·3 70주기 추모 제주 전국문학인대회

지금 제주에는 수백 개의 붉은 동백꽃이 4·3을 추념하며 더욱 붉은 빛으로 벙글어지고 있다. 열띠게 토론하는 동백, 시를 읊는 동백, 노래하는 동백, 눈물 흘리는 동백, 함께 환호하며 웃음 짓고 어깨동무하는 동백들로 하여 사위가 눈부시다.

4·3은 눈물이고 상처고 통한의 역사지만 우리는 언제까지 잊지 않겠다는 기억의 강박 속에만 머물러 있을 수가 없다. 더 이상 4·3이 잊히

는 것을 두려워할 일이 아니다. 어떻게 잊힐 수 있단 말인가. 붉은 동백
이 온몸을 던져 절멸하는 것은 온전히 다시 피어나기 위해서이다.

이제는 어떻게 다시 피어날 것인가를 고민할 때이다. 진상과 책임 소
재를 밝히고 피해자에 대한 보상과 치유를 철저히 하는 것은 그것대로
하면서도 함께해야 할 일이 있다. 기억을 넘어 연대와 평화의 길을 여는
것이다. 어떻게 4·3을 제주의 역사만이 아니라 우리 모두의 역사로 다
시 끌어안을 것인가의 문제다.

어제 남북정상회담을 보며 문득 떠오른 생각이다. 판문점이 분단과 대
립의 상징에서 화해와 평화의 상징으로 바뀌는 것이 어떻게 가능했는가.
비무장지대가 전쟁의 상처가 응어리진 흉물이 아니라 평화를 일구는 마
중물로 바뀌는 일이 어떻게 일어날 수 있단 말인가. 4·3 또한 마찬가지
경우다.

제주에서 북미정상회담을 하게 된다면 어떻겠는가. '미제의 각을 뜨고자
했던' 불온한 섬에서, 인민을 도탄에 빠뜨리고도 핵 놀이를 일삼는 비정상
국가의 지도자와 미제의 지도자가 만나서 평화의 물꼬를 트는 기적 같은
일이 일어난다면 어떻겠는가. 양자가 70년 전쟁의 종지부를 찍고, 제주가
더 이상 학살과 반역의 섬이 아니라 화해와 평화의 섬이라는 걸 만천하에
선언함으로써 제주가 붉은 동백처럼 다시 피어나게 된다면 말이다.

동백이 온몸을 툭 던져 떨어지고 나서야 새로운 몸으로 태어나듯이 제주
가 학살과 원한의 섬이란 이름을 지우고 화해와 평화의 섬으로 새롭게 태
어나기를, 문학이 그러한 시대의 사명에 복무할 수 있기를 손 모아 빈다.

2. 유월, 대전

여름이 온다—2018 대전작가대회

시절은 몹시도 하 수상하나 돌아갈 건 돌아가고 흘러갈 건 흘러가야

한다. 트럼프와 김정은이 만나고 남북관계가 소용돌이치든 지방선거가 코앞에 닥치든 '내로남불'이 판치고 고발과 폭로가 도배를 하든 어떻든. 저마다 처한 시공의 결을 타고 우리는 오늘도 하루를 살아내야 한다.

우리는 6월 23일(토)부터 24일(일)까지 계룡산 동월계곡에서 〈2018년 대전작가대회〉를 개최한다. 더불어 〈국가공권력에 의한 민간인 학살 추모 전국문인 시화전〉을 열 것이다. 세상이 온통 미래를 얘기하고 4차 산업혁명을 고민할 때 우리는 묵묵히 지나온 우리의 고통스러웠던 시간을 돌아보고 '상처와 기억'을 주제로 마음과 뜻을 모으고자 한다.

물론 우리가 미래로 나아가는 문을 닫고 과거로 돌아가고자 이렇게 하는 것은 아니다. 개인사거나 사회 역사적 차원에서거나 끊임없이 되살아나는 '상처의 기억'을 어떻게 하지 않고서는 제대로 살아갈 수 없기 때문이다. 누구는 이제 그만 잊어라, 그만 지워버리라 하지만 도저히 그렇게 할 수 없기 때문이다.

미래로 나아가는 문은 과거로 열린 문이다. 과거를 돌아보는 문은 미래를 향해 열려 있어야 한다고 우리는 믿는다. '상처와 기억'을 주제로 우리 자신과 세상을 향해 던지는 화두에 대해 온 생명이 마음의 문을 열어 귀 기울여주길, 함께 아파해주길, 그럼으로써 더불어 치유되는 '여름이 오기'를 간절히 기원한다.

산내 골령골[2]
―세상에서 가장 긴 무덤 이야기 1

누가 역사의 상흔을 지우려 하는가. 누가 상처 위에 재를 뿌리고 기억

---

[2] (1) 평화통일교육문화센터, 『세상에서 가장 긴 무덤 산내 골령골 ―한국전쟁 시기 대전지역 민간인 학살 연구』(도서출판 문화의 힘, 2016) (2) 「누가 이들을 죽음의 구덩이로 몰았나」, 《한겨레 21》 1218호, 2018. 6. 29. (3) 「대전에서 민간인은 두 번 죽었다」, 《한겨레 21》 1238호, 2018. 11. 22. 참고.

을 박제화하는가. 아우슈비츠는 알고 홀로코스트에 대해서는 분개하면서도 대전의 산내 뼈잿골에 '세상에서 가장 긴 무덤'이 있다는 것을, 한국전쟁 발발 직후 7천여 명의 생목숨이 한 장소에서 동족에 의해 참혹하게 죽임을 당한 일은 알지 못했다. 부끄러운 일이다.

7천여 명 중에 이제 50명 발굴이라니 갈 길이 멀고도 험하다. 진상도 제대로 규명되지 않았고 책임의 문제도 매듭 짓지 못했다. 그런데 벌써부터 기억을 박제화하고 한갓 박물관의 유물로 만들려는 시도가 있다. 상처에서 새살이 돋기까지는 오랜 치유의 과정이 필요하다. 추모공원 하나 번듯하게 만든다고 역사가 바른 길로 들어서는 것이라면 역사를 바로 세우는 일이 무엇이 힘든 일이겠는가.

어떤 여자가 아우슈비츠 기념관을 방문해 눈물을 흘리고 줄곧 악몽에 시달리느라 잠을 이루지 못한다면, 그녀는 아마 희생자의 딸일 것이다. 반면 관광객다운 호기심으로 모든 전시물을 구경한 뒤, 홀로코스트란 잔혹하기 짝이 없는 사건이며 다시는 반복돼서는 안 된다고 교양 있게 말한다면 그녀는 아마 나치 전범의 딸이거나 손녀일 것이다.(볼프강 슈미트 바우어)

제노사이드, 골령골, 진실

대전의 '산내 골령골', 수많은 뼈가 묻혔기에 '뼈잿골'이라고도 불리는 그 이름은 우리 모두가 부르고 또 불러야 할 역사의 '주문'이다. 한국전쟁 발발 직후(1차: 50년 6월 28일~30일, 2차: 7월 3일~5일, 3차: 7월 16일~17일) 국가 공권력에 의해 자행되고 은폐되었던 민간인 학살의 비극을 소환하여 원혼을 위로하고 상처를 치유하며 또 다른 비극을 예방하기 위해서이다. 참혹하지만 결코 잊지 말아야 할 기억이다.

해방 후 대구에서 출발하여 제주, 여수, 순천, 거창 등지로 이어져 온 광란의 학살극은 대전 '골령골'에 이르러 정점을 찍는다. 그것은 끔찍하게도 '세상에서 가장 긴 무덤'이라 불릴 만큼 충격적인 방식으로 한 장소에서 연거푸 벌어진 제노사이드, 집단 학살이었다. 당시에 희생되었던 최대 7천 명의 원혼은 구천을 떠돌며 지금도 온전히 눈을 감지 못하고 있을 것이다.

전국에서 검거되어 대전형무소에 수감된 좌익 분류자, 장기기결수, 미결수 등과 대전 근동의 보도연맹 관련자 등이 그곳으로 끌려왔다. 미군은 곁에서 지켜보며 사진을 찍고 대한민국 군경이 인근 주민들을 동원해 최대 200m에 이르는 구덩이를 파고 지휘관들이 두려움에 떠는 병사들을 뒤에서 총으로 위협하며 학살을 저질렀다. 미군이 나서지 않은 것은 그럴 뜻이 없었던 것이 아니고 아직 전시 작전권이 이양되기 전이었기 때문이었다. 대량학살의 명령자가 누구였는지는 아직도 온전히 밝혀지지 않고 있다.

학살은 다시 보복 학살을 낳았다. 같은 해 7월 21일 북한 인민군이 대전을 점령하자 골령골에서 벌어진 학살에 관여한 군경 포로, 우익 인사들, 공무원, 서북청년단을 잡아 대전형무소 등지에 가뒀다. 그리고 인천상륙작전으로 전황이 바뀌어 대전을 버리고 퇴각하게 되자 이들 또한 어김없이 학살을 자행하였다. 9월 25일부터 26일까지 대전형무소 등지의 수감자들을 야산이나 우물에 끌고 가서 처형했다. 총살 이외에도 산 채로 우물에 처넣었다고 하는데 지금 대전형무소 터에 그 우물이 그대로 남아 있다. 그렇게 또 1,500여 명이 참혹하게 목숨을 잃었다.

학살은 군인, 경찰과 미군 등 우익 세력에 의해서만 자행된 것이 아니었다. 학살을 주고받은 것이다. 한국전쟁 발발 직후 북한 인민군이 남쪽으로 밀고 내려올 때 후퇴하면서 좌익 및 민간인을 대량학살한 가해자는 명백히 우익이었다. 하지만 전세가 역전되자 이번에는 반대로 인민군이 퇴각하면서 학살 관련자 및 군경 포로자들을 대량학살하였다. 학살은 또 다른 학살을 낳고 죽음은 또 다른 죽음을 불러왔다. 사람이 사람을 죽이고 다시 그 사람을 또 다른 사람이 연이어 죽이니 땅이 수많은 주검을 안은 채 피눈물을 토해내고 그 참혹한 광경에 하늘마저 눈을 돌렸다.

　　남한 군경이 저지른 대전형무소 수감자 살상이 불과 두 달 전에 일어났는데, 북한 군경에 의한 학살이 또다시 벌어졌다. 대전형무소에는 1,500명가량 수감됐다는데, 생환자들의 진술을 종합하면 1950년 9월 25일 새벽부터 수감자들을 용두산·도마리·탄방리 등 형무소 외부로 끌고 가 총살한 다음, 25일 밤에는 형무소 내부에서 나머지 수감자들을 총살했다. 대전형무소와 수도원 수감자들이 처형된 다음 날인 9월 27일 새벽 3시께부터 5시까지, 경찰서에 수감돼 있던 미군·국군·경찰 포로들이 경찰서 마당에서 희생됐다. 인민군과 내무서원들은 한국인 포로의 총살을 시작으로 미군 포로, 마지막으로 부상자들을 총살했다.

　　북한에 의한 민간인 학살이 대전에서만 벌어졌던 것은 아니다. 전라도 여수·영광, 충청도 청주·공주, 경상도 함양·산청, 경기도 양평·가평, 강원도 원주·강릉 등 남한 각지에서 인민군이 후퇴할 때 학살이 일어났고, 북한 지역인 함흥, 원산 등지에서도 대규모 학살이 자행됐다. 북한에 의한 민간인 학살은 한국 군경에 의한 민간인 학살보다 규모가 작았고 시기적으로도 한국 군경의 민간인 학살이 먼저 시작됐다는 차이는 있지만, 학살 양상은 남북한이 크게 다르지 않았다. 법 절차 없는 즉결 처형, 증오에 기초한 집단학살이 일어났다. 남한은 '빨갱이'를 색출하고, 북한은 '반동분자'를 뿌리 뽑으려 했지만, 그것은 학살이라는 잔혹한 방식으로 이루어졌다. '빨갱이'나 '반동분자' 같은 이념 가르기는 국가에 의한 일방적 규정이었고, 동전의 양면이었다는 점에서 차이가 없었다.

전선이 남북으로 오가는 동안 군경의 민간인 학살은 그치지 않았다. 점점 높아지던 증오와 적대감은 1·4 후퇴 때, 또다시 민간인 희생을 불렀다. 가해자는 주로 국군, 미군, 인민군이었다. 중국인민지원군에 의한 민간인 희생은 거의 찾을 수 없다. 이는 '전쟁 상황에서 민간인 희생은 어쩔수 없다'는 주장이 별 근거가 없는 것임을 알려준다.

　　─「대전에서 민간인은 두 번 죽었다」, 《한겨레 21》 1238호, 2018. 11. 22.

양비론(兩非論)을 펴자는 게 아니다. 한국전쟁의 양상이 달랐다면 어떤 결과가 나왔을지 예측하기 어렵다. 국군과 미군이 먼저 북한 지역으로 들어갔다면 북한도 우익 세력과 민간인들을 그렇게 대량 학살했을지 말이다. 분명 인민군의 철수시 일어난 학살 관련자 및 군경, 미군 포로들의 학살은 남한의 선제 학살에 대한 '보복성'이 강했다. 남한의 그것보다 규모도 훨씬 작았고, 뒤늦게 참전한 중공군에 의한 학살은 확인되지 않았다. 하지만 우익과 좌익 모두 학살의 양상은 똑같았다. "법 절차 없는 즉결 처형, 증오에 기초한 집단학살"이 저질러졌다.

그렇다면 국가권력에 의해 대전 골령골 및 남한 전역에서 일어난 참혹한 학살의 진실을 덮거나 왜곡하려는 어떤 시도에 대해서도 분연히 저항해야 하듯이 북한 인민군에 의해 자행된 학살의 진상을 외면하거나 왜곡하려는 어떤 의도에 대해서도 마찬가지로 거부해야 한다. 남한 국가권력에 의한 선제 학살의 책임을 명백하게 하면서도 북한 인민군의 학살로 인한 피해자가 존재한다는 것도 외면해서는 안된다. 그렇듯 남북과 좌우를 넘어서서 모든 사실이 낱낱이 밝혀지고 온전히 드러날 때에야 비로소 진실한 화해와 상생도 가능한 일 아닌가. 제주 4·3 평화기념관에도, 골령골에 들어설 '새로운' 평화기념관에도 그런 정신이 흘러넘쳐야 나는 진정한 평화가 이뤄질 거라고 생각한다.

역사의 지층에서 감춰진 진실을 캐내고 그것을 통해 과거의 상처와 아품을 딛고 넘어서서 새로운 역사를 이뤄가는 일은 학살의 강도만큼이나 참혹하고 지난한 일일 수밖에 없다. 하지만 고통스럽다고 언제까지 회피할 수만은 없다. 우리가 그 고통을 외면할 때 우리 다음 세대가 감당해야 할 고통의 몫은 배가된다. 전쟁이 일어나지 않는다고 반드시 평화가 실현되고 있는 것은 아니다. 언제든 다시 참혹한 일이 벌어질지 모른다는 불안과 공포는 남북과 좌우를 막론하고 전쟁 자체만큼이나 우리 모두의 삶을 끊임없이 잠식하여 피폐하게 만든다.

데이비드 밀러, 임재근, 정진호
―세상에서 가장 긴 무덤 이야기 2

지난봄 〈제주 4·3 70주년 추념 전국문학인대회〉에 참석하기 위해 나간 청주 공항에서 푸른 눈의 영국인 청년 데이비드 밀러 박사를 처음으로 만났다. 그로부터 세상에서 가장 긴 무덤, 골령골 이야기를 들었다. 그는 정진호 PD가 만든 골령골 추모 다큐멘터리에 평화통일교육문화센터의 임재근 선생과 함께 출연하였고 그의 고국인 영국에 돌아가 다큐를 상영할 계획이라고 했다.

다큐는 5월 18일 대전에서 제작 시사회를 했고 5월 29일 영국 런던대학 SOAS에서 상영되었다. 우리 대전작가회의에서도 6·23 대전작가대회에서 다큐를 상영하였고 그와 임재근 선생이 찾아와 작가들과 재회의 기쁨을 나누며 깊은 대화를 했다. 덕분에 하마터면 빛을 보지 못할 뻔했던 전국의 문인이 보낸 25점의 추모 시화를 모아 〈국가 공권력에 의한 민간인 학살 추모 전국문인시화전〉도 함께 열 수 있었다.

그리고 지난주 〈6·27 산내민간인 학살 통합위령제〉에서 그와 임재근 선생과 정진호 PD를 모두 만날 수 있었다. 간밤에 쏟아부었던 장맛비는 온데간데없고 밝은 햇살이 쏟아지는 행사장에서 묵묵히 위령제를 지켜보는 푸른 눈의 영국인 청년 데이비드를 바라보는 내 마음이 울컥했다.
행사장을 에워싸듯 걸려 있는 추모 시화들 한 귀퉁이에서 내가 쓴 시 한
편도 눈시울을 적시고 있었다.

무엇이 우리를 이곳으로 이끈 것인가
제주의 붉은 동백이 한라의 피만 머금은 게 아니란 걸
대전의 산내 뼈잿골에 세상에서 가장 긴 무덤이 있다는 걸
알게 된 것은 참으로 기가 막힌 인연이었다

무엇이 그를 이곳까지 이끈 것인가
푸른 눈의 젊은이가 천만 리 머나먼 이역의 땅에서
세상에서 가장 길고도 참혹한 무덤이 있다는 걸
알게 된 것은 얼마나 기가 막힌 일이었던가

제주 곶자왈의 붉은 동백 수천 송이가
마지막 남은 피까지 토해내며 절멸하던 날
교래 북받친 밭 이덕구 산전에 이르는 길을 함께 걸었다
무엇이 대전에서 제주까지 다시 이곳 산내 뼈잿골까지
그와 우리가 만나 한길을 걷게 만든 것인가

산내 뼈잿골 세상에서 가장 긴 무덤에는
세상을 구원하고자 했으나 세상으로부터 버림받고
죽음보다 참혹한 구덩이 속에 처박혀 얽히고설킨 채
육십팔 년을 잠들지 못하는 뼈의 원혼들이 있다

무엇이 우리를 이곳으로 이끈 것인가

무엇이 푸른 눈의 젊은이를 이곳까지 이끈 것인가

무엇이 이렇듯 그와 우리가 만나 한길을 걷게 만든 것인가

　　　　—졸시, 「세상에서 가장 긴 무덤—산내 골령골 민간인 학살 추모 다큐멘
　　　　　　　　　　　　　　　　　　　　　　　터리에 부쳐」 전문

3. 구월, 대구

세상에서 가장 긴 무덤—대구 10월 문학제

며칠 전 생각지도 않았던 소식이 날아왔다. 내가 쓴 대전 산내골령골 민간인 학살 추모시 「세상에서 가장 긴 무덤」이 대구 10월 문학제의 표제시로 선정되어 시첩의 제목으로 쓰게 됐다는 것이다. 대구경북작가회의에서 10월 문학제 때 항쟁의 정신을 기리는 시첩을 만든다기에 시를 보내놓고는 아무 생각도 없었는데 뜻밖의 일이었다.

위 시는 정진호 PD가 만들고 영국인 데이비드 밀러 박사와 평화통일교육문화센터의 임재근 선생이 출연한 추모 다큐멘터리 「세상에서 가장 긴 무덤」을 기념하고 산내 골령골에서 참혹한 죽음을 당했던 이들을 추모하기 위해 쓴 것이다. 이 영광(?)의 대부분은 데이비드 박사와 임재근 선생, 정진호 PD의 몫이다. 그들과의 인연이 오늘을 만들었다.

그나저나 표제시로 뽑힌 덕분에 문학제에서 시낭송을 해야 한다는데 덥석 받아놓고 나니 걱정이 태산이다. 대구경북작가회의 사무국장님 왈 "이참에 시낭송 데뷔하시죠." 연예계 데뷔도 아니고 이 무슨 얄궂은 일이란 말인가. 아무튼 이왕지사 마음을 다져 먹고 담담하게 해보련다. 그때 참혹하게 죽어간 7천여 명의 원혼들을 생각한다면 무엇인들 못하겠는가.

4. 시월, 여수

아픔, 기억 그리고 치유—여순 70주기 추모 여수 전국문학인대회

제주의 푸른 바다에는 붉은 동백의 그늘이 사계절 핏빛으로 드리워져
있다. 이산하 시인은 "그 아름다운 제주도의 신혼여행지들이 모두 우리
가 묵념해야 할 학살의 장소"라며 통곡했다. 이름처럼 아름다운 바다를
품고 누워 있는 여수(麗水) 또한 그러했다. 여수의 바다는 호수처럼 잔잔
하고 눈부시도록 맑고 푸르렀으나 학살과 통곡의 검은 그림자가 곳곳에
드리워져 있었다.

70년 전 여수와 순천을 휩쓸고 간 참혹한 학살에 꽃잎처럼 스러진 원
혼들을 추모하고 아픔을 치유하기 위해 전국의 문학인들이 한자리에 모
였다. 반목과 질시와 눈빛 번뜩이는 아픔을 딛고 한국작가회의와 한국문
인협회가 화해와 상생의 꽃을 함께 들었다. 이곳에 참석하지 못한 이들
도 마음은 하나일 것이다.

동해 서해 남해가 모두 한 바다이듯이 죽음을 애도하며 학살의 만행을
규탄하고 새로운 평화의 역사를 만들어가는 데 남남이고 제각각일 수가
없다. 자명하지 않은가. 여수의 밤이 핏빛으로 물들었던 그날의 비극이
다시 일어나서는 안 된다는 것은, 제주도 부산도 광주도 대구도 대전도
청주도 서울도 그 어느 곳이라도 다시는 학살의 역사가 되풀이되어서는
안 된다는 것은.

남풍이 불었다
저 멀리 푸른 바다 영등바람이 불었다
한 맺힌 제주할망 눈물바람 불었다
시월의 황금 물결 갈바람이 불었다
여수의 갈바람도 피바람으로 불었다

(중략)

다섯 번에 또 다섯 번
쏴 죽이고, 장작 덮고, 기름을 붓고
그렇게 일백이십오명이나
생때같은 목숨들을 도륙하고 불 질렀다

사흘 밤낮 타는 것을 지켜보다가
바윗돌을 굴려다 덮어버렸다
시커멓게 엉겨 붙어 형체 잃은 주검을
낱낱이 수습할 수 없었던 통한의 유족들은
천만 근 연좌 무덤 독담불에 몰래 가서
그렁그렁 흙을 덮고 형제 묘라 불렀다
　　　　―김진수, 「형제 무덤」, 『좌광우도』(실천문학사, 2018) 부분

5. 시월, 거창
덕유의 가을, 인연, 유용주―거창 평화인권예술제

어제 아침 가쁜 숨을 몰아쉬며 덕유산 빼재를 넘어왔다. 거창에서 무주로 가는 37번 국도는 해발 900m의 백두대간 고개를 넘고도 무주 나들목에 이르기까지 구불구불 한참을 더 미끄러지며 이어진다. 일정 때문에 서둘러 거창을 떠나야 했다. 일행의 아쉬운 마음을 헤아리듯 덕유의 가을은 깊고 넉넉한 품으로 떠나는 우리를 다독여줬다.

거창 평화인권문학상을 받은 유용주 시인 형님과의 인연이 이 길을 달리게 만들었다. 22년 전 10월 27일은 내가 백 년 가약을 맺는 날이었다. 그날 아침에 충남 서산의 한창훈 작가 형 집에서 시인 형님을 처음 만났

더랬다. 그리고 22년이 흐른 10월 27일, 아내는 이곳에 없지만 알 수 없는 무언가가 다시 우리를 만나게 하였다. 반갑게 맞아주고 이름을 불러주는 형님의 마음이 덕유의 품 같았다.

덕유산 빼잿길을 넘어오는 것만 숨이 가빴던 것은 아니다. 2018년 봄부터 가을에 이르기까지 달려온 길을 굽어보니 다시 숨이 가빠온다. 4월의 제주, 6월의 대전 산내 골령골, 9월의 대구, 10월의 전남 여수, 그리고 또 시월의 경남 거창에 이르기까지 알 수 없는 무언가가 나를 불러내 학살과 항쟁의 역사 한복판으로 이끌었다.

그제 밤은 남덕유 자락 고제면에 들어선 거창귀농학교에서 여장을 풀었다. 장년의 사내 작가 여섯이 한곳에서 먹고 마시고 떠들고 한방에서 자고 뒹굴며 잊지 못할 시간을 보냈다. 거창작가회의와 거창귀농학교에서 베풀어준 환대와 후의에 감사드린다. 모두가 유용주 시인 형님과의 인연이 만들어준 귀한 선물이었다.

덕유(德裕)의 가을은 이름처럼 깊고 넉넉하였다. 사위는 온통 오색 단풍의 장엄한 사열이었다. 하지만 제주와 여수의 아름다운 풍광 속에 학살과 항쟁의 피 냄새가 배어 있듯이 이곳도 마찬가지리라. 한라와 지리가 그러했듯이 덕유 또한 피 흘리며 세속의 악다구니를 피해 산으로 숨어들어온 이들을 말없이 품고 보듬었을 것이다.

산마루 쪽은 벌써 겨울이 오고 있는 듯 잎을 다 떨궈낸 나무들이 잿빛으로 서 있었다. 이토록 가슴 벅찬 가을 산도 머지않아 핏빛을 지우고 순백의 뼈로 누울 것이다. 내가 지나간 전후로 그곳 어딘가에 첫눈이 왔다는 소식이 들렸다. 올여름이 그러했듯이 올겨울은 유난히 춥다는데 아무쪼록 세상의 양민들과 구천을 떠도는 원혼들이 편히 쉴 수 있기를 빈다.

세상의 낮은 곳에서 겨울을 준비하는 뭇 생명들과 함께하는 것은 글을 쓰는 자들의 숙명이리라. 나를 어딘가로 이끌어내고 누군가와 만나게 하는 알 수 없는 무언가란 그런 것이 아닐까. 자연은 말없이 우리를 일깨

위준다. 제주와 여수의 붉은 동백은 절멸의 순간에 가장 아름답게 피어나고, 덕유의 가을은 벌써부터 겨울과 봄을 준비하기에 바쁘다.

　　언제나 절정은 절멸을 품고 있고
　　절멸은 또 다른 시작으로 이어진다.

6. 다시, 산내 골령골
치유와 평화를 위한 대전지역 문학순례—뼛조각 하나

　지난 일요일 〈치유와 평화를 위한 대전지역 문학순례〉의 마지막 여정이었던 산내 골령골, 이른바 뼈잿골에서 주운 '뼛조각 하나'가 내 마음속에 들어앉아 떠날 줄을 모른다.

　저 뼛조각도 그때 누군가의 몸을 이루고 있던 일부였을 거란 생각을 하니 마음이 소금을 흩뿌린 듯 저며왔다. 하지만 아직도 유해 발굴은 제대로 이뤄지지 못하고 있다. 이곳을 제주 4·3 평화공원처럼 평화의 성지로 만들어야 한다는 여론이 모여 추진사업이 결정되었으나 이런저런 이유로 사업은 아직도 지지부진하다. 여기저기 흩어져 뒹구는 뼛조각을 보노라니 무엇보다 유해 수습과 발굴이 시급해 보이는데 말이다.

　학살터 한쪽에 초라하게 서 있는 추모비를 상처투성이로 만든 장본인이라 짐작되는 옆 교회당 첨탑 위에 까마귀 한 마리가 한동안 앉아 우리를 내려다보고 있었다. 광주전남작가회의 사무처장인 주영국 시인 형이 아마도 그때 희생된 영령이 아닌가 싶다고 말했다. 나도 그리 여겨졌다.

　2018년부터 2019년까지 나에게는 참 특별한 일이 벌어지고 있다. 모든 게 대전작가회의 사무국장이 되어 생긴 일이지만 2018년 봄 제주 4·3에서 시작하여 유월의 산내 골령골, 가을의 여수, 대구, 거창을 거쳐 다시 올해 산내 골령골에 이르기까지 한국 현대사의 참혹한 기억인 민간인 학살의 현장을 두루 돌아보면서 무언가가 나와 우리를 이끌고 있다는 생각을 떨쳐버릴 수가 없었다. 정말 무엇이 우리를 이곳까지 이끈 것인지. 우리에게 무엇을 하라고 말하고 있는 것인지.

이날은 또 신동엽 시인 50주기 기일이었기에 위령제를 지내는 우리 일행을 굽어보듯 산기슭에 붉게 피어 있던 진달래 무리도 예사롭지가 않았다. 돌아오는 버스 안에서 오늘 여정에 대한 소회를 나누는데 참가자 여럿이 뼛조각 얘기를 꺼냈다. 누군가는 그것을 시로 쓰고, 소설로 쓰고, 또 다른 글이나 어떤 식으로든 세상에 그 참혹한 아픔의 이야기를 전할 수 있다면, 그리하여 아직도 온전히 잠들지 못하고 구천을 떠돌고 있을 영령들의 원한을 씻을 수 있다면 바랄 것이 없겠다.

대전작가회의에서는 2019년 6월 27일 69주기 위령제에 맞춰 다시 이곳에서 2018년에 이어 〈전국문인 추모시화전〉을 연다. 9월 28일에는 전국에서 모인 작가들과 함께 충남 부여에서 〈신동엽 시인 50주기 추모 전국문학인대회〉를 열고 다음 날 다시 이곳을 찾을 것이다. 그것이 결코 다는 아니겠지만 이 또한 부름에 대한 응답이자 작은 실천이 되는 게 아닐까.

엊그제 갑자기 여수작가회의에서 연락이 와 원고 청탁을 받았다. 그 또한 알 수 없는 무언가의 뜻이 아닌가 싶었다. 내용은 자유 주제였지만 제주에서 여수, 대구, 거창, 산내에 이르는 그 모든 것을 글로 쓰라는 뜻이 아닌가 싶었다. 걱정이다. 내가 과연 그것을 온전히 해낼 수 있을지…… 진정 영령들의 뜻에 값할 수 있을지…….

69주기 대전 산내 민간인 학살 합동위령제
세상에서 가장 긴 무덤 이야기 3
비님이 오신다. 하늘도 슬프고 원통한 것이다. 69년 전 한국전쟁이 발

발한 직후 통한의 대량학살이 대전시 산내면 골령골에서 벌어졌다. 3차
례에 걸쳐 최대 7천 명에 이르는 민간인들이 국가권력에 의해 학살되어
'세상에서 가장 긴 무덤'이라는 구덩이에 파묻혔다. 아직도 수많은 주검
이 그곳에 파묻힌 채 버려져 있으며 골령골 여기저기에 뼛조각이 흩어져
나뒹군다.

그날도 오늘처럼 밤새 비가 추적추적 내렸다고 한다. 날이 밝으면 참
혹한 학살이 시작될 것이다. 다음 날 아침 비가 그치고 난 뒤에 자행될
피의 학살을 꿈에도 생각하지 못했을 이들이 이승에서 보낸 마지막 밤은
어떠했을까. 창밖으로 내리는 빗소리를 듣는 그들의 마음은 어떠했을까.
주검을 파묻은 구덩이에서 연신 핏물이 배어 나와 구덩이를 덮은 흙이
질척하였고 일대에 오래도록 피비린내가 진동했다고 한다. 나는 오늘 온
전히 잠을 이룰 수 있을까.

대전 산내 골령골에서 위령제가 열리고 있다. 위령제는 '합동위령제'
다. 제주를 비롯한 전국에서 유족들이 모였다. 희생자의 출신지가 전국
방방곡곡에 흩어져 있기 때문이지만 위령제가 열려야 할 곳이 이곳만이
아니기 때문이기도 하다. 그 무렵 제주, 여수, 순천, 대구, 거창, 공주,
천안 등등 전국 방방곡곡에서 학살이 자행되었다. 학살은 더러 보복 학
살을 부르기도 했고 온 나라를 둘로 가르고 피로 물들였다. 정말 '세상에
서 가장 긴 무덤'이 따로 없었다.

위령제가 단지 구천을 떠도는 영령을 달래는 뜻만 있는 것은 아닐 것
이다. 원혼을 불러내 술잔을 올리고 축문을 읽고 시를 읊고 마음을 모아
기도하며 다시금 영령들 앞에 다짐하는 일이기도 하다. 다시는 이런 참
혹한 비극이 일어나서는 안 된다는 것을, 그러기 위해서는 학살의 진상
이 낱낱이 밝혀져야 하며 책임을 물을 건 묻고 따질 건 따져서 역사 속
에서 그 뜻이 온전히 드러나야 한다는 것, 나아가 사람이 사람답게 살
수 있는, 나라다운 나라, 정의와 평화가 강물처럼 흐르는, 완전히 새로운

나라를 만들어야 한다는 것을.

인연(因緣)

붉은 동백이 넋처럼 스러지던 2018년 4·27 제주 전국문학인대회에 작가들과 동행한 푸른 눈의 한 젊은이가 있었다. 데이비드 밀러 박사. 한국인보다 더 한국 근현대사의 질곡과 상처와 아픔을 잘 알고 있고 그 아픔을 치유하기 위해 애쓰고 있는 이 영국인 청년으로 하여 나는 우리네 지역의 이야기면서도 남 일처럼만 여겼던 대전 산내 골령골의 참혹한 비극에 비로소 눈을 돌릴 수 있었다.

데이비드 박사는 평화통일교육문화센터의 임재근 선생, 팟캐스트 〈아는 것이 힘이다〉의 정진호 PD와 함께 「세상에서 가장 긴 무덤」이란 다큐멘터리를 만들었고 이를 자신의 고국인 영국에까지 가져가서 상영을 하게 된다. 그를 만나고 돌아와서 대전작가회의는 산내 골령골에서 열린 68주기 추모 위령제에 맞추어 〈국가공권력에 의한 민간인 학살 추모 전국문인시화전〉을 열게 된다. 무엇이 그와 우리가 만나서 한길을 걷게 만든 것인가.

그리고 오늘 또 한 명의 영국인 할머니로부터 나는 한없는 고마움과 부끄러움과 말할 수 없는 인연의 곡진함을 다시금 느끼고 배우게 되었다. 그녀의 남편인 고(故) 앨런 위닝턴(Alan Winnington 1910~1983)은 한국전쟁 당시 종군 기자로서 산내 골령골의 참상을 취재하여 세상에 알리는 결정적인 역할을 하였다. 아무도 세상에 그 엄청난 학살의 참상을 알릴 용기를 내지 못하고 있을 때 그가 자신의 모든 것을 걸고 그 일을 해주었다. 골령골의 참상을 나치의 유대인 학살에 빗대어 고발하는 글을 썼으나 전쟁 당사자는 이를 묵살하였고 그는 "영국 정부로부터 반역자로 낙인이 찍혔다."

"진실을 폭로했다는 이유로 20년 넘게 자신의 나라에서 추방 당"했으며 "한국전쟁에서 본 고통과 비참함으로 인해 평생 트라우마를 안고 살"아야 했다. 그는 이미 세상을 떠났지만 다행히도 아내 에스타 위닝턴이 87세의 고령에도 이토록 정정한 모습으로 우리를 찾아올 수 있었다. 그녀는 데이비드 박사가 그랬듯이 머나먼 이국땅에서 바다를 훌쩍 건너와 우리와 함께 69주기 추모 위령제에 참석하였다. 기가 막히지 않은가. 무엇이 그와 그의 아내와 데이비드와 우리가 이렇게 한자리에서 만나 한길을 걷게 만든 것인가.

결(結)

돌이켜 보면 2018년 봄 제주에서 시작해서 대전, 광주, 대구, 여수, 거창, 다시 대전에 이르기까지 내가 제노사이드, 한국 현대사의 참혹한 비극의 현장을 한꺼번에 돌아보게 된 것은 꿈만 같은 일이었다. 아니 꿈에도 생각지 않았던 일이 내게 일어났다. 이 모든 것은 '더 크고, 높고, 알 수 없는 무엇'의 뜻이었다. 그것은 내가 어찌할 수 있었던 것이 아니면서도 내가 무엇을 하느냐에 달려있는 것이었기에 말 그대로 '운명(運命)' 같은 것이었을지 모른다.

백석의 시 「남신의주 유동 박시봉방」의 화자 또한 그러했다. 그가 인생의 막다른 곳까지 밀려와 문득 깨달은 것은 그것이 무엇이 되었든 그 모든 것을 "무릎을 꿇고" 끌어안는 것이었다. 다만 '어지러운 마음의 앙금'을 가라앉히고 "어두워 오는데 하이야니 눈을 맞을, 그 마른 잎새에는,/쌀랑쌀랑 소리도 나며 눈을 맞을,/그 드물다는 굳고 정한 갈매나무라는 나무를 생각하는 것이었다."

이 모든 것은 장자(莊子)식으로 다시 말해서, 삶이 아무리 비극적일지라도 그 명(命)을 사랑함으로써 '알 수 없는 무엇' 저 너머의 세계로 나를 밀어 넣는 일인 동시에 운(運), 스스로 역사를 만들어 감으로써 참된 자존(自尊)과 평화에 이르는 길인 것이다. 그리하여 내가 가는 길이 내가 가야 할 길이 되게끔 만드는 일이며, '더 크고, 높고, 알 수 없는 무엇'이 곧 나의 뜻이 되게 하는 일이다. 그것으로 제노사이드, 참혹한 학살의 기억과 상처와 아픔을 온전히 치유하고 넘어설 수 있는 것은 아니겠지만 중요한 전환점이거나 출발점은 될 수 있는 것이 아닐까.

그런 뜻에서 보자면 백석 시의 다음 구절은 꿈같은 순력의 끝이 아니라 도중에 있는 나에 대한 격려이자 구천을 떠도는 원혼들과 슬픔에 젖은 유족에게 바치는 헌사이며 '굳고 정한 갈매나무'가 되어 새로운 역사를 만들어가야 할 우리 모두를 위한 '주문'이 아닐 수 없다.

하늘이 이 세상을 내일 적에 그가 가장 귀해하고 사랑하는 것들은 모두/가난하고 외롭고 높고 쓸쓸하니 그리고 언제나 넘치는 사랑과 슬픔 속에 살도록 만드신 것이다

—백석, 「흰바람벽이 있어」, 『백석전집』(실천문학사, 2003) 부분

4 · 3

오늘은 제주 4 · 3 항쟁 70주기 추념일입니다.

제주 서귀포 표선 녹산로의 노오란 유채꽃도, 경주 보문단지 호숫가에 흐드러진 벚꽃도, 정선 덕산기 계곡의 알싸한 동강할미꽃도, 보은 보청천 제방길에 활짝 피어난 개나리꽃도, 운길산 수종사 오르는 산길에 호젓이 핀 제비꽃도, 속절없이 지고 있는 대전 자운대 어귀의 목련꽃도, 어느 이름 모를 산벼랑에 무리 지어 핀 진달래꽃도…….

모두가 어머니 무덤 같은 제주의 오름을 끌어안고
함께 흐느껴 우는 날입니다.

그 역사, 다시 우릴 부른다면

—4·27 제주 전국문학인대회 참관기

1.

제주로 가는 비행기 안에서 이산하 시인의 장편서사시집 『한라산』을 읽었다. 비행기 창문 밖으로 펼쳐진 운해 아래로 언뜻언뜻 푸른빛의 바다가 보이다가 멀리 검은빛으로 솟아 있는 제주의 오름들이며 한라산이 눈에 들어올 때까지 나는 펼쳐든 책을 접을 수 없었다. 칼날을 문 통한의 섬, 학살의 피로 얼룩진 채 70년을 온전한 이름도 없이 침묵해 온 비극의 섬 제주가 발아래 그림처럼 펼쳐져 있었다.

> 한국 현대사 앞에서는 우리는 모두 상주이다.
> 오늘도 잠들지 않는 남도 한라산
> 그 아름다운 제주도의 신혼여행지들은 모두
> 우리가 묵념해야 할 학살의 장소이다.
> 그곳에 뜬 별들은 여전히 눈부시고
> 그곳에 핀 유채꽃들은 여전히 아름답다.
> 그러나 그 별들과 꽃들은
> 모두 칼날을 물고 잠들어 있다.
> —이산하, 복원판 시집 『한라산』(노마드북스, 2018) 부분

30여 년 전 NL과 PD로 나뉘어 세상을 바라보며 하루하루가 저물던 때가 있었다. 그때 『녹두서평』이었던가 NL을 대표하던 잡지의 첫머리에 실린 이산하 시인의 「한라산」이란 시를 대수롭지 않게 보고 넘겼던 기억이 있다. 책을 펼쳤으나 읽지 않았다. 그때 나는 옹졸했다. 세상을 한쪽 눈으로만 보지 않게 된 이제야 그의 시가 눈에 들어온다. 부끄러운 일이나 이제라도 세상을 있는 그대로 볼 수 있게 되었고 그의 시집을 읽을 수 있게 되었으니 다행한 일이다.

지난겨울 참으로 오랜만에 제주를 찾았을 때 가장 먼저 제주 4·3 평화공원과 기념관을 찾았더랬다. 제주가 왜 참혹한 아픔을 지닌 역사의 현장이며 더 이상 '붉은 섬'이 아닌 '평화의 섬'인가를 여실히 깨달을 수 있었다. 기념관 입구에 가로누워 있는 백비(白碑)에는 아무런 이름도 적혀 있지 않았다. 4·3은 온전히 자기의 이름을 찾지 못했고[3] 아직도 현재진행형이다. 4·3이 온전한 제 이름을 찾았을 때 백비도 흔연히 자리에서 떨쳐 일어날 것이다. 기념관을 나왔을 때는 드문드문 날리던 눈발이 점점 굵어지고 날이 어둑해지고 있었다. 어둠 저쪽 편으로 희미하게 웅크리고 있는 오름의 그림자를 보았다. 눈가에 뜨거운 것이 자꾸만 흘러내렸다.

이산하 시인이 「한라산」이란 시로 세상을 등지고 오랜 수배 생활을 하

---

3) 〈제주 4·3 진상규명 및 희생자 명예회복에 관한 특별법〉(2003)은 제주 4·3 사건을 "1947년 3월 1일을 기점으로 하여 1948년 4월 3일에 발생한 소요사태 및 1954년 9월 21일까지 제주도에서 발생한 무력충돌과 진압 과정에서 주민들이 희생당한 사건"이라 정의하고 있다. 법적 정의는 역사적 진실을 충분히 담고 있는가? 군인과 경찰 등 국가 공권력에 의한 대규모 양민학살이라는 측면은 감춰지고 친일파들을 동원해 남한만의 단독정부를 세우려 했던 미군정과 이승만 정권에 맞서 저항한 민중항쟁의 측면은 가려졌다. 4·3은 아직도 온전한 제 이름을 찾지 못하고 떠돌고 있다. 정명(正名), 무엇이 4·3의 온전한 이름이 되어야 할까?

게 된 사연이 내 젊은 날의 몇 해와 겹쳐진다. 그가 지금도 생활의 곤궁함으로 힘들어한다는 소식에 마음이 무겁다. 나도 그 시절 바람처럼 정처 없이 도망 다니느라 젊음을 소진했고, 그 굴레에 갇혀 이제껏 제대로 한 번 피어나지 못하고 근근이 연명하며 살아야 했다. 비록 아픔의 빛깔은 달랐을지 모르나 4·3이나 시인이나 나나 모두가 시대와 역사의 모순이 빚어낸 한 가지 상처고 아픔이다. 제주 4·3 70주년을 맞은 올해, 아무쪼록 이산하 시인의 뜻과 문운이 남녘에 만발한 동백꽃처럼 만개하기를 빈다.

2.

다시 제주를 찾았다. 20여 년 만에 제주를 찾은 지 불과 수개월 만에 제주를 다시 찾으니 기분이 묘했다. 제주는 삭막했던 겨울과 달리 따뜻한 기운이 차고 넘쳤다. 제주 4·3 70주년을 맞아 올해는 한국작가회의 전국작가대회가 '전국문학인대회'란 이름을 걸고 4월 27일에서 29일까지 2박 3일 동안 제주에서 열렸다. 우리 대전작가회의에서는 회장 함순례 시인을 비롯해 권미강 수필가, 김정숙 평론가, 김희정, 박소영, 이미숙, 정수경, 황희순 시인 등 모두 9명의 회원이 제주를 찾았다. 한 무리는 청주 공항에서 떠나고 나머지는 각자 앞서거니 뒤서거니 합류하여 저녁 늦게야 숙소인 제주시 봉개동 한화 리조트에 한데 모이게 되었다.

청주공항에 나와 보니 일행 중에 뜻밖에도 푸른 눈의 외국인이 있었다. 37살의 영국인 청년 데이비드 밀러였다. 시인이자 영문학박사이며 대전시 교육청에서 한국인 영어 교사들을 가르치는 일을 하고 있다고 했다. 김희정 시인의 〈미룸 갤러리〉 '세월호 추모 전시회'에 찾아온 인연으로 이곳까지 동행하게 된 것인데 김희정 시인과 나는 일정 끝까지 그와 숙소를 함께 쓰며 우정을 나누게 되었다. 김희정 시인의 절묘한 콩글리시 통역 덕분으로 아무런 불편 없이(?) 소통할 수 있었다. 데이비드는 키가 훤칠하고 미남인데다가 성품도 훌륭하고 뚜렷한 사회 역사관까지 지니고 있어 아주 매력적인 청년이었다. '대전 산내 민간인 학살' 다큐멘터리 「세상에서 가장 긴 무덤」을 찍어 영국에서 상영할 계획까지 추진하고 있다고 하니 우리와 인연이 이만저만한 게 아니었다.

숙소에 먼저 도착해 있던 함순례 회장이 점심시간 끝 무렵에야 간신히 도착한 우리 몫의 점심을 챙겨놓고 기다리고 있었다. 멀리 집을 떠나와 만나니 엊그제 봤는데도 반가웠다. 곳곳에 전국에서 모여든 반갑고 익숙한 얼굴들이 눈에 띄었다. 첫날의 주요 일정은 국제 문학심포지엄 '동아시아의 문학적 항쟁과 연대'에 참여하는 것이었다. 점심을 마치고 뒤늦게 갔더니 행사장에 사람이 가득해서 간신히 자리를 잡고 앉을 수 있었다. 국제 문학심포지엄은 오전부터 진행되고 있었고 외국에서 온 한국 출신의 발표자들이 한국말을 쓰면서도 나라에 따라 발음에 묘한 차이가 나는 게 재미있었다. 김희정 시인 옆자리에 앉은 데이비드가 미동도 없이 진지한 자세로 발표에 집중하고 있는 모습이 무척 인상적이었다. 객석에 앉아 있던 유일한(?) 외국인이었지만 그로 인해 행사가 더욱 국제 행사답게 느껴진 건 나만 그렇게 느꼈던 것일까?

제주 4·3의 아픔은 제주도민만의 아픔이 아니라 대한민국 국민 모두의 아픔이며, 인권과 평화와 민주주의의 메시지를 담고 있다는 점에서 인류 보편의 문제에 닿아 있을 수밖에 없는 문제이다. 베트남, 몽골, 오키나와, 대만 등에서 온 발표자들의 면면을 보면서 제국주의 열강의 폭력적 지배 아래 한반도를 비롯해 동아시아나 3세계 민중들이 견뎌내야 했던 오랜 핍박과 고통의 시간이 떠올라 숙연해지지 않을 수 없었다. 그 과정에서 그들에게 문학은 유력한 항쟁의 무기였고 위안이자 응원이었다. 4·3을 비롯하여 그들이 전쟁을 반대하고, 폭력에 맞서면서, 평화와 인권을 위해 모든 걸 내던져 싸울 수 있게 한 것은 무엇이었을까? 아마도 그것은 불행했던 역사가 결코 반복되어서는 안 된다는 자각, 자신들의 후손에까지 대물림되지 않게 하려는 안간힘이 아니었을까?

상처와 아픔의 '보편성'은 우리에게 저항과 극복의 과정에서 왜 '협력과 연대'가 불가피한가를 웅변해준다. 제주 4·3이 '원한의 섬'에서 '평화의 섬'으로 거듭나는 길도 그곳에 있다고 나는 믿는다. 인간이 스스로 인간이기를 포기하는 것도 한순간이듯 인간이 위대해지는 것도 그 길에 있다. 4·3을 피의 학살극으로 내몬 변곡점에 당시 국방경비대 11연대장이었던 박진경 중령이 있고 그가 "'악인'이 아니라 사회를 돌아보고 자신을 반성할 줄 모르는 평범하고 유능한 '보통사람'"이었다는 지적(길윤형, 「보통사람 박진경」, 《한겨레 21》 1204호)은 그런 점에서 뜻하는 바가 크다. 그에게 결여된, 남의 아픔이 결코 남의 문제가 아니라 나의 문제일 수밖에 없다는 인식, 혼자서만 잘 살 수 없는 것이며 더불어 잘 살아야 나도 잘 사는 것이라는, 평범하지만 절실한 인식이야말로 평화에 이르는 첫걸음이란 것을 '항쟁과 연대'라는 이름에서 다시금 깨닫게 된다.

3.

둘째 날 오후에 '역사의 상처, 문학의 치유'란 주제로 문학 세미나가 열렸다. 제주 4·3을 '제노사이드'의 관점에서 정리하고 '전국화'와 '보편화'의 당위성을 열정적으로 설파한 성공회대 동아시아연구소 강성현 교수의 발표가 호소력이 있었다. 나중에 우연히 잡지에서 강 교수의 이력을 알게 되었는데 그는 제주 출신이었다. 그가 자신이 태어난 고향 "제주의 감춰진 역사의 진실과 마주하며" 받았던 충격과 그로 인한 고뇌 어린 변신의 과정이 짐작되었다. 지난날 새롭게 목도한 80년 5월 광주의 '감춰진 진실' 앞에서 충격을 받고 고뇌하며 밤잠을 이루지 못했던 내 젊은 시절이 또 그러했다. 그것이 강 교수가 그토록 뜨겁고 열정에 찬 목소리로 청중을 향해 "진실들이 다 드러나지 않았는데, 화해와 상생, 그리고 통합으로 정리해버리는 것은 현재화된 과거사에 대한 또 다른 폭력이다."라고 외칠 수 있는 힘의 원천이 되었을 것이다.

강 교수의 전반적 주장에 깊이 공감하면서도 4·3의 '정명(正名)' 문제와 관련하여 덧붙일 생각이 있다. 4·3은 국가권력에 의한 양민학살인가. 미군정과 이승만 정권에 저항한 민중항쟁인가. 그것이 온전히 밝혀지는 데는 시간이 걸릴 수밖에 없겠지만 그런 성격 규정이 어느 한쪽으로 귀결될 문제가 아니라고 본다. 4·3은 국가권력에 의한 학살이면서 미군정과 이승만 정권에 맞선 항쟁이기도 하고 제주도민의 생존권 차원에서 벌어진 자위적 항거이기도 한 것이다. 어느 한쪽으로 귀결되는 것이 다른 측면을 배제하는 것으로 이뤄진다면 우려할 일이다. 양민학살로 규정되었을 때 양민으로 취급되지 않는 무장대나 좌익 관련 희생자들은 어떻게 할 것인가. 민중항쟁으로 규정했을 때 군경 가족이거나 아무런 목적의식 없이 생존권 차원에서 연루되어 희생된 이들은 또 어떻게 할 것인가.

정명(正名) 못지않게 중요한 것은 정명이 또 다른 이름을 배제하는 방식으로 이뤄져서는 안 된다는 것이다. 진실을 밝히더라도 진실의 이름으로 이뤄지는 모든 폭력과 배제의 논리는 경계되어야 한다. 그것은 또 다른 폭력과 배제를 불러올 뿐이다. 진실을 은폐하는 화해와 통합을 말하는 것이 아니다. 정명의 큰 줄기를 부정하는 것이 아니라 수많은 오름을 가슴에 끌어안고 있는 한라산 자락처럼 낱낱의 진실을 아우르는 거대한 품을 지녀야 한다는 것을 말하는 것이다. 그럴 때 4·3이 강 교수의 바람대로 제주도민의 원한과 상처를 넘어서 '전국화' '보편화'의 길을 걷게 될 것이라고 나는 믿는다. 그런 점에서 그가 "제주 4·3 사건 안에는 무장대에 의한 민간인 학살이 12.3%를 차지하는 만큼 이른바 '적대세력 사건'도 존재했다."고 밝힌 것은 사족이 아니라 그의 주장을 더욱 믿음직스럽게 만드는 일이었다. "이면의 소용돌이를 대면해야 책임을 성찰하고 진정한 화해의 출발점으로 삼을 수 있다." "과거의 사실들을 매끈하게 서술된 하나의 진실로 만들려 하지 말고, 사건의 표층으로 깊이 들어가 얽혀있는 갈등의 이야기들을 길어 올려야 한다."는 그의 의견에 공감하지 않을 수 없다.

행사장 바깥에는 전국의 지회가 준비한 평화 인권 슬로건이 붉은 동백꽃이 그려진 배너 현수막으로 제작되어 전시되고 있었다. 각 지회마다 지역의 특색을 살리기 위해 고심한 흔적이 역력했는데 내 마음에 들어온 것은 전북작가회의의 배너 문구였다. "4·3과 동학은 형제다." 짧으면서도 동학의 발원지인 지역의 특색과 민중항쟁의 역사성을 함축하고 있어 가슴을 파고드는 문구다. 우리 대전작가회의 문구는 정덕재 시인이 제안한 "4·3과 대전 골령골 민간인 학살을 함께 기억합니다."였다. 대전 산내 골령골에서 한국전쟁이 발발하자마자 1~3차에 걸쳐 대전형무소 재소자 등 7천 명이 참혹하게 처형되었다. 그중에 수백 명은 여순 사건과 제주 4·3 사건으로 수형된 사람들이었다. 4·3 관련자 수천 명이 아무런 재판의 기록도 없이 불법군사재판을 받아 전국으로 흩어졌고 대부분 끝내 역사 속으로 실종되어 버렸다. 한참을 서서 배너 문구들을 읽노라니 주책없이 또 눈물이 흘러내렸다.

저녁에는 전국 문학인 제주대회 본 행사가 열렸다. 문화예술공연으로 길을 닦고 현기영 선생님의 문학 토크가 이어졌다. 오랜만에 노래패 '꽃다지'의 노래를 들을 수 있어 감격스러웠다. 놀이패 '한라산'과 '산오락회'의 시극 「이어도 연유」 공연은 숙연하고도 절절했다. 곳곳에서 흐느끼는 모습이 보였다. 김수열 시인이 진행한 현기영 선생님과의 문학 토크는 '살아남은 자'로서 글 쓰는 이들이 4·3의 진혼과 해원상생을 위해서 무엇을 해야 하고 할 수 있는가를 돌아보게 하였다. "글 쓰는 자는 어떠한 비극, 어떠한 절망 속에서도 인생은 아름답다고, 인생은 살만한 가치가 있다고 독자에게 확신시키는 것이 중요하다는 각성이 생겼다."(현기영, 「소설가는 늙지 않는다」)는 말이 마음에 와 닿았다.

본 행사에서는 각 지회 회원들이 모두 단상에 나가 지회 소개를 하는 시간이 주어졌다. 우리 대전작가회의는 함순례 회장이 6월에 치러질 예정인 '대전작가대회'를 소개하면서 즉흥적으로 '여름이 온다'란 슬로건을 지어내 큰 박수를 받았다. 제각기 4·3을 추모하고 행사를 빛나게 하는 시낭송이 이어지고 행사 일정이 거의 끝나갈 무렵 '전국 문학인 제주대회 선언문'이 낭독되었다. 4·3 70주년을 맞이하는 우리네 작가들의 결기에 횃불이라도 댕기려는 듯 선언문이 힘차게 울려 퍼졌다.

혁명이 혁명을 멈추는 순간 혁명이 아니듯, 우리가 스스로 언어의 생장을 멈추는 순간, 우리의 언어는 소멸하고 말 것이다. 우리는 우리의 언어가 새벽처럼 다가올 세상을 향해 뻗어가는 뿌리임을 결코 잊지 않으려 한다.

숙소에서는 연일 늦은 밤까지 뒤풀이로 거나한 술자리가 벌어지고 시국토론회가 열리고, 노래를 부르고 눈물을 흘리고 웃음꽃이 피어났다. 수백 개의 붉은 동백꽃이 4·3을 추념하며 더욱 붉은빛으로 벙글어지고 있었다. 열띠게 토론하는 동백, 시를 읊는 동백, 노래하는 동백, 눈물 흘리는 동백, 함께 환호하며 웃음 짓고 어깨동무하는 동백들로 하여 밤마다 사위가 눈부셨다. 우리 대전작가회의는 아무래도 충남이나 충북작가회의 회원들과 방을 오가며 한데 어울렸다. 타지에서 만난 고향 사람처럼 반가운 게 없다. 광주전남작가회의와도 허물없이 섞였으니 이만하면 호남선 철도로 목포와 대전을 이어왔던 그간의 인연이 허술한 게 아닌 셈이 되었다.

4.

셋째 날 숙소를 모두 정리하고 나와서 근처에 있는 4·3 평화공원으로 향했다. 아침에 데이비드가 식당에 늦게 나오게 돼서 자칫 끼니를 건너뛸 뻔한 해프닝이 있었지만 다행히도 무사히 식사를 마칠 수 있었다. 일행 중에 먼저 대전으로 돌아가게 된 회원들과는 아쉬운 작별을 해야 했다. 하지만 제주에서 하루를 더 묵고 가기로 한 회원이나 먼저 떠나야 한 회원이나 마음은 하나였을 것이다. 제주와 4·3이 모두의 가슴에 깊숙이 들어와 앉았다. 우리가 돌아가서 무엇을 어떻게 해야 할지 일일이 묻거나 확인하지는 않았지만 저마다의 가슴은 이미 제주의 동백꽃처럼 붉어질 대로 붉어졌을 것이다.

평화공원 한쪽에 들어서 있는 '시간의 벽'에서 4·3을 추념하는 시화전이 열리고 있었다. 반가운 이름들도 눈에 띄었다. 그곳에서 내가 친애하는 충남작가회의 류지남 시인 형님과 잊지 못할 사진 한 장을 찍었다. 그것도 이은봉 시인 형님의 4·3 추념시 「떠오르는 말들」 아래서 저리 붉고도 환하게 웃으면서 말이다. 그렇게 활짝 웃고 있는 모습을 찍은 게 언제였던가. 4·3이라는 숙연한 이름을 생각하면 저리 웃을 수 없는 일인데 싶다가도 뒤에 붙은 '평화'라는 이름을 생각하니 마음이 놓였다. 웃음만 한 평화가 또 어디 있겠는가. 4·3 평화공원이라는 이름은 그렇게 지어졌을 것이다. '평화'만이 4·3의 참된 계승이고 극복이란 걸 내다본 것이다. 그런 염원을 담아서 평화공원 한쪽에서 기념 식수를 하고 전국에서 지회마다 준비해온 흙과 물을 한데 모아 뿌리는 '합토합수식(合土合水式)'을 거행했다. 전국에서 십시일반 뜻을 모았으니 평화와 해원상생을 염원하는 나무가 무럭무럭 자라는 것은 따놓은 당상이리라.

다음 일정은 4·3 유적지인 '이덕구 산전(山田)'을 찾아가는 일이었다. 처음엔 이덕구 산전이 무슨 뜻인지 몰랐다. 이덕구는 제주 무장유격대 2

대 사령관 이름이다. 1대 사령관 김달삼이 육지로 나가고 뒤를 이어 사령관이 되었는데 48년 6월 7일에 그곳 어디쯤에선가 사살되었다고 한다. 산전은 산밭이고 이덕구 부대원들과 산으로 들어온 양민들이 한동안 머물며 지낸 터를 말한다. 안내하는 분의 말에 따르면 그때는 일대가 개활지였다고 하는데 수십 년 사이 나무가 울창해지면서 가는 길이 험난해졌다. 평화공원에서 10분 남짓 차를 달려 '사려니 숲길' 입구에서 내린 뒤 숲길을 따라가다 길도 없는 듯한 울창한 숲속으로 들어가서 한참을 더듬어 찾아가야만 했다. 어쩌면 그 옛날 양민이거나 빨치산이거나 했을 누군가의 파헤쳐진 무덤 옆을 지나갈 때 마음이 애잔해졌다. 드디어 이덕구 산전 자리에 이르렀다. 여기저기 깨진 사기그릇과 솥단지가 흩어져 있어 그때 그곳의 처참함을 보여주는 듯했다. 그곳에서 위령제를 지내고 점심을 먹고 한참을 쉬다 내려왔다. 제를 지내는 동안 내 깜냥으로 몇 자 글을 적어 영령들을 위로해 보았다.

제주 중산간 이덕구 산전(山田), 교래 북받친밭에서 전국에서 모인 한국작가회의 작가들이 위령제(慰靈祭)를 지내고 있다. 오는 길이 험하고 깊었다. 갈까마귀 우짖고 숨이 거칠어졌다. 집을 버리고 이곳까지 피난을 올 수밖에 없었던 양민들의 피눈물과 고초를 헤아리지 않을 수 없었다.

제문을 읽고 묵념을 하는 동안 갈까마귀가 떼로 몰려들어 울어댔다. 제주 양민들의 원혼이 울부짖는 것만 같았다. 제를 지내고 산밭 오락회를 가졌다. 노래패 '산오락회'가 나와 그 시절 빨치산이 부른 노래며 양민들이 흥얼거리던 노래를 불렀다. 흥에 겨워 부르든 목이 메어 부르든 노래에 슬픔이 서렸다.

음복주를 한 잔씩 하고, 떡을 나눠 먹고, 가져온 김밥을 꺼내 먹으면서 우리는 마치 그 시절 이덕구 부대원이거나 조촌이며 북촌 어느 중산간 마을을 떠나 이곳까지 흘러온 양민이 된 듯했다. 모두가 밥을 먹고 떠들며 쉬는 동안 숲속의 갈까마귀들도 숨을 죽이고 우리를 지켜보고만 있었다. 그들과 우리는 이미 한 몸이었다. 눈물이 났다.

전국 문학인대회의 모든 일정이 끝나고 전국에서 모인 문우들과 헤어져야 하는 시간이 왔다. 데이비드와도 다음을 기약하며 인사를 나눴다. 행사를 준비하고 진행하느라 주최 측인 제주작가회의 여러분이 정말 수고를 많이 했다. 사람들이 모두 식사를 마치고 난 뒤에야 혼자 식당을 찾아 쓸쓸히 밥을 먹던 홍경희 사무국장의 모습이 떠오른다. 그녀가 온갖 살림을 다 챙기느라 특히 노고가 컸다. 또한 이종형 제주작가회의 회장이 아니었다면 그토록 큰 행사를 온전히 감당하지 못했을 것이다. 전국 문학인대회 표어 글씨 '그 역사, 다시 우릴 부른다면'을 쓴 우리 대전의 글씨쟁이 바우솔 김진호 형님과 동서지간이란 걸 이번에 처음 알게 되었다. 세상이 참 좁다. 뭍에서 건너온 많은 손님들을 일일이 웃는 낯으로 대하며 친절을 베풀어주신 제주작가회의 문우님들 한 분 한 분의 고마움을 오래도록 잊지 못하겠다.

5.

제주의 4월은 눈부시도록 아름답다. 사계절 짙푸른 바다가 사위를 에워싼 채 섬 곳곳에서 원색의 향연이 벌어진다. 노란 유채꽃이 산길이며 들판이며 오름마다 물감을 흩뿌린 듯 흐드러지고, 한겨울을 난 동백나무 군락은 봄기운에 못내 겨워 붉은 피를 토하듯 꽃봉오리를 떨어낸다. 선혈이 낭자한 채 땅바닥에 떨어져 뒹구는 동백을 보며 마음이 처연해지듯이 그 아름다운 풍광 뒤에 사(死)와 삶, 학살과 통한의 핏빛 그림자가 서려 있다는 걸 생각하는 건 고통스러운 일이다. 서귀포 큰넓궤, 대정의

섯알오름, 북촌의 너븐숭이…… 제주 전역이 거대한 무덤이고 통곡의 발원지란 걸 떠올리는 건 참혹한 일이다.

그래서 누군가는 4·3을 이제 됐다고 그만 잊으라고 말한다. 4·3을 덮고 새로운 시대로 나아가자고 어른다. 그런데 그게 어떻게 잊으질 일인가. 어떻게 덮어질 문제겠는가. 4·3은 50여 년을 강요된 침묵 속에서 망각되어 왔고 이제야 20년 온전한 제 이름을 찾기 위한 '기억 투쟁'의 여정을 밟고 있다. 깊은 상처의 기억은 결코 지워지지도 사라지지도 않는다. 시간이 흐르고 새로운 사건이 켜켜이 쌓이면서 화석처럼 지층의 바닥으로 가라앉을 뿐이다. 그러다가 지축이 흔들리고 땅거죽이 뜯어지기라도 할라치면 동면을 끝낸 짐승처럼 불쑥 우리 앞에 모습을 보이곤 하는 것이다. 아직 4·3을 잊기엔 턱없는 세월이다. 가야 할 길이 멀다. 아직도 제주의 별과 꽃들은 칼날을 물고 있고 검은빛으로 웅크린 한라산은 잠들지 못하고 있다.

제주에서의 마지막 날 함순례 회장과 제주작가회의 회원인 어느 시인분의 집을 찾아갔다. 사모님과 더불어 반갑게 맞이해 주셨다. 밤늦도록 술잔을 기울이며 많은 얘기를 나눴다. 4·3을 바라보는 또 다른 결에 대해서 느낄 수 있었다. 토박이가 아닌 외지인이거나 군경 가족이 느끼는 4·3이 또 같지 않을 수 있었다. 당연한 일이다. 4·3으로 인하여 3만 명, 제주도민의 10분의 1이 목숨을 잃었다. 그중에 78.1%는 군경을 비롯한 국가권력이 개입하여 자행한 양민학살이었지만 12.6%는 무장대에 의한 민간인 학살이었다. 압도적인 수치가 국가권력에 의한 것이라고 해서 12.6%의 문제를 외면할 수 있겠는가. 진정한 화해와 상생을 위해 이 또한 우리가 반드시 끌어안고 넘어가야 할 몫인 것이다.

전남 화순의 운주사에 누워 있는 와불님이 일어날 수 없는 까닭이 언제 일어날 것인가를 학수고대하는 민중들이 있어서라는 우스개 이야기가 있다. 역설적으로 와불님은 일어나지 않음으로써 오히려 민중에게 '희망 상징'으로 작동하고 있다는 말이다. 잔인한 얘기다. 4·3 평화기념관 안에 있는 백비(白碑) 또한 마찬가지 경우다. 4·3을 다룬 오슬 감독의 영화 『지슬』(2013)의 부제는 '끝나지 않은 세월 2'이다. 언제야 이 세월이 끝날 것인가. 동백은 온몸을 던져 절멸한다. 절멸은 끝이 아니라 새롭게 태어나기 위함이다. 제주가 학살과 원한의 섬이란 이름을 지우고 화해와 평화의 섬으로 새롭게 태어나기를 손 모아 빌며 짧으나 길었던 3박 4일 전국 문학인대회의 모든 여정을 마치고 제주를 떠난다.

박경리, 통영, 백석과 법정

박경리 선생의 대하소설 『토지』의 이름을 들어본 사람은 많아도 막상 이 책을 끝까지 다 읽어본 사람은 흔하지 않다. 1969년부터 94년까지 장장 25년에 걸쳐 써 내려갔으니 양도 어마어마하고 곡절도 산을 이룬다. 전체 5부 20권 약 624만 자, 200자 원고지 3만 1,200장에 구한말부터 일제강점기와 해방에 이르는 격동기를 배경으로 400여 명의 등장인물이 얽히고설키며 빚어내는 이야기가 빼곡히 들어차 있다. 한국문학이 이뤄낸 경이로운 성과와 자랑스러운 업적이다.

지난달에 대전시민아카데미에서 경남 통영으로 〈박경리 토지 문학답사〉를 다녀왔다. 이번 주말엔 하동군 악양면 평사리의 최참판댁으로 간다. 회원들이 7개월에 걸쳐 강의와 답사를 병행하면서 함께 격려하며 책을 읽어나가는 '『토지』 읽기 프로젝트'의 한 꼭지다. 아직 토지의 '마지막 장'을 넘기는 감동을 느끼지 못한 이들이라면 황송한 기회가 아닐 수 없다. 한국문학에서 토지가 일궈낸 성과가 아무리 높고 크다 한들 내가 직접 책의 면면을 더듬어가며 감동을 체감하지 못했다면 무슨 소용이겠는가.

통영은 박경리 선생의 고향이자 소설 『김약국의 딸들』의 무대일 뿐만 아니라 숱한 예술가들의 자취로 눈부신 고장이다. 백석 시인이 이곳까지 사랑하는 여인을 만나러 왔다가 친구에게 빼앗기는 아픔을 겪은 사연이 몇 편의 시에 남아 있는 줄 알았지만 법정 스님과의 인연은 뜻밖이다. 선생은 풍진 세상을 돌고 돌아 통영 미륵도의 품에 안기셨는데 산 너머의 미래사는 법정이 출가한 절이다. 법정은 서울의 길상사에서 입적하는데 백석의 연인인 자야가 세운 절이며 '길상(吉祥)'은 토지의 주인공 그 길상의 이름이다. 얽히고설킨 인연이다.

『토지』에 나오는 수많은 군상들이 꿈꾸는 건 미래(彌來), 미륵이 오신다는 구원의 세상이다. 미륵은 언제야 오실 것인가. 영영 오시지 않을지도 모를 일이다. 법정 스님의 '무소유' 정신은 박경리 선생이 유고시에서 "버리고 갈 것만 남아서 홀가분하다."고 한 마음에 잇닿아 있다. 그걸 깨닫는다면 길상이며 법정이며 사랑을 잃은 백석 시인이며 박경리 선생이며 우리들 저마다가 이미 미륵인 것인지도.

우리는 무엇으로 사는가

러시아의 문호 톨스토이가 쓴 단편소설 「사람은 무엇으로 사는가」는 구두장이 시몬이 하나님에게 벌을 받고 세상에 온 천사 미하일을 돌보며 깨닫는 삶의 진실을 다루고 있다. 시몬과 아내 마트료나는 미하일을 통해 '사람의 마음속에는 무엇이 있는가. 사람에게 주어지지 않은 것은 무엇인가. 사람은 무엇으로 사는가.'의 세 가지 질문에 대한 답을 깨닫게 된다.

길에서 떨고 있던 미하일을 집으로 데려와 빵과 옷을 내준 시몬과 아내의 마음속에는 남의 아픔에 눈감지 않는 연민의 마음이 있었다. 당장의 이익을 생각한다면 외면했을지 모르지만 '차마 어찌할 수 없는 마음'이 미하일을 돌보게 했다. 또 자신의 신발을 주문해놓고 돌아가다 죽은 귀족을 보고 한 치 앞에 놓인 불행도 알지 못하는 인간의 '한계'를 깨닫게 된다. 그리고 연이은 불행 속에 부모를 잃고 한 아이는 다리에 장애까지 생긴 이웃집 쌍둥이를 내 자식처럼 키우는 한 부인에게서 인간은 '자기를 살피는 마음'만이 아니라 '사랑의 힘'으로 살아간다는 것을 깨닫는다.

이 불볕더위에 청와대 앞에서 일명 '건우 아빠' 비영리단체 '토닥토닥'의 김동석 대표가 제대로 된 '공공어린이재활병원 건립'을 기원하며 국민청원과 함께 1,004배 오체투지를 하고 있다. 일본에 200개가 넘는다는 어린이재활병원이 우리나라에 변변한 것 하나 없었다는 사실은 충격적이다. 뒤늦게 추진되고 있는 공공어린이재활병원 건립도 '공공성'에 무게를 두고 중증장애아동들이 집중 재활과 응급치료를 실질적으로 받을 수 있는 시설이 아니라 '무늬만 공공어린이재활병원'이 될 수 있다는 우려가 있어 걱정이다. 우리 사회가 이를 여전히 '남의 문제'로 여기고 있는 것은 아닌가.

중증장애아동이나 가족이 겪는 불행은 언제든 '내 문제'가 될 수 있다. 그들의 아픔을 놔두고 나만 혼자 행복해질 수도 없는 일이다. 한 치 앞에 놓인 불행을 모르는 게 사람이지만 언제 불행이 닥치더라도 우리가 살아낼 수 있는 건 아픔을 나눠 갖는 사랑의 힘이다. 이를 제도화해 누구나 차별 없이 그 권리를 누릴 수 있는 사회야말로 우리가 이뤄야 할 '나라다운 나라'가 아닌가.

공공어린이재활병원

'공공성', 문재인 정권의 개혁이 성공하는가 아닌가는 어찌 보면 오직 이 하나에 달려 있다. 나는 노무현 정권이 실패했던 것도 결국 이 문제를 제대로 넘어서지 못했기 때문이라고 여긴다. 팔 한번 뻗어보지도 못하고 스스로 수건을 던진 복서의 비운이라고나 할까.

'공공'을 얘기하면 이러저러한 '현실'의 어려움을 내세운다. 마치 공공과 현실이 반대되는 것처럼 말이다. 하지만 '공공'은 결코 현실을 배제한 공상이 아니다. 오히려 현실에 산적한 문제를 해결하는 구체적인 방법이자 대안이다. 공공을 대안으로 인정하지 않고 현실성이 없는 것처럼 말하는 건 현실의 기득권 세력이 저항하기 때문이다. 그들이 바로 '공공의 적'이다.

공공어린이재활병원 설립은 현실적으로 불가능한 일이 아니라 '하지 않기 때문에 안 되고 있는' 일이다. 예산과 정책의 우선 순위를 조정할 의지만 있다면 얼마든지 가능한 일이다. 역설적으로 지난 정권의 '사자방 비리'가 어떻게 추진됐는가만 봐도 알 수 있다. 그걸 안 하고 못 하고 자신들이 내세웠던 약속마저도 이리저리 비비 꼬며 둘러대고만 있으니 환장할 노릇이다. 어느 길목에선가 '공공의 적'들이 훼방 놓고 있는 것이다.

이들 공공의 적들과 맞서 싸우는 일이 곧 '적폐'를 청산하는 일이다. 그런 일을 하라고 국민들이 권력을 맡기고 연장을 쥐여준 것이다. 아무도 저절로 된다고 생각하지 않는다. 그 일을 실천할 '담대한 의지'가 필요하다. 또다시 싸워보지도 못하고 수건을 던지는 악몽은 생각하고 싶지 않다.

사(死)대강의 추억

봉준호 감독의 영화 「살인의 추억」은 지금껏 풀리지 않은 화성연쇄살인 사건을 다룬 스릴러물이다. 살인에 추억이란 긍정적 말이 붙어 고개를 갸우뚱하게 만들었던 제목은 '살인이 결코 추억이 될 수 없다.'는 뜻인 동시에 억울하게 죽임을 당한 원혼을 위무하는 '씻김굿'이었다. '사(死)대강의 추억' 또한 마찬가지다. 그 속에는 4대강 사업으로 죽어간 생명들의 넋을 위로하고 황폐화되기 이전의 모습을 추억하는 동시에 어떤 이유로도 다시는 이토록 무모한 일을 벌여서는 안 된다는 절규가 담겨 있다.

지난 주말에 대전시민아카데미에서 경남 하동군 악양면으로 '박경리 소설 『토지』 문학답사'를 다녀왔다. 답사의 절정은 어둠이 내려앉는 평사리 들판을 가로질러 찾아간 섬진강의 은모래밭에서였다. 강물은 맑고 깨끗했으며 섬진강의 추억은 아름다웠다. 우리는 강물에 발을 담그고 모래밭에 앉거나 누워 노래를 부르고 밤하늘의 별을 보며 4대강 사업을 비껴간 섬진강이 이렇게 살아 있음에 감사했다. 지금은 4대강 사업으로 걸핏하면 '녹조 라떼'가 되는 신세지만 4대강에 얽힌 과거의 추억 또한 그러했다.

4대강 사업은 뇌물수수 혐의 등으로 수감 중인 이명박 전 대통령이 혈세 22조 원을 쏟아부어 벌인 희대의 토목공사였다. 수질을 개선하고 홍수를 예방하며 안정된 물 공급을 확보한다고 내세웠지만 지금 그것을 믿을 사람은 많지 않다. 토건 회사들의 배만 불렸을 뿐 강은 오히려 사경을 헤매고 있다. 물그릇을 키우면 물이 맑아진다며 보를 만들고 모래를 파서 강을 깊게 만들었으나 오염원을 차단하지 않고 강물의 흐름만 막는 바람에 곳곳에서 녹조가 창궐하며 물고기가 떼죽음을 당하는 아비규환이 벌어졌다.

결국 문재인 정부 들어서 4대강의 16개 보 중 14곳을 열고 추이를 관찰해 온 결과 수문을 많이 열수록 개선 효과가 뚜렷하다는 것이 드러났다. 하지만 수문을 여는 것만으로는 한계가 있다. 경제학에서 회수할 수 없는 비용을 묻어버리지 않으면 더 큰 비용이 들게 되는 경우를 '매몰비용(sunk cost)'이라고 한다. 보를 그대로 두고 계속 들어갈 비용의 총량을 생각한다면 아예 보를 철거하는 것이 합리적 선택이라는 말이다. 그런 결정은 빨리 할수록 좋다. 사(死)대강은 언제나 스스로 '추억'으로 돌아갈 준비가 되어 있다.

기억, 사(死)대강, 오래된 미래

　호르헤 보르헤스는 「기억의 천재 푸에스」란 소설에서 모든 것을 기억하기 때문에 불면증처럼 고통을 겪고 있는 사내에 대한 이야기를 하고 있다. 그 사내는 불면증의 고통으로 자살 시도까지 했던 보르헤스 자신의 모습이기도 하다. 과잉기억증후군, 모든 것을 기억한다는 것은 얼마나 참혹한 일인가.

　중요한 시험을 앞에 둔 처지라면 모든 걸 기억할 수 없는 자신의 두뇌를 원망하기도 하겠지만 끔찍한 고통의 기억이 사라지지 않고 매 순간 떠오른다면 어떻겠는가. 그림자처럼 붙어 다니는 공포, 우울, 현미경처럼 들여다보이는 사물의 선명한 차이…… 나라면 얼마 못 가서 미쳐버리고 말 것이다.

　이렇듯 '완전한' 망각도 기억도 환영할 일이 아니다. 때와 상황에 따라 적절한 기억이 필요할 뿐이다. 보르헤스는 이를 두고 '기억과 망각 사이에서 태어나는 상상력'이라고 말했다. 상상력이란 망각된 것들 사이를 헤집고 기억을 찾아내는 일이자 필요한 기억을 찾아내어 미래로 투사하는 능력이다.

　권덕하 시인이 칼럼 「갑천을 기억한다」에 부려놓은 아름다운 문장들이 기억 창고 밑바닥에서 잠자고 있던 내 유년의 기억들을 깨워냈다. 충남 당진의 어느 냇가에서 벌거벗고 물장구치며 노는 까까머리가 내 모습이다. 헐벗은 시절이었으나 "물은 차고 맑았"고 "하늘은 한없이 푸르고 종달새는 아득했다."

어떤 기억은 단지 과거의 기억에 머물지 않고 우리의 미래를 구성한다. 아니 그래야 한다. 노르베르 호지 식으로 말하면 그것은 '오래된 미래'다. 그 아름다웠던 기억을 망각의 저편으로 보내지 않았기에 우리는 다시 그 기억을 미래에 마주할 권리를 갖는다. 사(死)대강의 추억이야말로 우리의 '오래된 미래'다.

물은 차고 맑았다. 모래밭은 환했고 여울은 눈부셨다. 몸을 담그면 물은 쓸쓸할 정도로 서늘했고 모래바닥은 삼베같이 까슬까슬했다. 형들은 바닥을 발로 훑다가 발가락으로 모래무지를 잡아 올렸다. 너럭바위에 누워 올려다보던 구봉산 위 하늘은 한없이 푸르고 종달새는 아득했다.

물은 살아 움직였다. 물살이 맴도는 절벽 근처에서 빠져나오려다가 힘이 부쳐 물을 먹기도 했다. 물에 몸을 맡기고 함께 맴돌다 절벽을 타는 것이 유리했다. 절벽에 올라가 만세 부르고 되도록 멀리 뛰어 물살이 맴도는 곳에서 빠져나오기도 했다.

아는 형은 절벽 밑을 자맥질해 들어가 직접 만든 작살로 팔뚝만한 메기를 잡기도 해 숭배를 받았다. 약을 풀어도 메기는 깊숙이 숨어 결코 수면으로 떠오르지 않는다고 알려졌다. 나도 쑥으로 귓구멍을 막고 잠수하여 눈뜨고 강바닥을 훑어봤지만 메기를 만난 적이 없다. 잽싸게 튀어 달아나던 기름쟁이들이나 징거미 같은 잔챙이들뿐이었다.

칠어가 떼 지어 다녔는데 개구쟁이들이 나타나면 멀찌감치 물러났다. 씨알 굵은 물고기가 많은 가을에는 날 잡아 강 아래쪽에 물길을 가로질러 그물을 쳐 놓고 장정 여럿이 드문드문 서서 후리그물을 잡아끌고 내려가다 그물 친 곳 가까이 이르면 큰 물고기들이 물 위로 튀어 올랐다. 곰 아가리 같던 장정 입에 물린 채 펄떡이던 물고기 모습은 잊을 수가 없다. 이것이 지금으로부터 오십여 년 전, 갑천의 모습이다.

　　—권덕하, 「갑천(甲川)을 기억한다」, 《대전일보》 칼럼 2018. 9. 18 부분

죽음에 대한 단상

연일 폭염이 이어지는 가운데 누구는 더위를 피해 계곡으로 바다로 떠난다지만 또 누군가는 이 불볕더위에 돌아오지 못할 먼 길을 떠난다. 몇십 년 만의 기상이변이고 폭염이라고 어디 봐주는 법이 있는가. 지난 주말에 오랜 투병 끝에 사촌 누나가 세상을 떠났다. 다음날에는 널리 대중의 사랑을 받던 어느 정치인이 스스로 목숨을 끊었고 또 한국문학에 큰 자취를 남긴 작가가 투병 끝에 눈을 감았다. 필부(匹婦)라고 어김이 있고 명인(名人)이라고 피해 가는 일이 없다. 그게 우리네 삶이다.

폭염 속에서 면암 최익현 선생의 사당과 고택이 있는 충남 청양군의 모덕사를 찾아갔다. 고절한 선비의 넋인 듯 붉은 배롱나무가 고택의 마당에 흐드러지게 피어 있었다. 선생은 1905년 을사조약 이후에 의병을 일으켰다가 관군에게 잡혀 대마도로 유배되었다. 그곳에서 곡기를 끊고 물도 안 마시다가 병을 얻어 생을 마친다. 대의(大義)를 위해 삶을 버렸으니 일찍이 인의(仁義)를 내세워 고사리로 연명하다 굶어죽었다는 백이숙제와 그 결이 다르지 않다.

사마천은 『사기』에서 백이숙제와 같은 이들이 비참하게 죽고 온갖 만행을 저지른 도척 같은 이가 천수를 누리고 후손까지 잘 사는 현실에 분개한다. 과연 하늘의 뜻이 옳은 건지 의심스럽다고까지 말한다. 공자는 백이숙제의 죽음에 대해 묻는 제자에게 "인을 구하여 인을 얻었으니 그만이다."라고 답한다. 올바름을 추구한 보상이 따로 있는 게 아니라 그 자체가 보상이며 현실의 이익을 얻을 수는 없더라도 올바름을 추구했다는 스스로의 당당함과 후대의 평가가 위안이 되지 않겠냐는 뜻이다.

사회정의를 추구하다가 오히려 궁벽한 처지에 내몰리게 된 그 정치인은 "누굴 원망하랴. 참으로 어리석은 선택이었으며 부끄러운 판단이었다. 책임을 져야 한다."며 스스로 죽음의 문턱을 넘어섰다. 그 또한 삶을 버리고 죽음으로써 이름(名)을 지키려했던 이들과 뜻을 같이했다. 평생을 약자들의 편에 섰던 그의 죽음을 깊이 애도하는 국민들이 과연 그의 바람대로 그의 평생의 정치적 동지들을 미래의 대안으로 받아들일지는 알 수 없지만 우리 모두가 언젠가는 앞서거니 뒤서거니 죽음의 문턱을 넘어서게 되리라는 것은 분명한 일이다.

사이비, 라플라스의 악마, 운명

최근에 어느 이름난 작가[4]가 새로 낸 책이 예상했던 대로 화제에 올랐다. 스스로 '진보와 민주의 탈을 쓴 악마에 대한 고발서'라고 부르는 이

---

4) '어느 이름난 작가'가 공지영 작가를 말하고 새로 낸 책이 『해리』(해냄, 2018)인 것을 아는 사람은 다 알았을 것입니다. 우리는 누구나 대개는 틀리고, 어쩌다 맞기도 하면서 살아갑니다. 그 반대인 경우도 있겠지만 언제나 틀리지 않는 사람은 없습니다. 그것은 인간이 불완전한 존재인 것이기 때문이죠. 아니, 인간은 불완전하면서도 완전을 지향하는 모순적인 존재이기 때문입니다. 한마디로 인간은 누구나 틀리기도 하고 맞기도 하면서 살아갑니다. 하지만 자신이 언제나 틀리지 않는다고, 그런 일은 내가 믿고 있는 무언가(신?)의 뜻이 아니라고 믿는 사람들이 또 있습니다. 나아가 어쩔 수 없이 틀리는 것조차 그 무언가의 뜻을 실현하는 과정이라고 믿는 사람과 그렇게 믿지 않는 사람과 대화하는 것은 낙타가 바늘 구멍을 빠져나가는 일만큼 어려운 일입니다. 아주 단순한 건데 그게 참으로 어렵습니다. 이건 내가 맞았는데 이건 내가 틀렸구나. 이렇게 인정하기가 쉽지 않습니다. 당연히 저 또한 마찬가지입니다. 내가 아는 '거의' 모든 인간의 역사가 그것을 증거합니다. 하지만 '그럼에도 불구하고' 어떻게든 살아가는 것이 또 인간입니다. 참 희한하고도 묘한 일이죠. 누군가가 공지영 작가의 삶과 그가 써온 작품을 송두리째 부정하려는 것에 대해서는 찬성하지 않습니다. 그것은 지나친 것입니다. 다만 자신이 어떤 것에서는 틀렸다는 걸 받아들이면 좋겠다고 바라는 것일 뿐입니다. 공 작가의 모습은 사실 우리 자신의 모습입니다. 완전하지 않은 인간이라면 누구든 그럴 수 있습니다. 나든 당신이든 누구든 말이죠.

책을 아직 읽어보지는 못했지만 저간의 사정을 알기에 한 가지 의문이 들었다. 진보와 민주의 탈을 썼다면 이른바 사이비(似而非)론 아닌가. 얼핏 보면 그럴 듯하지만 자세히 보면 진짜가 아닌 것이 사이비다. 그렇다면 무엇이 진짜란 말인가.

18세기 프랑스의 수학자 라플라스가 상상한 '라플라스의 악마'란 존재가 있다. 원래 도깨비라고 했다는 이 악마는 현재에 대해 모든 것을 알고 있기에 미래까지 내다볼 수 있는 존재이다. 온 우주의 모든 원자의 위치와 운동량을 알고 있다면 뉴턴의 고전역학으로 그 원자의 과거나 미래의 값까지 알아낼 수 있다는 것이다. 이른바 '결정론'이다. 하지만 그것은 그저 상상일 뿐 누구도 현재의 '모든 것'을 완전히 알 수는 없기에 우리가 이 악마를 만날 일은 생기지 않았다. 더군다나 20세기 과학은 하이젠베르크의 '불확정성 원리'나 양자역학의 이름으로 라플라스의 악마에게 사망선고를 내린다.

운명(運命)이란 말 또한 그렇다. 운명은 모든 것이 완전히 결정되었기에 어찌할 수 없다는 숙명론이 아니다. 주어진 명(命)을 바탕으로 삶을 운영(運)해 가는 뜻이니 운명에는 인간의 선택과 자유의지가 여전히 중요해진다. 이 모든 게 인간이란 존재가 지닌 한계, 모든 것을 알 수 없고 모든 것을 할 수 없는 불완전한 존재란 것이 만들어내는 역설적 효과이다. 인간은 누구나 주어진 명(命) 앞에서 자신을 낮춰 겸손해질 수밖에 없지만 그 명을 온전히 알 수 없기에 결국은 스스로 삶을 운영(運)해갈 수밖에 없다. 인간이 진리를 통해 자유로워진다는 것이 이런 게 아닌가.

누군가를 사이비라고 판별하는 것에는 진리에 대한 독점욕이 전제되어 있다. 자신이 진짜이기 때문에 상대가 가짜라는 것이다. 물론 저마다 주장만 하면 다 진리가 될 수 있다고 말하는 것이 아니다. 내가 믿는 것이 언제든 틀릴 수 있다는 말이다. 우리는 진리에 완전히 도달할 수 없다. 도달하기 위해 애쓸 뿐. 나도 그렇고 '진보와 민주의 탈을 쓴 자'들을 고발한 작가 또한 그런 것 아닌가.

벌거벗은 임금님과 작가정신

안데르센의 「벌거벗은 임금님」이란 우화가 있다. 최근에 어느 이름난 작가[5]가 자신의 신작 발표 기자간담회에서 그동안 사회적 논란이 되었던 발언을 변호하기 위해 이 이야기를 끌어댔다. 아무도 '벌거벗은 임금님'의 실체를 말하지 못하고 있을 때 "임금님이 벌거벗었다"고 용기 있게 소리친 우화 속의 '어린이'가 자신이라는 것이다. 그 어린이야말로 진정

---

5) 공지영 작가가 '벌거벗은 임금님' 우화의 어린이처럼 '본 대로 말하는 것'이 진정한 '작가의 모습'이라고 말한 것에 선뜻 동의하기가 어려웠습니다. 그럴 때가 있고 아닐 때가 있는 것이란 게 너무 분명하게 보였기 때문입니다. 진짜 '작가정신'이라면 그 차이를 헤아려 행동할 수 있는 '통찰력'과 '혜안'이 있어야 하는 게 아닌가 말이죠. 어떤 상황에서도 '본 대로 말한 것'이 진정한 '작가의 모습'이라고 말하는 것은 자신의 실수를 인정하지 않는 또 다른 독선(獨善)이 아닌가 묻고 싶었습니다. '독선을 성찰하지 않는 위선(僞善)의 문제제기'는 또 다른 위선일 수 있지 않는가 말이죠. 공지영 작가의 (종교적 계기에 의한 것일지도 모르는) '소명의식'을 존중합니다. 하지만 저는 그런 소명의식이 우리 인간의 '불완전함'을 완전히 해결해주지는 못한다고 생각합니다. 우리네 작가들 또한 사람이기에 언제든 판단과 선택의 잘못을 범할 수 있는 것입니다. '표현의 자유'라는 점에서 작품으로야 '표절'의 문제가 아니라면 따질 게 없겠지만 공인인 작가가 실제로 언행의 지나침이 있었다면 그럴 수는 없을 것입니다. 그렇더라도 이를 흔쾌히 인정하고 사과한다면 더 이상 문제가 되지 않을 텐데요. 하지만 이를 '작가정신'까지 끌어서 정당화하려고 한다면 그건 문제가 아닐 수 없습니다.

한 '작가의 모습'이라고 말했다고 한다. 과연 그러한가?

우화란 것이 조금만 상황이나 해석의 맥락이 바뀌어도 전혀 엉뚱한 이야기가 되기 십상이다. 이것은 선배 작가가 실제로 겪은 이야기다. 지하철에서 흑인 여럿이 타고 가는데 앞자리에 앉아 있던 한 어린이가 갑자기 소리를 쳤단다. 벌거벗은 임금님의 그 어린이처럼 말이다. "앞에 너무 깜깜해!!" 그 흑인들이 한국말을 알아들었는지는 모르지만 어린이의 '순수한 용기'로 인해 수많은 사람들이 곤혹스러운 상황이 됐으리란 걸 짐작하기는 어려운 일이 아니다. 어린이의 순수함이 한순간에 무모한 도발이 되어 상대에게 깊은 마음의 상처를 줄 수도 있는 것이다.

겨우 서너 살짜리 어린이를 비난하기 어렵겠지만 어린이가 작가라면 얘기가 달라진다. '벌거벗은 임금님' 우화가 담고 있는 속뜻을 몰라서가 아니다. 분명 작가에게 그런 '순수한 용기'가 필요한 것을 부정하려는 것도 아니다. 진정한 '작가정신'은 그것만으로는 부족한 것이 아닌가라고 묻고 싶은 것이다. 내가 본 것이 제대로인지 내가 발언하는 것이 어떤 사회적 파장과 효과를 가져 오는지 충분히 고려하지 않고 말하는 '순수함'은 원치 않아도 돌이킬 수 없는 '피해자'를 만들어낼 수 있지 않는가. 그것도 작품만이 아닌 자연인이자 공인으로 발언하고 행동하는 것이라면 말이다.

그 작가가 그동안 역사적 소명의식과 정의감으로 일궈온 문학적 성과나 사회적 실천 행위를 모조리 부정하려는 뜻이 아니다. 그는 어떤 경우에 훌륭했고 이번에 낸 신작을 통해 화두로 던진 '진보나 민주의 위선' 문제 또한 마찬가지다. 하지만 그 또한 사람이기에 모든 경우에 올바른 것은 아니다. 어느 누구도 그럴 수는 없다. 스스로 말했듯이 '앞뒤 가리지 않고' 지나치게 행동할 수도 있다. '독선'의 문제를 성찰하지 않는 '위선'의 문제가 어떻게 작가정신이 될 수 있겠는가.

작가정신

일 년이 흘렀다. 아는 사람은 알고 모르는 이는 모르겠지만 많은 일이 드러나고 밝혀졌다. 그때 '벌거벗은 임금'과 '작가정신'을 얘기했던 어느 이름난 작가는 긴 침묵 속에 잠겨 있는 듯하다.

남북한, 미, 일, 중, 러가 난마처럼 얽혀서 격동하는 동북아의 정세는 구한말 나라를 송두리째 외적에게 빼앗기기 전 폭풍을 맞이하는 등불 같았던 엄혹한 상황이 다시 펼쳐지고 있는 듯하다.

칼날 벼랑 끝에 매달린 우리가 나아가야 할 길은 어디에 있는가? 우리네 민초의 삶과 운명은 어디로 흘러갈 것인가? 온 시대를 통찰하며, 온 정신으로, 온몸으로 밀고 가야 할 '작가정신'은 무엇인가?

신동엽 시인과 영세중립국

　2019년은 동학과 4·19 혁명의 정신을 온몸으로 노래한 신동엽 시인이 세상을 떠난 지 50주년이 되는 해이다. 그는 김수영과 더불어 혁명의 시대를 불꽃처럼 관통해 간 참여문학의 심장이었다. 대표작 「껍데기는 가라」에서 그는 혁명의 정신을 저버리는 '껍데기'들을 고발하며 혁명의 불씨를 되살리고자 목 놓아 외친다.

　　껍데기는 가라./4월도 알맹이만 남고/껍데기는 가라.//껍데기는 가라./동학년 곰나루의, 그 아우성만 살고/껍데기는 가라.
　　　　　　　　　　　　—신동엽, 「껍데기는 가라」, 『신동엽 시전집』(창비사, 2013) 부분

　박정희의 5·16 군사쿠데타에 의해 좌초할 지경에 이른 혁명의 위기 앞에서 시인은 절규한다. "껍데기는 가라" 이승만 독재정권을 무너뜨렸던 민중의 순수한 혁명정신인 '알맹이'만 남고 허위와 위선, 외세와 무력을 정당화하려는 모든 불의의 '껍데기'를 제거하려는 선언이었다. 50년이 지난 오늘, 시인의 외침이 더욱 생생하게 살아오는 건 왜인가. 지난해 촛불혁명에 의해 부패했던 수구권력이 탄핵되고 새로운 민주정부가 들어섰건만 온갖 적폐의 '껍데기'들이 여전히 촛불의 정신을 훼손하고 좌초시키려 애쓰고 있기 때문이 아닌가.

시인이 "다시/껍데기는 가라./이곳에선, 두 가슴과 그곳까지 내논/아사달 아사녀가/중립의 초례청 앞에 서서/부끄럼 빛내며/맞절할지니."라고 노래한 대목이 의미심장하게 다가온다. 올해 한반도를 둘러싼 국제정세가 급격하게 화해와 평화의 방향으로 치달으며 이미 남북과 북미정상회담이 실현됐으니 어쩌면 신동엽 시인 50주기에 즈음하여 한반도 평화체제의 초석이 놓이게 될지도 모른다. 문제는 그 이후일 텐데 "중립의 초례청"은 남북이 주변 강대국들의 이해관계에 휘둘리지 않고 평화통일로 나아가는 방안인 '영세중립국'을 예언하고 있는 것은 아닌지.

대전작가회의와 충남작가회의는 신동엽 시인의 50주기를 추념하는 여러 행사를 함께 준비하고 있다. 시인이 "껍데기는 가라./한라에서 백두까지/향그러운 흙 가슴만 남고,/그, 모오든 쇠붙이는 가라."고 노래했듯이 그 일은 분단의 철조망을 걷어내고 상생과 평화의 흙을 돋우는 일이 될 것이다. 시인의 노래가 예언이 되어 이 땅에 정의와 평화가 강물처럼 흘러넘치기를 간절히 빈다.

　

껍데기는 가라.
사월도 알맹이만 남고
껍데기는 가라.
껍데기는 가라
동학년 곰나루의, 그 아우성만 살고
껍데기는 가라.
그리하여, 다시
껍데기는 가라.
이곳에선, 두 가슴과 그곳까지 내논
아사달 아사녀가
중립의 초례청 앞에 서서

부끄럼 빛내며

맞절할지니

껍데기는 가라.

한라에서 백두까지

향그러운 흙가슴만 남고

그, 모오든 쇠붙이는 가라.

　　　　　　　　　　—「껍데기는 가라」, 앞의 책. 전문

왜 영세중립국 통일인가?

　내년(2019)이 신동엽 시인(1930~69)이 돌아가신 지 50주년이 되는 해입니다. 시인이 대표작 '껍데기는 가라'에서 목 놓아 외친 '민주주의와 평화통일'의 메시지가 더욱더 절실하게 다가오는 건 아직도 도처에 '껍데기'들이 득시글거리는 현실 때문이겠죠. '돼지 껍데기' 파는 가게 사장님들이야 좋아하기 힘든 얘기겠지만 '껍데기'들이야말로 요즘 말로 바꾸면 '적폐'의 당자이고 장본인들이 아닐 수 없습니다. 이들이 고분고분하게 수그리고 호락호락하게 물러설 거라고 생각했다면 너무나 순진하고도 안일한 생각입니다. 해방 후 친일파들이 그랬고 노무현 정권 때 그랬던 것처럼 발톱을 감추고 호시탐탐 언제든 반격할 수 있는 때를 노리고 있을 뿐이겠죠.

　시인이 '중립의 초례청'을 노래한 건 '영세중립국' 통일방안과 관련하여 정말 혜안이 아닐 수 없습니다. 남북 평화가 실질적으로 보장되는 건 '껍데기' 적폐세력들이 주장하듯이 남한의 파상적 경제력을 앞세운 흡수통일도 북한의 무장력이나 통일전선전술에 의한 적화통일도 될 수 없기 때문입니다. 남북이 제각각 동맹을 맺은 강대국의 이해관계에 휘둘릴 수밖에 없는 기존의 '한-미/조-중 동맹' 관계를 유지하면서 남북이 하나로 통합될 수 있는 방안이 어떻게 가능할 수 있을까요? 중립은 남북 모두가 각자가 맺은 동맹의 파기를 선언하는 순간부터 비로소 시작됩니다. 혹자는 '다자간 동맹' 관계를 활용해서 복잡한 방정식을 풀 수 있다고 말하지만 그런 방안은 자칫 구한말에 청일의 힘을 이용한다고 하다가 폭삭 망한 것처럼 다자간의 분쟁을 촉발하거나 분쟁의 승자에게 안방을 통째로 내줄 공산이 큽니다.

미국은 점점 힘이 빠지고 있지만 아직은 살아 있고 중국은 갈수록 힘이 커지고 있지만 아직은 마음껏 뻗어나가지 못하고 있습니다. 그야말로 아슬아슬하지만 힘의 균형이 절묘하게 이뤄지고 있는 때입니다. 이 절호의 기회가 그리 오래가지는 않을 것입니다. 정신세계가 심란하기 이를 데 없는 수구 논객 변희재 같은 이는 미국이 '압도적으로' 힘의 우위에 있는데 중립국 같은 걸 할 이유가 없다며 '영세중립국'은 남북의 무장해제와 주한미군 철수를 통해서 '중국으로 복속'되는 길이라며 악선동을 하던데 한반도의 정세적 조건을 일도 읽을 줄 모르는 정말 무식하기 짝이 없는 주장입니다. 미국이 압도적으로 우위에 있었다면 여기까지 어떻게 왔겠습니까? 다소 우위에 있다고 하더라도 마음대로 할 수 없는 게 한반도의 지정학적 특수성인 것이지요. 중립국이 된다고 무장력을 해제할 아무 이유도 없는 일입니다. 스위스처럼 적정하게 감축하거나 한시적으로 유엔평화유지군이 미군을 대체하면 되는 거고요. 오스트리아처럼 유엔 아시아본부와 여러 산하기관을 비무장지대에 유치함으로써 분쟁의 안전판으로 활용하면 될 일입니다.

'영세중립국' 방안은 통일된 한반도를 중국으로 복속하게 만드는 것이 아니라 오히려 지금 상태에서 갈수록 가속화될 가능성이 높은 북한의 중국 의존도와 복속화를 '차단'하는 결과를 가져올 것입니다. 중국은 한반도에서의 미국의 영향력을 차단하고 중국의 동북권과 대러 대일 정책을 효과적으로 수행할 수 있기 때문에 영세중립국을 마다할 이유가 없습니다. 북한이 자신에게 기운다고 해도 남북이 대치하는 정세의 불안전성은 자신의 운신의 폭을 좁힐 수 있는 것이라고 생각할 테니까요. 미국 또한 북한이 중국에게 기우는 것을 결코 원하지 않기 때문에 갈수록 미국의 힘이 떨어지는 가운데 중국의 영향력을 원천적으로 차단하는 영세중립국이 자신에게 나쁜 것이 아니라고 판단할 가능성이 큽니다. 정치적 중립지대가 된다고 해도 경제문제는 별개이므로 한반도는 자유로운 경제활동을 통해 미국의 이익이 얼마든지 관철될 수 있을 거라고 판단할 테니까요. 러, 일 또한 미, 중의 일방적 이해가 관철되기를 원하지 않기 때문에 중립국 안을 받아들일 가능성이 크다고 봅니다. 구한말과 지금의 결정적 차이인 거죠. 결국 누군가 혼자 독식할 수 없는 '힘의 균형'이 영세중립국 논의를 현실화할 수 있는 근거가 되고 있는 겁니다.

물론 이러한 예측과 기대가 어떻게 현실화될 지는 아무도 장담할 수 없는 일입니다. 수많은 변수가 있는 것이고 아직은 '영세중립국' 논의 자체도 수면 위로 올라오지 못한 실정입니다. 하지만 허풍선이 허경영의 대선 공약에 '중립국' 논의가 있다고 하여 이를 그런 수준의 황당무계한 논의로 치부하는 식의 우를 범해서는 안 됩니다. 최근 박태균 서울대학교 국제대학원 교수가 『황해문화』 100호 기념 국제심포지엄의 '2018년에 바라보는 중립국 통일론과 주한미군'을 주제로 한 강연에서 "북미정상회담과 북미관계의 정상화는 한반도에서의 긴장완화를 통해 주한미군을 감축 또는 철수하고, 결국 미국 정부의 재정을 건전화할 수 있는 방안이 될 수 있다."며 "이전과 달리 한반도의 힘이 주변 열강들이 무시할 수 없도록 커졌다는 상황 역시 중립화가 가능할 수 있는 조건이 되고 있다."고 주장한 것에 주목할 필요가 있습니다. 예전 같으면 엄두도 못 낼 '논의의 기초'가 하나둘씩 마련되고 있다는 얘기입니다.

어쩌면 '누가 고양이 목에 방울을 다는가'의 문제일 수도 있습니다. 영세중립국 논의에서 가장 중요한 건 '남북 당사자의 인식과 실천 의지'에 있기 때문입니다. 그런 점에서 오스트리아가 1955년 영세중립국을 선언할 때 좌우를 뛰어넘어, 보수와 진보의 정치세력이 의기투합한 것은 시사해 주는 바가 큽니다. 수구 정치세력이 중립국 논의에 대해 게거품을 물고 달려들고 있는 우리의 현실을 보면 앞날이 암담한 것도 사실입니다. 이들에게는 오직 미국만이 은혜고 구원이고 진리입니다. 아직도 미국과의 '의리' 운운하고 있는 이들을 보면 현실의 흐름을 제대로 읽지 못하고 아무 힘도 없고 대안도 없으면서 명나라와의 '의리'만을 내세우다가 청나라에게 온갖 수모와 치욕을 당했던 병자호란 당시 수구 노론세력의 망령을 보는 듯하여 씁쓸하기만 합니다. 그들이 '적폐'고 시인이 고발한 '껍데기'들인 것이죠. 기회의 문이 그리 오래 열려 있지 않겠지만 하릴없이 좀 더 기다려야 하는지도 모릅니다. 이 씁쓸함을 애써 달래면서 누군가 방울을 달게 될 때까지 말이죠.

이 글이 어쩌면 방울을 다는 일의 시작이 될지도 모른다는 망상으로 다시 신동엽 시인의 시 한 편을 꺼내어 읽습니다. 50년 전에 쓴 시라고는 믿기지 않을 만큼 놀라운 시입니다. 평화와 민주주의를 향한 시인의 지극한 마음이 담겨 있습니다. 제목은 무미건조하게 「산문시 1」인데, '내가 꿈꾸는 나라'라든가 '중립국'이라는 제목이 더 어울리지 않나 싶습니다만.

스칸디나비아라든가 뭐라구 하는 고장에서는 아름다운 석양 대통령이라고 하는 직업을 가진 아저씨가 꽃 리본 단 딸아이의 손 이끌고 백화점 거리 칫솔 사러 나오신단다. 탄광 퇴근하는 광부들의 작업복 뒷주머니마다엔 기름 묻은 책 하이덱거 럿셀 헤밍웨이 장자 휴가 여행 떠나는 국무총리 서울역 삼등 대합실 매표구 앞을 뙤약볕 흡쓰며 줄지어 서 있을 때 그걸 본 서울역장 기쁘시겠오라는 인사 한마디 남길 뿐 평화스러이 자기 사무실 문 열고 들어가더란다. 남해에서 북강까지 넘실대는 물결 동해에서 서해까지 팔랑대는 꽃밭 땅에서 하늘로 치솟는 무지갯빛 분수 이름은 잊었지만 뭐라군가 불리우는 그 중립국에선 하나에서 백까지가 다 대학 나온 농민들 추럭을 두 대씩이나 가지고 대리석 별장에서 산다지만 대통령 이름은 잘 몰라도 새 이름 꽃 이름 지휘자 이름 극작가 이름은 훤하더란다 애당초 어느 쪽 패거리에도 총 쏘는 야만엔 가담치 않기로 작정한 그 지성 그래서 어린이들은 사람 죽이는 시늉을 아니하고도 아름다운 놀이 꽃동산처럼 풍요로운 나라, 억만금을 준대도 싫었다 자기네 포도밭은 사람 상처 내는 미사일 기지도 탱크 기지도 들어올 수 없소 끝끝내 사나이 나라 배짱 지킨 국민들, 반도의 달밤 무너진 성터가의 입맞춤이며 푸짐한 타작 소리 춤 사색뿐 하늘로 가는 길가엔 황토빛 노을 물든 석양 대통령이라고 하는 직함을 가진 신사가 자전거 꽁무니에 막걸리 병을 싣고 삼십 리 시골길 시인의 집을 놀러 가더란다.

—「산문시 1」, 『월간문학』 창간호(1968) 전문

한여름 밤의 꿈?

왜 우리는 맨날 북한과 미국 사이를 중재만 해야 하는 걸까? 왜 그들 사이를 왔다리갔다리 하면서 이쪽저쪽의 눈치만 봐야 하는 것일까? 왜 남북한이 아니라 저들이 당사자가 되어야 할까? 물론 휴전협정의 당사자가 아니기 때문이란 걸 안다. 하지만 그렇다고 해서 그것이 남북이 직접 만나서 문제를 풀어가서는 안 된다는 근거가 되는 걸까?

남한과 북한이 만나고 또 만나고 논의에 논의를 거듭해서 핵 문제도 풀고 종전 평화협정, 북미 수교 문제까지도 풀어내서 미국과 중국의 동의를 받아내는 건 왜 안 되는 걸까? 이참에 미국과 중국 간의 팽팽한 힘겨루기를 지렛대 삼아서 아예 한반도를 어느 나라도 넘보지 못하는 '중립지대'로 만들어 영구적인 평화체제를 세우면 얼마나 좋을까? 스위스도 오스트리아도 심지어 라오스도 한 '영세중립국', 이런 걸 우리도 일치단결 나서서 우리 힘으로 확! 선언하면 안 되는 것일까?

왜 당장에 휴전선의 철조망을 걷어내고 유엔(UN)아시아본부를 비무장지대 DMZ에 유치하여 한반도를 세계평화의 안전지대로 선언하면 안 되는 것일까? 미국과 중국, 러시아와 일본의 눈치만 볼 것이 아니라 세계 각국의 정상과 인민들의 심장을 향해 뜨거운 눈물로 호소한다면 이 꿈이 그저 한여름 밤의 몽상으로만 끝나게 될까?

설날 올림픽, 평화 올림픽

올해 무술년 설날은 특별하다. 서설이 내리지 않았으나 혹한이 피해갔으며 하늘도 쾌청하여 온화한 기운만 온 누리에 가득한 느낌이다. 평창에서 열리고 있는 올림픽의 열기 때문일까. 예년 같으면 설날 하루만 잔칫집 분위기였을 텐데 거의 온 나라가 날마다 잔칫집 분위기이다.

설날에 치러지는 올림픽, 올림픽 기간에 맞는 설날이라니. 평생에 한 번 올까 말까 한 일이 아닐 수 없다. 우리나라가 또다시 동계 올림픽을 개최하는 일은 기약할 수 없는 일이고 하계 올림픽을 유치한다 해도 설날과는 거리가 먼 시절일 것이기 때문이다. 하늘이 내려준 선물이다.

날씨뿐만이 아니라 불과 얼마 전까지만 해도 전쟁도 불사한다며 한 치 앞을 알 수 없도록 극한 대결로 치닫던 남북관계가 비로소 어떤 전기를 맞은 듯한 상황도 올해 설날을 특별하게 만들고 있다. 평창올림픽이 그런 여건을 만드는 일등공신이 되었다는 걸 부정할 사람은 거의 없을 것이다.

내가 무슨 특별한 영감이 있는 사람은 아니지만 나는 평창올림픽 유치가 결정되었을 때부터 이번 올림픽은 한반도와 세계평화의 운명을 가르는 분수령이 될 것이라 생각했다. 김정은이 대를 이어 어려운 여건 하에서도 마식령 스키장에 줄곧 투자하는 걸 보면서 그런 느낌이 더 굳어졌다. 기회가 올 거라고.

내 바람대로였다면 남북한은 평창올림픽 전에 '한반도 평화협정'과 '영세중립국 통일안'의 대원칙에 합의하고 올림픽 기간은 전 세계인을 향해 이를 호소하고 지지를 얻는 기회로 삼았어야 했다. 하지만 안타깝게도 이명박, 박근혜 정권이 대를 이어 그 모든 걸 홀라당 다 날려버리려 했다.

가까스로 하늘이 도와 촛불 혁명으로 들어선 문재인 정부가 마지막 남은 한 점의 불씨를 꺼뜨리지 않고 살리려고 애를 쓰고 있다. 그 노력이 어떤 결과를 낳을지, 또 다른 무엇이 우리 앞을 가로막고 한반도의 운명이 소용돌이 속으로 휘말려 들어갈지 정확히 알 수는 없는 일이다.

다만 전쟁의 공포에 휩싸이거나 전쟁 와중에 맞이하는 설날과 평화와 축제의 분위기 속에서 맞는 설날이 결코 같을 수 없다는 건 너무나도 분명하다. 그래서 이번 설날은 더욱 특별하고도 절실하다. 어쩌면 우리가 평화스러운 분위기하에 맞이하는 마지막 설날이 될지도 모르는 일이기 때문이다.

제2부

프란치스코, 갈매나무, 진실

녹슨 물고기

—후일담

    지난겨울인가 우리집 막내딸 어진달이가 옛 친구가 보고 싶다고 해서 금산군 군북면 상곡리 황토마을을 다시 찾아가게 되었다. 문득 아내가 세상을 떠나고 아이들을 데리고 금산 집을 떠나오며 처마 끝에 홀로 남겨두고 온 풍경(風磬)의 근황이 궁금해졌다. 반갑고도 미안한 마음을 어떻게 전해야 할지 잠시 두근거렸으나 다 부질없는 일이었다.

> 세상 어딘들 몸 하나 뉘일 데 없으련만
> 저리 허공에 아슬한 집을 짓고 들어앉아
> 바람이라도 불라치면 통곡의 춤을 춘다
>
> 녹슨 바람을 따라가며 운다
>
>   —졸시, 「녹슨 물고기—풍경(風磬)」 전문

    풍경을 내건 자리가 깨끗했다. 아마도 새로 들어온 주인이 녹슨 물고기의 앓는 소리가 못내 듣기 싫었던가 보다. 사람이 누울 자리를 보고 발을 뻗어야 하듯이 풍경도 집 주인을 보고 자리를 잡아야 하는 법이었다. 간혹 절집에서조차 풍경을 내걸지 않은 풍경을 보며 괴이했는데 비로소 짐작이 갔다.

풍경이 걸렸던 자리는 허전했지만, 정호승 시인의 어른을 위한 동화 『연인』에 나오는 물고기 푸른툭눈이와 검은툭눈이처럼 어디선가 아름다운 사랑 이루고 새끼 물고기들과 더불어 푸른 하늘을 자유롭게 유영하며 다니고 있기를 마음 모아 빈다. 부디 세상에 다시 오더라도 허공에 매여 통곡하거나 팽목의 어두운 바닷속에 누워 뒤척이는 '녹슨 물고기'로 오지는 말기를.

    어느 참혹한 세월인들
    하나 놓아버릴 것이 있으련만

    저리도 깊은 바다에
    어둑한 집을 짓고 누워

    거센 물결이라도 칠라치면
    녹슨 몸을 흔들며 통곡한다

    녹슨 지느러미를 뒤척이며 운다
                  —졸시, 「녹슨 물고기 2-세월호」 전문

귀가(歸家)

지금 바깥에 비가 쏟아붓고 있다. 하늘에 구멍이라도 뚫린 건지 모르겠다. 저녁 무렵에 다리를 건너올 때는 바람에 차가 휘청거렸다. 피가 온몸에서 빠져나가는 듯 아찔했다. 이 비바람을 뚫고 어떻게 집으로 돌아가야 할까.

이 비바람에 꽃들은 다 송두리째 지고 말 것이다. 채 피기도 전에 지는 것이 어디 꽃들뿐이겠는가. 팽목의 검은 바다 밑에는 집으로 돌아갈 수 없는 삼백네 개의 넋들이 잠들어 있다. 그들은 언제야 집으로 돌아갈 수 있을까.

어진달, 풍수지탄, 효

　가을 하늘이 흠차 내린 것마냥 달큰하고 씁쓸한 날이다. 한낮의 얼숲 (facebook) 담벼락에 올라온 강기희 작가님의 멧돼지 쓸개 사진을 보면서 마음이 곡진해지고 상념이 깊어졌다. 어머님을 위한 작가의 마음이 살뜰하면서도 먼저 떠나신 아버님에게 그리 못 해준 회한을 말하는데 남일 같지가 않다. 나 또한 돌아가신 아버지, 어머니를 위해서 무엇 하나 변변히 해드린 것이 없었기 때문이다.

　젊은 날 정의감이란 걸 앞세우느라 아버지, 어머니 맨가슴에 못을 박아드리기 일쑤였다. 몇 년인가 나를 잡으러 다니는 이들을 피해 일정한 거처도 없이 떠돌아다니느라 부모님께 몹쓸 짓을 하기도 했다. 내 마음의 정의감은 헤아렸지만 아버지, 어머니 마음을 헤아리고 보살펴 드리는 데 무지하고 인색했다. 정의감을 외면하지 않고도 부모님께 할 수 있는 일이 많았을 텐데 그러지 못했다.

　옛말에 마음 깊이 담아야 할 것들이 많은데 이 말 또한 매번 그렇다는 걸 절감하게 된다. 잘 알려진 '풍수지탄(風樹之嘆)'의 고사다. 중국 한나라 때 한영(韓嬰)이란 이가 쓴 『시경(詩經)』 주석서 「한시외전(韓詩外傳)」 9권에 나오는 말이다.

　　수욕정이풍부지(樹欲靜而風不止)

자욕양이친부대(子欲養而親不待)

왕이불가추자년야(往而不可追者年也)

거이불견자친야(去而不見者親也)

나무는 고요히 머물고자 하나 바람이 그치지 않고

자식은 봉양하고자 하나 부모님은 기다려 주시지 않네

한번 흘러가면 쫓아갈 수 없는 것이 세월이요

가시면 다시 볼 수 없는 것은 부모님이시네.

　효도를 다하지 못한 채 부모를 잃은 자식의 슬픔을 가리키는 말로 부모가 살아계실 때 효도를 다하라는 뜻이다. 과연 그렇다. 정작 부모님이 돌아가신 뒤 아무리 잘 하려 한들 무슨 방법이 있고 무슨 소용이 있겠는가. 위 책의 1권에 이와 통하는 구절이 또 하나 있다. 자매편처럼 흡사하다. '상수지탄(霜樹之嘆)'이라고나 할까.

이친지수홀여과극(二親之壽忽如過隙)

수목욕무상노부조사(樹木欲茂霜露不凋使)

현사욕성기명이친부대(賢士欲成其名二親不待)

　부모님의 수명은 흰 말이 문틈을 지나는 것을 보는 것(白駒過隙)처럼 빠르다.

　나무는 무성하고자 하지만 서리와 이슬이 그냥 두지 아니한다.

　어진 사람이 그 이름을 이루고자 하나 부모님은 기다리지 않는다.

　지금 곁에 부모님이 살아 계시는 사람은 행복한 처지가 아닐 수 없다. 아무리 이제까지 못했다 해도 위의 말을 명심하고 앞으로라도 애쓰고 노력하면 될 터이니 말이다. 그렇지 못한 이들은 이제 무슨 면목으로 자식들에게 부모 섬김을 이야기하고 바랄 수 있겠는가. 나 또한 그렇지 못한 입장이고 보니 우리 집 귀요미 막내딸 초등학교 6학년생 어진달 민서가 써온 글을 보는 내 낯이 뜨거울 수밖에 없는 노릇이다.

효의 참된 의미―김민서

어른들은 항상 말씀하신다. 부모님께 '효도'하라고 말이다. 보통의 아이들, 그리고 나 또한 마음속으론 이미 효녀 심청이지만 효도하는 것, 그게 그렇게 말처럼 쉬운 것이 아니다. 진정한 효도가 무엇인지도 잘 모르겠다. 효도가 부모님을 잘 섬기는 것이라곤 들었지만 정말 진정한 효도는 무얼까? 효도의 참된 의미를 찾기 위해서 세 가지의 이야기 속으로 떠나보려고 한다. 많은 이들이 잘 알고 있는 이야기들인데 그 속에 답이 있을지도 모르겠다.

리처드 바크가 쓴 『갈매기의 꿈』이라는 책 속에는 '조나단'이라는 멋지고 개성 있는 갈매기가 나온다. 조나단의 부모와 동료 갈매기들이 하늘을 나는 이유는 오직 먹고 '살기 위해서'이다. 조금 더 많이 먹이를 구하고 생명을 이어가기 위하여 하늘을 나는 것이다. 하지만 조나단은 이와 다르다. 그가 하늘을 나는 이유는 '즐기기 위해서'이다. 즐기기 위해서 하늘을 난다니, 내 딴에는 정말 멋진 생각이다. 다른 갈매기 무리들은 이런 조나단을 외면했고 조나단의 부모는 그를 설득하려 애썼다. 그럼에도 불구하고 조나단은 자신의 꿈을 이루기 위해 부모와 동료들에게 작별의 인사를 하고 홀로 서는 삶을 선택한다. 여기까지 보면 조나단이 자신을 걱정하는 부모님의 말을 듣지 않는 아주 이기적이고 불효막심한 갈매기라고 생각하는 사람도 있을 것이다.

하지만 중요한 건 이야기에서 조나단은 자신의 꿈을 이룬 후 다시 가족의 품으로 돌아온다는 것이다. 가족을 잊어버리고 자신 마음대로 마음껏 하늘을 날아다니며 혼자서 자유롭게 살 수도 있었겠지만 조나단은 다시 가족에게 돌아왔다. 그렇다면 다시 돌아오긴 했지만 집을 나가 부모님을 실망시킨 조나단은 정말 불효를 한 것일까? 나는 아니라고 생각한다. 조나단이 부모님의 말씀을 따르지 않긴 했지만 부모님의 말씀은 조나단의 성장에 도움을 주지 않는 말씀이었다. 자식의 도리로서 부모님의 말씀을 따라야 하긴 하지만 무조건 따르는 게 다가 아니다. 좋지 않은 일은 따르지 않고 부모님이 다시 옳은 길로 가실 수 있게 옆에서 도와드리는 게 진짜 효도라고 생각한다. 조나단이 다시 부모님 곁으로 돌아온 걸 보더라도 그를 불효자라고 생각할 수는 없다.

어릴 때 자주 들었던 전래동화 '청개구리 이야기'에도 조나단과 비슷할 수도 있고 다를 수도 있는 아들 개구리가 나온다. 청개구리는 태어나서 어머니의 말을 한 번도 따른 적이 없다. 청개구리는 어머니가 시키는 일마다 항상 반대로 하여 어머니의 속을 썩이는 아들이다. 청개구리의 이런 행동은 어머니가 돌아가실 때까지 계속된다. 어머니는 속 썩이는 청개구리 때문에 유언에 이런 말을 써넣으셨다. '내가 죽으면 강변에 묻어주렴.' 어머니는 청개구리가 항상 반대로 일을 했기 때문에 이런 말을 쓰면 자신을 산에 묻을 것이라고 생각하셨다. 결국 어머니는 돌아가시고 청개구리는 유언장을 보았다. 이때 문제가 생겼다. 청개구리가 이제야 철이 든 것이다. 어머니의 유언장대로 강변에 어머니의 무덤을 만들었지만 비가 오니 무덤이 떠내려가 버렸다.

청개구리는 마지막엔 어머니의 말씀을 들었지만 이건 결코 효도가 아니다. 효도는 부모님을 행복하게 해드리는 것이다. 하지만 청개구리는 어머니의 말씀을 따랐지만 마지막까지 어머니께 불효를 했다. 부모님의 말씀을 듣는 건 좋지만 그 말의 의미를 파악하고 행동을 해야지 무턱대고 따르는 건 미련하다고밖에 말할 수 없다. 조나단은 마지막엔 멋진 모습으로 돌아와 부모님을 행복하게 했지만 청개구리는 마지막까지 어머니 말씀의 속뜻을 모르고 미련하게 그대로 따라 불효를 한 것이다. 다시 말하지만 부모님의 속뜻을 모르고 그대로 따라하는 건 절대 효도가 아니다. 자식은 부모님이 말씀하시는 말씀의 참된 뜻을 파악하고 그것을 따라야 한다. 그렇지 않으면 자기는 효를 하는 것 같아도 효가 아닌 일이 생길 수도 있다.

마지막으로 많은 이들이 효하면 떠올리는 효도의 전설 『심청전』 이야기가 있다. 눈이 안 보이는 아버지를 위해 공양미 삼백 석을 얻기 위해서 자신의 몸을 팔아서 인당수에 몸을 던진 심청이, 그 누가 이것이 쉽게 불효라고 생각할 수 있겠는가. 하지만 나는 생각이 다르다. 앞에서 보았듯이 효도는 부모의 참된 뜻을 살피는 것이다. 심청이가 인당수에 몸을 던진 게 아버지, 심봉사의 참된 뜻이라면 이건 효도라고 부를 수 있다. 물론 이 뜻도 누구나 인정하고 이해할 수 있는 것이어야 한다. 아버지 심봉사의 이기적인 욕심으로 딸을 팔아서 자기 눈을 뜨려고 했다면 조나단 부모의 경우처럼 그걸 참된 부모의 뜻이라고 할 수는 없다.

더군다나 심청이가 몸을 팔게 된 건 심봉사의 의지가 아닌 심청이 본인의 의지대로 진행된 것이다. 심봉사는 홀아비인데다가 지금까지 심청이만을 의지하고 살아왔기 때문에 눈을 뜨게 되더라도 심청이가 자신 때문에 인당수에 몸을 던졌다는 사실을 들으면 하늘이 무너지는 것 같을 것이다. 이런 생각을 하지 않고 자신의 생각이 부모님의 생각이라고 생각하고 행동을 한 것부터가 효도에서 불합격이다. 아무리 부모님을 위해 한 일이라고 해도 그것이 부모님의 진짜 뜻을 헤아리지 못하고 아프게 한다면 그것은 불효가 되는 것이다. 물론 심청이를 불효녀라고까지 말할 수는 없겠지만 나는 심청이가 한 행동이 참된 효의 모범이라고 볼 수는 없다고 생각한다.

세 가지 이야기를 통해서 부족하나마 참된 효가 무엇인가 생각해보았다. 위 이야기에서 『심청전』과 '청개구리 이야기'를 통해서는 효에 있어서 부모의 참된 뜻을 헤아리는 것이 중요하다는 것을 알게 되었다. '갈매기 조나단'을 통해서는 부모의 뜻과 나의 생각이 다를 때 어떻게 하는 것이 필요한가를 생각하게 되었다. 어떤 경우든 효를 실천하는 게 얼마나 어려운 일인가 다시 느낄 수 있었다. 그래서 요즘 사람들은 효 같은 건 안 지키고 살아도 된다고 생각하는지도 모르겠다. 하지만 효가 힘들지 않은 일이라면 굳이 지켜야 한다는 얘기도 하지 않을 것이다. 나는 아무리 힘들더라도 사람으로서 마땅히 해야 할 일은 반드시 지키면서 살아가야 하는 법이라고 생각한다.

간병의 끝

어머니께서 중환자실에 입원해 경황이 없는 학교 후배랑 오랜만에 만나 술을 마셨다. 무엇이 옳은지 모르겠다. 어머니께서 사경을 헤매는데 이렇게 술잔을 기울이는 게 맞는지? 며칠 동안 옆을 지키며 마음 졸인 후배를 격려하며 술 한 잔 따라주고 마음을 다독여주는 게 옳은지? 그래도 후배를 다독이는 마음에 애써 내색하지 않고 술잔을 기울였다. 후배와 내 마음이 통하고 불경스럽지만 않다면 괜찮은 것 아닌가.

"긴 병에 효자 없다."라는 말이 있다. 이 말이 왜 나온 건지는 간병을 해본 사람이라면 굳이 설명을 하지 않아도 알 것이다. 그런데도 우리 사회 분위기로는 자식 입장에서 이런 말을 쓰는 것이 아직 절대 금기라니 참 어려운 일이다. 분명히 '긴 병'이라고 단서를 달았는데도 이렇듯 민감하게 나오는 걸 보면 요즘 자식들이 부모 봉양하고 간병하기를 꺼리고 어떻게든 피해가려는 세태를 걱정하기 때문이 아닐까.

효(孝)란 사회복지의 관점에서 볼 때 인간다움의 당위를 떠나 전통사회에서 부모와 자식이 호혜적으로 상부상조하기 위해 만든 이념이자 가치고 관습이다. 하지만 개인의 노후와 복지를 사회가 아닌 가족이 책임지는 방식은 대가족 제도에서나 효율적인 방법이었을 것이다. 오늘날 같은 핵가족 사회에서 부모의 노후와 복지를 1~2명의 자식이 책임지는 건 아무래도 무리가 있다. 개인에게 맡겨진 책임의 몫이 사회로 옮겨가는 것은 자연스러운 일이나 부모 자식 간의 관계가 오직 사회적 합리성이나 효율성으로만 판단되는 것이 과연 옳은지는 여전히 모르겠다.

비타 500

우리집 귀요미 막내딸 어진달 민서가 삼각김밥을 사려다가 아빠가 생각나서 함께 샀단다. 얼른 받아 마셨다. 산삼 내린 물이 따로 없다.

집에 놀러온 친구랑 삼각김밥 먹고 독서실 가는 어진달에게 힘내라고 등을 두드려줬다. 늘 그렇듯 스스로 견디며 잘 헤쳐나가길 응원할 뿐이다.

중국인 딸

올해 우리 집 귀요미 막내딸 어진달 민서의 어버이날 선물은 중국어로 된 카네이션 카드였다. 순간 달이가 나 몰래 중국으로 귀화한 건가 당황스러웠다.

이제 중국인 딸을 두게 된 건가. 번체도 간체도 아니고 중국어 병음으로 쓴 카드 내용을 어렵사리(?) 해독한 결과 비로소 마음이 놓이고 눈가가 촉촉해졌다.

내용은 간결했으나 달이가 귀화하면서 아빠까지 버리고 간 건 아니라서 다행이었다. 달이에게 영원한 '베이지색 아빠'로 남고 싶은 내 마음이 온종일 중국발 황사처럼 허공을 떠돌았다.

달이가 그린 아빠의 캐리커처는 민망해서 올리지 않는다.

친애하는 아빠에게(亲爱的 爸爸)

건강하게 오래오래 사시길 바라요!(Zhù nín jiànkāng chángshòu!)
날마다 행복하시기를!(Zhù nǐ tiāntiān kuàilè!)
영원히 사랑해요.(Wǒ yǒngyuǎn ài nǐ.)

2021. 5. 8
from 딸 민서

간장국수

태어나서 처음 '간장국수'란 것을 먹어보았다. 그것도 우리 집 귀요미 어진달 민서가 "아빠…… 이거……." 하며 갖다 준 것이었다. 민서가 차려준 상을 받은 지가 얼마나 됐는지 잘 헤아려지지 않는다.

그 언제였던가. 열한 살배기 민서가 조막손으로 오물조물 차려온 술상을 받고 속으로 얼마나 울었던지. 이제 열여덟 살 꽃다운 아가씨로 훌쩍 자란 민서가 유투브까지 보고 나름 이것저것 궁리해서 보란 듯이 차려낸 음식을 보니 다시 또 울지 않을 수 없다.

간장국수가 어떤 맛인들 맛있게 먹지 않을 수 없는 일이겠지만 민서가 차려낸 간장국수의 맛은 특별했다. 밀가루 음식이라면 무엇이든 사족을 못 쓰는 나지만 이 간장국수 맛은 정말 환상이었다.

아버지 노릇하기

어젯밤 오랜만에 어느새 서른을 내다보는 나이가 된 여제자와 왕년의 선생님들을 만나 대취했다. 제자는 이제 더 이상 아이가 아니었다. 생각이 여물고 속이 깊어져 오히려 내가 배울 게 더 많았다. 대견하고 흐뭇한 나머지 그랬는지 과음을 하게 되었다. 다만 내가 지금도 왕래하며 소식을 주고받는 제자가 몇 되지만 한결같이 여자인 게 마음에 걸린다. 간간이 연락이 오던 사내 자식들도 요즘은 코빼기가 보이질 않고 다 어디로 간 것인가.

제자가 마음속 깊이 담아뒀던 얘기를 꺼내며 눈물을 보였다. 어린 시절 아버지의 부재가 그녀를 얼마나 힘들게 했을까를 생각하며 마음이 애잔해지다 보니 우리 집 아들과 딸 어진별과 어진달이에게 생각이 미쳤다. 별이와 달이 또한 엄마의 부재로 인해 얼마나 힘들었을까? 제자는 엄마가 없어도 '멋진 아빠'가 있으니 아무 문제가 없을 거라며 나를 추켜세워준다. 별이와 달이가 선뜻 동의하기가 어려울 거라고 생각하니 마음이 흡족하지 않았다.

아버지로서 아버지가 되는 일이 참 힘들다. 아버지다운 아버지 노릇하기가 아버지 아닌 자로 아버지 되는 걸 꿈꾸거나 단념하고 살아가기보다 힘든지 아닌지 잘 모르겠다. 누구는 자식이 없어 애통하고 누구는 자식때문에 속 터지는 게 세상일인 것처럼 누군가는 아버지가 없어서 애타고 누군가는 아버지로 인해 골치가 지끈거리는 게 인생사다. 나도 자식을 품어야 하는 아버지 입장이 되니 자식의 도리를 희미하게나마 깨달았다.

　나도 언젠가는 '늙고 초라한 아버지'로 고꾸라질 날이 찾아오겠지.

　　아버지를 증오하면서 나는 자랐다,
　　아버지가 하는 일은 결코 하지 않겠노라고
　　이것이 내 평생의 좌우명이 되었다,
　　나는 빚을 질 일을 하지 않았다,
　　취한 색시를 업고 다니지 않았고,
　　노름으로 밤을 지새지 않았다,
　　아버지는 이런 아들이 오히려 장하다 했고
　　나는 기고만장했다, 그리고 이제 나도
　　아버지가 중풍으로 쓰러진 나이를 넘었지만,

　　나는 내가 잘못했다고 생각한 일이 없다,
　　일생을 아들의 반면교사로 산 아버지를
　　가엾다고 생각한 일도 없다, 그래서
　　나는 늘 당당하고 떳떳했는데 문득
　　거울을 쳐다보다가 놀란다, 나는 간 곳이 없고
　　나약하고 소심해진 아버지만이 있어서,
　　취한 색시를 안고 대낮에 거리를 활보하고,
　　호기있게 광산에서 돈을 뿌리던 아버지 대신,
　　그 거울속에는 인사동에서도 종로에서도
　　제대로 기 한번 못 펴고 큰 소리 한번 못 치는
　　늙고 초라한 아버지만이 있다.
　　　ー신경림, 「아버지의 그늘」, 『어머니와 할머니의 실루엣』(창비, 1998) 부분

장조카

    지난여름 아버지 제사 때 시골 큰형님 댁에서 장조카와 둘이서 밤늦도록 술잔을 기울이며 이런저런 얘기를 나눈 적이 있었다. 술자리가 이슥해졌을 때 조카가 그러는 것이다. 자기가 어려서 많이 힘들 때 작은아버지인 내가 큰 힘이 되었단다. 내가 어떤 말이나 도움도 제대로 준 적이 없건만 뜻밖이었다. 아무런 말을 안 했어도 작은아버지인 내가 집안에 있다는 것만으로도 힘이 되었단다. 가슴이 먹먹했다. 그리고 조카가 다시금 고마워졌다.

    장조카야말로 내가 힘이 들 때 나에게 말없이 든든한 힘이 되어주었다. 큰형님 댁을 찾을 때마다 밤늦도록 내 술동무가 되어주고 말벗이 되어준 것도 장조카였다. 나이 차이가 한참 나는 우리 집 아이들을 형과 오빠로서 늘 살갑게 대해준 것도 장조카였다. 아내를 떠나보내던 날, 장례를 치르는 내내 홀로 빈소를 한시도 떠나지 않고 묵묵히 작은어머니인 아내 곁을 지켜주었던 것도 장조카였다. 빈소를 찾아온 이마다 그 모습을 보고 누구냐고 묻고는 칭찬을 아끼지 않았다. 어찌 고맙지 않을 수 있겠는가.

    그런데 장조카가 글을 쓰고 있는지 몰랐다. 늘 어린 시절의 기억으로 아직도 어리기만 한 묘목으로 여겨왔는데 이렇듯 의연하고 당당하게, 훌륭하게 자신의 생각을 글로 펼칠 수 있는 아름드리 거목으로 커가고 있는지 몰랐다. 얼마 전에야 우연히 알게 되었다. 미안하고 부끄러웠다. 내 첫 번째 산문집의 표지를 장식한 충남 태안군 소원면 신두리 바닷가의 노을 사진도 장조카의 작품이었다. 스스로 물과 빛을 찾아가며 뿌리를 내리고 스스로 거름을 주고 잎을 피워 왔을 지난날이 떠올라 눈물겨웠다.

최근에 어떤 인연과 백 년을 기약하다가 끝내 이루지 못한 일로 하여 어쩌면 지금도 마음고생을 하고 있을지 모를 장조카에게 아름다운 인연과 복된 날들이 새롭게 기다리고 있기를 빈다. 10월 27일은 내가 20년 전 아내와 영원을 기약하며 결혼식을 올렸던 날이기도 하다. 지금 내 곁에 아내는 없지만, 장조카가 깊이 따랐던 작은어머니는 지금 여기, 우리 곁에 없지만 부디 장조카 그의 앞날에는 가을날의 빛처럼 찬연하고 행복한 일만 오래도록 있기를 빌고 또 빈다.

꽃구경

산에 들에 온갖 꽃들이 흐드러진 봄날이다. 지난 주말에 꽃나들이를 다녀왔다. 오색 왕벚꽃으로 이름난 서산의 개심사를 찾아갔으나 큰길 입구부터 차량이 길게 늘어서 있어 하릴없이 차를 돌려야 했다. 대신에 근처에 있는 문수사를 찾았다. 늘 이정표만 보고 그냥 지나쳐가던 곳인데 그렇게 인연이 닿게 되었다.

문수사에도 개심사에 비할 바는 못 되더라도 왕벚꽃, 매발톱, 연산홍 등이 무리져 피어 있어 제법 볼 만했다. 아무리 아름다운 꽃이라도 행락객에 치여서 사람 구경인지 꽃구경인지 모를 정도라면 차라리 안 하는 게 나은 일인지도 모른다. 어떤 구경이건 호젓함이 있어야 진가가 드러나고 감동도 일어나는 법이다.

따지고 보면 왕벚꽃이든 무슨 꽃이든 요란스레 남의 집 마당에 핀 꽃들의 교태에 혹할 일이 아니다. "온갖 꽃 꺾어다 살펴보아도 우리 집에 핀 꽃만 못하"다는 다산 선생의 말씀이 마음에 깊이 와 닿는다. 시험도 끝난지라 예쁘게 꽃단장하고 친구들과 놀러 나가는 우리 집 막내딸 어진달 민서를 보며 다시금 깨닫는다.

내가 길들이고 마음을 주어온 우리 집에 핀 꽃이 가장 귀하고 살겹고 아름답고 격조 높은 꽃인 것이다.

절취백화간(折取百花看)

불여오가화(不如吾家花)

야비화품별(也非花品別)

지시재오가(祗是在吾家)

온갖 꽃 꺾어다 살펴보아도

우리 집에 핀 꽃만 못하네

꽃의 품격이 달라서가 아니라

다만 우리 집에 있어서일세

—「꽃구경(訪花)」,『다산시문집(茶山詩文集)』제4권

친구 생각

도다리쑥국

지난 주말에 하동군 악양면의 산매(山梅)님을 뵈옵고 내친김에 남해도 물건리 어부방조림에 들러 멸치구이 백반정식 한 상을 차려 배불리 먹고 나오다가 그만 망연해지고야 말았다. 어둑해져 가는 길가의 어느 허름한 식당 창문에 아무렇지도 않게 붙어 있던 '도다리쑥국'이라는 이름을 보고 서였다.

몇 해 전 봄날의 문턱에서 감당할 수 없는 슬픔으로 헛헛하고 막막하기 짝이 없던 내 신세를 위로하기 위해 멀리 "거제 구조라초등학교 폐교 마당에 만발한 춘당매(春堂梅)에 남해안 별미 '도다리쑥국'의 그윽한 향까지 푸짐하니 얹어 보냈"던 오랜 벗의 얼굴이 떠올랐기 때문이다.

안 그래도 남해로 가는 길에 친구가 오래도록 일했던 하동 발전소 근처를 지나길래 불현듯 친구가 떠올라 지금은 고향에 돌아가 있는 친구에게 전화를 걸어 한동안 수다를 떨며 왔더랬다. 그런데도 '도다리쑥국'이라는 이름을 보자마자 다시 또 친구가 그리워지고 하릴없이 보고 싶어지는 것은 왜인가.

알 수 없었다. 이것은 정말 오랜 벗을 향한 차고 넘치는 연정 때문인가. 아직도 한 번 입에 대어보지 못한 남도 별미 도다리쑥국에 대한 진한 아쉬움 때문인가. 내 고민은 아랑곳없이 남도의 봄은 간밤의 음주에 지친 속을 푸짐한 '도다리쑥국' 한 냄비로 어르고 달래듯 그렇게 기지개를 켜며 천천히 몸을 풀고 있었다.

탁주 한 잔

오늘은 하루종일 마음이 뒤숭숭하고 몸마저 젖은 솜이불처럼 무거운 날이었다. 봄비가 추적추적 내리는 통에 여기저기 뼈마디가 시큰하고 몸뚱이 구석구석이 근질거리며 탁주 한 잔 생각이 절로 났기 때문만은 아니었다. 술 생각은 간절했으나 한 방울 입에 댈 수가 없는 그런 날이었다.

아침나절에 오랜 친구의 전화 한 통을 받고 나서 하루종일 황망한 마음을 수습하기 어려웠다. 아내가 아플 때 가장 먼저 먼 길을 달려왔던 친구였다. 내 마음이 쓸쓸하고 발길이 휘청거릴 때마다 한달음에 달려와서 어깨를 대주고 함께 울어줬던 친구였다. 내가 준 것은 하나 없는데 한없이 받기만 했던 고마운 친구다.

몇 년 전 아내가 오랫동안 머물렀던 병실에 처음 입원하던 날의 기억을 지울래야 지울 수가 없다. 애써 태연하려고 해도 무심한 척 마음을 추스르려고 할수록 알 수 없는 설움이 바다 안개처럼 아득히 밀려오곤 했다. 지금 병실에 누워 한 치 앞을 내다볼 수 없는 내일을 기다리고 있는 친구를 위해 나는 무엇을 할 수 있을까?

나는 또 어떤 위안이 되고 무슨 힘이 될 수가 있을까? 이만하면 많이 쓴겨…… 자네랑 술은 당분간 못 먹겠다…… 제길 아픈 것보다 담배 끊는 게 더 힘드네…… 허허 웃으며 남 일처럼 태연히 말하는 친구의 목소리가 전화기 너머에서 가늘게 떨리고 있었다. 그래 당분간이겠지. 어여 돌아와 내가 따라주는 탁주 한 잔 받아야지…… 친구야.

어른이날

누구나 한때는 어린이일 수밖에 없듯이 누구나 언젠가는 어른이 된다. 그렇다면 어린이들에게 '어린이날'이 꿈과 축복과 격려가 되듯이 어른들에게도 꿈은 아니더라도 세상살이에 지친 삶을 위무하고 다시 고무시키는 '어른이날' 같은 게 있다면 좋지 않을까.

어린이날 아침에 이런 기특한(?) 생각을 하고 여기저기 들춰보니 이미 곳곳에 어른이날이 널려 있었다. 그것도 무슨 무슨 쇼핑몰, 백화점과 연계된 상품광고 전단지의 카피 문구로만 수두룩했다. 어른이들이여. 내가 존재함을 과시하라. 고로 소비하라. 씁쓸했다.

이렇듯 상업적 목적으로 항간에 떠도는 것 말고 아예 공공의 발의로 어른이날을 5월 5일 어린이날과 한날로 정해 법정 공휴일로 하면 어떨까. 그렇게 어린이와 어른이 함께 어울려 사는 높고도 깊은 뜻을 한데 기리면 안 되나. 한날로 정하면 법정 공휴일 수나 어버이날과 관련한 이중과세 시비도 없을 테니까.

물론 그동안 어린이날의 무한권리를 배타적으로 행사해 온 어린이분들의 깊은 배려심과 높은 연대의식이 윤허해 준다면 말이다. 어린이와 어른이의 공존과 평화를 꿈꾼다. 이토록 좋은 봄날 오월의 푸르른 숲과 하늘은 언제나 어린이와 어른들 모두의 것이니까.

베이지색 아빠

어제 어버이날을 맞이하여 멀리 계신 아버지, 어머니 생각에 온종일 마음이 울적했더랬다. 그런데 저녁 무렵에 우리 집 귀요미 막내딸 어진 달이 민서가 보내준 편지 한 장이 내 마음을 따스하게 어루만져 주었다. 참 신기하기도 하다. 그리도 불편했던 마음이 한순간에 감쪽같이 사라지다니.

이제껏 달이에게 받았던 편지 중에 가장 흡족한 내용이었다. 달이가 아빠인 나를 그리도 깊이 바라보고 있는지 몰랐다. 16살 꽃다운 나이지만 어찌보면 한없이 예민하고 까탈스럽기만 할 나이에 아빠의 허랑한 마음을 그리도 따스하게 어루만져주다니. 편지를 읽고 나니 나도 모르게 눈물이 울컥 쏟아지고 말았다.

혹시 이 편지지의 봉투가 왜 베이지색인지 아시나요?! 전 아빠를 생각하면 왠지 베이지색이 생각나요. 아빠는 베이지처럼 따뜻하면서 옛날 사람 느낌도 살짝 나거든요 ㅋㅋ 사람마다 호불호가 갈리겠지만 전 아빠의 그런 모습이 참 좋아요! 매사에 다정하고 상대를 기다려 주는 모습은 정말 아빠의 최강 장점인 것 같아요 ☺ 유머러스하기도 하구요!

나에게 어울리는 색이 베이지라는 걸 이제야 깨달았다. 베이지색 아빠. 최고의 칭찬처럼 느껴졌다. 나도 미처 몰랐던 나의 모습, 내 마음속을 달이가 가만히 들여다보고 진심을 담아 건넨 선물이었다. 아마도 나는 이제부터 베이지색의 마법에서 오래도록 헤어나지 못할 것만 같다. 주변을 온통 베이지색으로 도배하게 될지도. ㅋ

물론 따끔한 충고도 빼놓지 않고 남기는 센스까지.

가끔 그 유머를 아빠 혼자서만 이해할 때가 있다는 게 문제이긴 하지만요. ㅋㅋㅋ

하지만 다시 내 마음을 마구 흔들어 놓는 칭찬 세례 앞에서 어찌 무너지지 않을 수 있겠는가. 비록 사랑스런 딸이 아니더라도 이런 말을 진심으로 건네는 이 앞에서 무장해제되지 않는다면 그게 어찌 사람의 마음이겠는가.

그래도 전 이런 아빠가 좋아요. 아빠의 앞길에 행복하고 좋은 일들만 있었으면 좋겠어요. 아빠가 우리를 위해 항상 노력하신다는 것을 알아요. 정말 감사하고 또 감사해요. 그렇기에 더욱 더 아빠가 행복하기만 하셨으면 좋겠어요!

이미 내 마음이 속절없이 무너져 내렸다. 아무래도 좋았다. 오래전 아내를 처음 만났을 때 느꼈던 기분이랄까. 눈물이 쏟아지는데 어수선했던 사위가 고요해지고 모든 게 평화로워졌다.

이제 꽃길만 걸어요. 우리 ☺ 항상 사랑하고 또 사랑해요. 아빠 ♡

그래. 아빠의 영원한 이상형, 우리 집 귀요미 어진달 민서야. 아빠의 허랑한 마음을 헤아려주고 어루만져 주는 네 마음이 고맙고 고맙고 또 고맙구나. 무어라 말해도 모자라고 부족할 듯해서 선뜻 말을 꺼낼 수가 없구나. 그래. 이제 꽃길만 걷도록 하자. 우리!

　항상 사랑하고 또 사랑한다…… 딸아……. ^^

단오(端午)

오늘은 음력 5월 5일 단옷날이다. 단오의 단(端)은 첫 번째를 뜻하고, 오(午)는 오(五), 곧 다섯이므로 단오는 초닷새를 말한다. 양의 수인 5가 겹쳐 있으니 양기가 왕성하여 생육이 번성하는 절기다. 단오는 여름으로 들어가는 문턱이다. 산천경개를 둘러보면 시절이 바야흐로 무더운 여름으로 옮겨가고 있다는 게 실감이 난다.

그래서인지 단옷날에 행하는 풍습에는 더위를 누그러뜨리는 피서(避暑)와 관련된 것이 많다. 창포물에 머리를 감고, 그네를 타고. 부채를 선물로 주고 받는 게 다 그렇다. 단옷날 주고 받는 부채를 단오선(端午扇)이라고 하는데 멋스런 그림에다 좋은 글귀까지 얹어서 선물하면 그야말로 금상첨화다. 실속도 있고 멋스럽기도 한데다 마음까지 담았으니 말이다.

나도 작년 여름에 누군가에게 마음을 담아 부채를 선물한 적이 있다. 충남 예산군에 있는 추사 김정희 선생 기념관에서 모셔온 부채님이시다. 오늘 추사 선생의 고절한 묵란(墨蘭)에 얹은 부채의 글귀가 다시 마음 한복판에 들어와 앉는다. 하늘의 한복판인 '천중절'이자 하늘의 높은 신을 모신다는 '수릿날'이기도 한 단오의 뜻을 기리며, 하늘과 사람이 한데 어우러져 평화롭게 사는 세상을 꿈꾸어 본다.

인천안목길상여의(人天眼目吉羊如意)

사람과 하늘이 함께 살펴주어서 모든 일이 뜻대로 잘 되기를 빈다.

남도 행초(南道 行抄)[6]

1.

강진(康津)으로 들어가는 길은 여느 때와 달랐다. 지난 3월 23일, 1,073일 만에 세월호가 팽목의 앞바다 맹골수도 위로 떠 올랐다. 먼길을 돌아가더라도 목포 신항(新港)의 부둣가로 옮겨져 있는 세월호부터 만나러 가지 않을 수 없었다. 5월 초엽의 날씨는 무더웠고 풍경은 참혹했다. 세월호는 뭍 위로 올라왔다기보다 물 밖으로 내동댕이쳐진 물고기처럼 거대한 몸을 옆으로 뉘고 숨을 헐떡이고 있었다. 세월호와 우리 사이를 가로막으며 철망이 길게 이어져 있었다. 세월호 가까이에는 아무도 다가갈 수 없었고 멀찌감치 떨어져 철망 틈 사이로 겨우 바라보아야만 했다. 그곳 어디쯤엔가 9명의 미수습자가 있을지 모른다는 생각에 주변을 서성이며 까치발을 한 채 눈을 크게 뜨고 배 쪽을 바라보려 했건만 아무것도 볼 수가 없었다.

바닷바람은 후덥지근했다. 철망마다 노란 리본이 들꽃마냥 무더기로

---

6) '행초(行抄)'는 기행(紀行)과 초록(抄錄)을 합친 말이다. 행록(行錄)이라 부르는 게 맞겠지만 백석의 시 '남행 시초(南行 詩抄)' 이름을 본떠서 일부러 그렇게 썼다. 사전적인 뜻으로 시초가 '시를 뽑아 적는 일'이라면 행초는 '여행지를 다니며 이것저것 보고 듣고 겪은 것에서 뜻있는 것을 가려내 기록했다'는 뜻이다.

피어나 하염없이 날리고 있었다. 수많은 사람들의 온갖 슬픔과 분노와 원망(願望)이 물결치고 있는 듯했다. 물 밖으로 나왔다지만 이곳에서 그곳까지는 이승과 저승 사이만큼이나 아득했다. 세월호가 인양될 즈음 거리마다 하얗게 일렁이던 목련 꽃봉오리들은 모두 지고 그 후로도 또 많은 시간이 흘렀건만 여전히 세월호는 그곳에서 숨을 헐떡이고 있고 5명의 미수습자는 돌아오지 못하고 있다. 시간이 결코 우리의 편이 아니란 걸 깨닫는 것은 고통스러운 일이다. 세월호에 직간접으로 연루된 자들의 죄를 묻고 더러는 감옥에 보낼 수 있었으나 꽃다운 나이에 생때같은 목숨을 잃은 아이들과 희생자를 끝내 살려낼 수는 없었다. 참혹한 일이다.

　무거워진 마음으로 목포를 떠나면서 끼니를 때우려고 애써 물어 찾아간 식당은 영업을 하는 시간이 아니었다. 일행과 의논하여 강진에서 늦은 점심 겸 저녁을 먹기로 하고 하릴없이 발길을 돌려야 했다. 시절은 봄날이었으나 빈속 때문인지 세월호의 처참한 모습이 자꾸 어른거려서인지 2번 국도와 819번 지방도를 타고 강진으로 거슬러 가는 길은 한없이 길고도 무겁게 느껴졌다. 여느 때 같았으면 강진으로 들어가는 길에 풀티재 너머에 있는 월남사지 3층 석탑(보물 제298호)을 그냥 지나쳐 갈리가 없는 일이다. 하지만 오늘은 점심까지 거른 참이라 노상 다니던 풀티잿길이 아니라 옴천면을 거쳐 가는 835번 지방도 고갯길을 넘어간다. 병영면 소재지에 있는 설성식당의 소박하나 야무지게 풍성한 스무 가지 반찬의 남도 백반이 아니었다면 가뜩이나 때를 놓쳐 해거름에 먹게 된 늦은 점심이 마냥 서럽고 쓸쓸했을지도 모른다.

　남행 첫날밤에 묵을 숙소는 '다산황토방 민박'이었다. 다산초당과 백련사가 있는 만덕산 아래 귤동마을에서도 바닷가로 한참을 더 들어간 곳에 있었다. 큰길가지만 소나무 숲속에 외따로 있는 데다 주변이 온통 암흑천지라 초행길에는 자칫 지나치기가 십상이다. 민박집 주인 어르신이 반갑게 맞아주고 안채에 딸린 황토 구들방에 장작불을 때주었다. 낮은 한

여름처럼 더워도 날이 어두워지자 기온이 급격하게 떨어져서 군불을 때지 않으면 그냥 자기에 어려운 날씨다. 장작에 불을 지피다 열린 창틈으로 연기가 들어오는 바람에 연기를 빼느라 애를 먹었지만 마음만은 고향집에 내려온 듯 편안했다. 창문 너머로 어슴푸레하게 멀리 구강포의 바다가 검은빛으로 누워 출렁이고 있는 것이 보였다. 아침 일찍 일어나 강진만 건너편 칠량면의 산등성이로 솟아오르는 일출을 보기로 하고 남행 첫날의 고단한 몸을 뉘었다.

2.

일출은 장엄하고 아름다웠다. 구들방 창문으로 내다보다가는 아예 황토집 안마당으로 내려서서 한참을 지켜보았다. 오랜 기다림 끝의 첫 만남을 부끄러워하기라도 하는 것인가. 산자락에 가려 강진만이 한눈에 들어오지는 않으나 간밤에 어슴푸레하게 보았던 바다는 푸른빛의 민낯을 드러내 보이다가 해가 점차 솟으면서 느릿느릿 붉은빛으로 물들어갔다. 구강포는 탐진강의 하구이자 강진만의 머리에 해당한다. 동쪽 장흥에서부터 흘러온 탐진강과 아홉 고을의 물이 모두 구강포로 모여 강진만으로 흘러든다. 나도 그 물길을 따라 꿈에 그리던 강진만 구강포 앞바다 가까이 온 것이다. 강진만을 바라보노라니 이백여 년 전 모든 것을 잃고 궁벽한 이곳 강진 땅까지 저벅저벅 걸어서 유배를 왔을 옛사람을 떠올리지 않을 수 없다. 다산(茶山) 정약용 선생. 함께 유배를 와 저 멀리 흑산섬으로 홀로 들어간 둘째 형님 약전을 그리워하며 선생이 만덕산 초당 옆 비탈 어딘가에 서서 날마다 굽어보았을 그 바다가 눈앞에 펼쳐져 있었다.
민박집을 나와 만덕산 중턱에 들어앉은 다산초당을 오르다 보니 산어

귀에 놀라운 풍경이 하나 숨어 있었다. 다산수련원 옆으로 난 두충나무 숲길이다. 다산초당을 에둘러 가는 길목이라 초당 아랫길로 곧장 올라간 이들은 만날 수 없는 길이다. 숲은 작고 길은 길지 않았으나 때가 마침 5월이라 숲은 신록의 싱그러움이 빚어내는 아름다움으로 하여 눈이 터질 듯하다. 다산(茶山) 선생을 뵈오러 먼 길을 성큼 찾아 나섰던 산보자(散步者)들에겐 기대하지 않았던 선물이기에 선생이 산 밑까지 마중 나온 듯 더욱 반갑고 은혜롭기 그지없다.

남녘에서 만난 5월의 숲은 신비로웠다. 멀리 바라다 보이는 강진만에서 불어온 5월의 해풍이 나뭇잎 사이를 물고기처럼 헤엄쳐 다니고, 바람의 몸에서 떨어져 나온 비늘인지 소금가루인지 모를 무언가가 5월의 햇살에 보석처럼 반짝거리며 부서진다. 산보자들은 누가 먼저랄 것도 없이 이끌린 듯 숲길로 들어서게 된다. 금맥을 찾으러 나온 것도 아니었건만 누구나 노다지를 캔 듯 기분이 삼삼해지고, 연초록 잎사귀들이 내뿜는 산소를 깊이 들이마시며 마음의 묵은 때를 벗게 된다. 절로 마음이 느슨해지고 평화로워지지 않을 수 없다. 과연 다산에 이르는 어귀다웠다.

다산초당 오르는 산길로 접어드는 고갯길을 넘다보니 길 아래서 불어오는 바람이 자못 시원하다. 문득 몇 해 전 여름, 올망졸망한 아이들을 데리고 경기도 양주의 다산 생가와 수원 화성에 이어 강진과 땅끝 마을을 거쳐 보길도에 이르기까지 다산 선생과 실학의 자취를 따라 하염없이 걸었던 일이 떠올랐다. 그때 남도의 한여름은 얼마나 잔혹했던가. 머리 위로 8월의 태양이 작열했고 쉴 새 없이 피가 끓어올라 아이들이나 나나 몸도 마음도 시나브로 지쳐갔다. 아아! 선생은 그 뜨겁거나 춥고 심란하고 지루했을 유형지의 숱한 여름과 겨울날들을 어떻게 견딜 수 있었단 말인가.

어느덧 다산초당에 이르렀다. 다산초당은 선생이 8년여를 강진 읍내쪽에 머물다 이곳으로 옮겨와서 10년을 거처하며 제자를 가르치고 그들과 더불어 '다산학(茶山學)'이라는 불후의 금자탑을 세운 곳이다. 그때 초당은 말 그대로 풀로 지붕을 얹은 집이었을 텐데 지금은 번듯한 팔작지붕의 기와집이다. 초당 주변은 나무가 무성하고 샘이 있어 늘 어둑하고 습기가 차 있다. 그때도 이러했을지는 잘 모르겠지만 원기(元氣)를 중히 여겼던 선생이 음습한 기운을 방치했을 리가 만무하다는 생각이 들었다. 옛 흔적이라곤 마당가에 차를 끓일 때 부뚜막으로 썼던 것으로 추정되는 넓적한 돌덩이로 된 다조(茶竈)와 초당 뒤편의 맑은 샘물인 약천(藥泉), 그 뒤편 바위벽에 선생이 직접 새겨 넣은 '丁石'이란 글자가 선연히 남아 있을 뿐이다.

다산초당을 나와 멀리 구강포 강진만이 한눈에 보이는 천일각(天一閣)에 한참을 앉아 바다를 바라보았다. 그때는 이 누각이 있지도 않았겠지만 선생도 여기 어디쯤에선가 수풀을 헤치고 바위에 올라서서 멀리 약전 형님이 있는 흑산도 쪽의 바다를 하염없이 바라보았을 것이다. 선생의 마음을 헤아려보려 애썼으나 짐작은 해도 가늠하기는 어려웠다. 마음을 거두고 천일각 뒤쪽으로 난 오솔길을 걸어 백련사로 향한다. 선생이 보은산방에서 이곳 초당으로 거처를 옮긴 후 백련사의 혜장선사를 만나러 무시로 넘나들었을 그 길이다. 길은 만덕산의 허리춤을 타고 세 굽이를 오르내리며 3~40여 분 이어진다. 다산(茶山)이라는 이름에 걸맞게 산길 곳곳에 야생차가 눈에 뜨이고 이름 모를 풀꽃들이 피어 있다. 5월의 하늘은 푸르고, 햇살은 투명하니 눈부시고, 소금기를 머금었을 바닷바람은 신록의 숲을 지나오며 말쑥해진 듯 한없이 부드러웠다.

오늘은 부처님 오신 날이다. 절집은 세속의 때를 씻고 마음의 평화를 얻기 위해 찾아든 중생들로 하여 북적하였다. 마당에 깔아놓은 포장 위에 철퍼덕 주저앉아 멀리 3천 평 동백나무숲 너머 펼쳐진 강진만을 바라보며 먹는 점심 공양은 특별했다. 절집에서 먹는 밥은 언제고 달콤하기 이를 데 없다. 거저 나눠주는 밥그릇에 자비의 마음이 가득하니 그러지 않을 도리가 없다. 오늘 하루 여염의 사람들은 절집을 찾아와 허기진 배를 채우고 마음 한 자락 내려놓고 돌아간다. 그들이 비운 밥그릇을 또 누군가가 정갈히 씻어 바람과 햇볕에 널어 말리려고 마당 한쪽에 가지런히 쌓아 놓았다. 평소라면 밥그릇은 스스로 씻고 치우는 것이 마땅할 터인데 고맙게도 누군가가 품을 거들어준 것이다. 햇살에 반짝이는 밥그릇들이 층층이 쌓여 화엄(華嚴)의 산을 이루고 있었다. 어디선가 한줄기 산바람이 불어와 만경루 앞에 우람하니 서 있는 배롱나무 잎사귀를 휘감고 돈다.

3.

만덕산을 내려와 강진 읍내에 있는 사의재(四宜齋)를 들러 영랑[7] 생가로 향한다. 영랑 생가로 가는 길은 마을 골목을 지나고 여염집 마당인가 싶은 곳도 가로지르며 산자락을 따라 아기자기하게 이어진다. 길을 따라가며 해바라기, 수국, 접시꽃 등이 한가로이 피어 있어 오가는 이들과 반갑게 눈인사를 한다. 생가가 곧 문을 닫을 시간이라 생가 위쪽에 있는 모란 공원 구경은 포기하였다. 생가 뒤편으로 해묵은 동백나무들이 장벽을 치고 있었고 마당 곳곳에는 영랑의 시가 적힌 시비가 놓여 있었다. 4

---

7) 영랑 김윤식(1903~1950)은 모순의 삶을 살았다. 그의 시는 '순수'했으나 삶은 지극히 '정치적'이었다. 그는 해방 후에 강진에서 대한청년회 단장을 맡고 제헌의원 선거에 출마하는 등의 우익 운동을 적극적으로 펼친다. 그는 '순수'와 '정치적 행위'의 아득한 간극을 어떻게 메우려고 했을까. "찬란한 슬픔의 봄"은 자신의 운명이 되었다. 이승만 정권의 공보처 출판국장으로 일하던 그가 한국전쟁 때 서울에 피신해 있다가 포탄 파편을 맞고 죽게 된 것은 모란 꽃잎이 속절없이 떨어진 것마냥 허망하고 쓸쓸한 일이다.

월말에서 5월초에 핀다는 모란은 벌써 지고 있었으나 다행히도 바닥에 아직 그 자취가 남아 있었다. 영랑은 바닥에 누워 뒹구는 꽃잎을 보며 "모란이 뚝뚝 떨어져 버린 날/나는 비로소 봄을 여읜 설움에 잠길 것"(「모란이 피기까지는」)이라고 했지만 속절없이 져서 서러운 것이 어디 꽃잎뿐이겠는가. 유월의 아득한 문턱을 넘자마자 내 아내도 모란 꽃잎이 꺼지듯이 땅으로 스며들었다.

강진을 떠나 다음 목적지인 순천으로 가는 길에 강진만의 끝자락에 있는 마량 포구를 들러 가기로 했다. 강진만을 끼고 23번 국도를 따라 내려가노라니 해가 뉘엿뉘엿 저물어 간다. 과연 '한국의 아름다운 길'로 손꼽히는 길답다. 바다를 사이에 두고 맞은편 만덕산 능선으로 하늘을 핏빛으로 물들이며 저무는 석양이 강진만 갯벌에까지 드리워져 사위가 온통 불바다 같다. '전망 좋은 곳'이라고 안내판까지 붙인 곳에 차를 세우고 자연이 연출하는 장관을 바라보며 상념에 잠긴다. 우리네 인생 또한 그럴 것이다. 내게 주어진 삶이 저물어가는 어디쯤에선가 이렇게 그동안 살아온 시간을 천천히 반추하게 될 것이다. 다만 그때 "내 삶은 비록 누추했지만 아름다웠고, 비루했을지라도 아무런 후회도 미련도 없노라."고 담담히 고백할 수 있다면 더 바랄 것이 없겠다.

오늘 밤늦게 순천에 도착해 또 어딘가에서 고단한 몸을 뉠 것이다. 그리고 아침이 되면 다시 일어나 새로운 하루를 시작할 것이다. 우리네 삶은 날마다 문을 열고 나가 세상이란 큰 부처를 만나야 하는 여행과 같다. 누구는 그게 부처인 줄 알고 평화와 구원의 길도 그곳에 있다는 걸 금세 알지만 대개는 까마득히 모른다. 누구에게나 열린 문이지만 아무나 지나가지 못한다. 어렵게라도 안다면 다행이다. 세상이란 큰 부처를 제대로 만나려면 결국 '스스로' 부처가 되는 수밖에 없다. 세상을 '있는 그대로' 보면 세상의 모든 게 소중하고 거룩하지 않은 게 하나 없다. 세상은 온통 어둑한 빛이며 비어 있는 중심으로 출렁거린다. 저마다 꽃이고 부처다.

　마량 포구에서 순천으로 가려면 다시 왔던 길을 거슬러 올라가야 한다. 그럴 때도 있는 법이다. 돌아가기도 하고 질러가기도 하면서 누구나 그렇게 강물처럼 바다를 향해 흘러가는 것이다. 멀리 강진읍에 하나둘 불들이 켜지고 캄캄한 강진만 바다 위로 별들이 내려와 앉는다. 예전엔 강진만 가득히 어화(漁火)가 수를 놓았다는데 모두가 무상한 일이다. 밤이 깊어지고 있다. 하늘의 길에 순응하는 고을, 순천(順天)에서 맞을 남도의 또 다른 아침을 그리며 천천히 강진을 떠난다.

유월

유월의 첫날이다. 어제까지만 해도 유월은 아직 오지 않은 미래였다. 하지만 나는 어제까지도 아직 오지 않은 유월을 내내 앓고 있었다. 유월은 유월에만 존재하는 것이 아니었다.

> 미래란 아직 오지 않은 시간, 즉 존재하지 않는 그 무엇이다. 그러나 인간은 존재하지 않는 그 무엇을 지금 존재하는 현실 속에 끌어들이는 능력을 지니고 있다 (……) 꿈을 꾸고 계획하고 준비하는 것은 모두 다 미래를 향해 나를 던지는 행위다. 인간은 이를 통해서만 찰나의 생존을 벗어나 현재와는 전혀 다른 그 무엇을 기획하고 도안하고 창조하는 존재가 되며, 또 그렇게 함으로써 자신을 바꾸고 세상도 변화시키는 인간다운 삶을 살 수 있는 것이다.
>
> ─김재기, 『여행의 숲을 여행하다』(향연, 2010) 부분

지은이는 미래를 향해 '기투(企投)'하는 삶의 매력에 대해, 여행하는 삶의 설렘과 아름다움에 대해 얘기하고 싶었나 보다. 하지만 그는 미래란 것이, 꼭 그런 뜻으로만 다가오는 게 아니란 걸 놓치고 있거나 일부러 말하고 있지 않다. 나는, 인간다운 삶을 살기 위해 미래를 앓았던 것이 아니다. 어떤 경우 미래는 과거의 반복이고 기억의 소환이란 것을, 그렇

기에 오지 않은 시간을 기다리는 설렘이 아니라 반복되는 시간에 대한 두려움일 수 있다는 걸 그는 알고 있는 걸까?

유월의 첫날, 두려움 따윈 저만치 밀쳐두고 "산을 넘어 동백나무 푸르른 감로 같은 물이" 있는 곳을 찾아 떠난다. 다시, "옛 장수 모신 낡은 사당의 돌층계"에도 앉아보고 "밤새껏 바다에선 배가 뿡뿡 우는" 선창가를 휘젓고 다닐지도 모르겠다. 그런다고 특별히 달라질 게 있는지 알 수 없지만 그렇게라도 하지 않는다면 또 어쩌겠는가. 아득한 보릿고개 넘어 오자마자 청보리 숨 막히게 푸르른 유월이다.

하서복중(夏暑伏中)

폭염이 우리의 머리 위로 안개 떼처럼 내려앉는 나날이다. 오늘은 일 년 중 가장 덥다는 삼복(三伏)의 들머리인 초복(初伏)이다. 하지에서 세 번째로 경(庚)자가 들어가는 날이 초복, 네 번째가 중복이 된다. 오늘은 하필 이름에 개 술(戌)자까지 들어간 경술(庚戌)일인지라 예부터 복날에 즐겨 먹는다는 보양 음식의 뜻이 더욱 남다르게 다가온다.

삼복은 일년 중 가장 더운 때라 농작물은 부쩍 자라지만 사람이나 짐 승은 더위를 견디기가 여간 고된 게 아니다. 복(伏)자를 파자해서 보면 사람 옆에 개가 있는 형상인데 사람이 더위에 지쳐 엎드릴 만큼 더운 날 을 본떴다고 하는데 그럴 듯하다. 사람이 개를 잡아먹는 날이라 그렇다 고도 하지만 견공 애호가들에겐 달가운 해석이 아니다.

오늘 어느 시인님과 대화하다가 나온 재미난 장면이다.

시인님: 날도 더운데 보신 잘 해서 여름 건강하게 나세요.
나: 고마워요……ㅎ 보신하는 데는 탕이 최곤디…… 혹시 드시나요?
시인님: 삼계탕은 먹어요
나: 글쿤요. 저도 삼계탕 말이었어요 ㅎ
시인님: ㅋㅋ

이러저러한 일을 하다보니 복날이 다 가도록 여태 밥술도 뜨지 못하고 있다. 책을 펴들고 앉아도 마음이 가라앉지 않고 자꾸만 도망을 간다. 시인님과의 대화 중에 문득 고운 최치원 선생의 시 한 편이 떠올라서 내 마음대로 글자를 바꾸고 뜻을 다시 적어서 담벼락에 올린다.

흔치 않은 무더위라지만 다들 뱃심 아닌, 시(詩)심으로 버티고 시(詩)원한 하루 보내시길요~ ^^

추풍유고음(秋風唯苦吟)
세로소지음(世路少知音)
창외삼경우(窓外三更雨)
등전만리심(燈前萬里心)

가을바람에 괴로이 읊조리나
세상에 알아주는 이 없네
창 밖엔 밤 깊도록 비만 내리는데
등불 앞에 마음은 만리 밖을 내닫네
　　　　　—고운(孤雲) 최치원. 「추야우중(秋夜雨中)」 전문

하서유고음(夏暑唯苦吟)
세로소지음(世路少知音)
창외복중양(窓外伏中陽)
서전만리심(書前萬里心)

여름 무더위에 괴로이 읊조리나
세상에 내 마음을 알아주는 이 적네
창 밖엔 복날의 햇볕이 뜨거운데

책을 펴든 마음은 만리 밖을 내닫네

　　　　　　　　　　─졸시, 「하서복중(夏暑伏中)」 전문

칠석(七夕)

해마다 견우와 직녀가 만나듯 칠석날 밤 온 가족이 모여 아버지와 어머니를 한자리에서 뵙는다. 큰형님의 뜻이었다. 음력 유월과 칠월로 나뉘어 두 번 모시던 아버지 어머니 제사를 한날로 모았다. 작은형이나 누나나 다른 뜻이 없었고 나도 가족의 뜻을 따르는 게 마땅하다고 생각했다.

올해는 작은형과 장조카가 직장 일로 오지 못했다. 해마다 한날 한자리에 모이는 것은 같으나 모인 식구의 조합은 한결같지 못하다. 제사 음식을 나눠먹고 큰형님과 음복으로 제주잔을 비우고 새로 내온 술을 나눠 마시면서도 빈자리의 허전함이 채워지질 않는다.

칠석날 밤하늘에 견우와 직녀인 듯 별들 몇 개가 서성거린다. 마당가를 맴도는 바닷바람도 제법 서늘해졌다. 잠시 만났다가 금세 헤어져야 하는 그 마음이 오죽하겠는가. 밤하늘에 까막까치는 보이지 않아도 견우와 직녀의 만남을 애타하는 듯, 아버지, 어머니와의 상봉을 기리는 듯 칠석날의 밤은 깊고 아득하기만 하다.

통영에서 띄우는 편지[8]

저는 지금 경남 통영에 내려와 있습니다. 윤이상 기념관 근처에 있는 작고 허름한 집을 빌려 '느린 휴가'를 보내고 있습니다. 여름휴가를 어디로 갈까 잠시 망설였지만 오래 하지는 않았습니다. 알 수 없는 무언가가 저를 다시 이곳으로 불러왔군요. 대전을 떠나올 때 35도를 오르내렸는데 여기도 못지않은 날씨지만 그래도 동양의 나폴리라 불리는 통영의 바다를 볼 수 있어 견딜 만하네요.

지난 6월에 회원 여러분과 함께 통영으로 1차 답사[9]를 왔던 때가 떠오

---

8) 지난여름에 무심히 썼던 책에 실린 글을 물끄러미 바라보노라니 그 무더웠던 지난여름의 풍경들이 눈앞에 주르륵 펼쳐진다. 윤이상 기념관, 서포루에서 내려다본 통영 포구의 야경, 늦은 밤 그물을 손질하던 어부들의 웅성거림, 포구의 구석구석 어둠처럼 스며 있던 물비린내, 전혁림 미술관 옆 〈봄날의 책방〉에서 만난 백석 시인, 속절없이 법정 스님의 흔적을 더듬게 만드는 미륵도의 미래사, 그리고 박경리 기념관에 빼곡히 들어차 있는 선생의 말씀과 숨결들……. 강구안 골목의 〈풍년식당〉 문광복 사장은 안녕하신지. 통영은 서호시장의 원조시락국처럼 세병관 누마루처럼 여여한지. 겨울의 문턱에서 세상사를 끌어안고 서걱거리는 내 마음처럼 아프지나 않는지…….

9) 〈대전시민아카데미〉에서 2018년 봄부터 장장 8개월에 걸쳐 진행한 박경리 작가의 대하소설 『토지』 읽기 프로젝트'의 한 꼭지를 말한다. 책을 읽어가는 굽이마다 10여 차례 『토지』 관련 강의와 세 차례의 문학답사가 책읽기의 지루함과 고단함을

릅니다. 함께 미륵산을 오르고, 길을 찾아 헤매고, 박경리 선생의 묘소를 참배하고, 연대도의 출렁다리를 건너고, 충렬사 계단을 오르고, 백석 시인의 시비를 읽고, 서피랑 마루에 올라 남해의 푸른 바람을 맞고, 뚝지면당 박경리 선생의 생가를 지나 서문고개를 넘고, 강구안 거리를 어슬렁거리던 때가 말이죠. 그때도 알 수 없는 무언가가 우리를 이곳으로 이끌었지요.

이번에도 최악의 무더위만 아니라면 다시 또 미륵산을 오르고 싶지만 아무래도 그건 참아야겠네요. 그때처럼 길을 잃고 헤매는 일은 없을 텐데 말이죠. 그래도 미래사를 찾아 법정 스님의 자취를 더듬고 기념관과 묘소를 찾아 박경리 선생께 인사는 드려야겠지요. 충렬사 오르는 돌계단에 앉아 명정샘을 바라보며 그 옛날 백석 시인이 명정골의 '란'이라 부르는 여인을 그리워했듯이 아득한 그리움에 젖어도 보고, 서피랑 언덕마루 서포루에 올라 남해의 푸른 바람을 다시 맞아도 봐야겠습니다.

오늘 밤엔 우리가 답사 둘째 날 점심을 먹은 강구안 풍년식당에서 문광복 사장과 막걸리 네 병을 마셨지요. 돈을 안 받겠다는 걸 억지로 건네고 돌아왔습니다. 내일 아침에 일어나면 그때 가보지 못한 서호시장의 원조 '시락국'도 한 그릇 꼭 먹어봐야겠네요. 남해가 바라다 보이는 어디 찻집에라도 앉아 그 옛날 박경리 선생이 그랬고, 백석 시인이, 김춘수, 유치환 시인이, 이중섭 화가가, 윤이상 선생이 그랬듯이 통영이란 곳이 빚어내는 알 수 없는 설움과 그리움과 설렘에 깊이 잠겨도 보구요.

그런다고 알 수 없는 무언가를 우리가 온전히 알게 된다는 보장은 없

달래주었다. 6월에 1차로 박경리 작가의 생가와 묘소가 있는 경남 통영을 갔고, 2차는 7월 무더위 속에 소설 『토지』의 현장인 경남 하동군 평사리 일대를 다녀왔다. 3차 답사는 박경리 작가의 옛집이 있는 원주시 단구동의 박경리 문학공원과 살림집이 있는 회촌면의 토지문화관 일대를 둘러봤다. 이 글은 1차와 2차 답사를 다녀오고 나서 여름휴가 때 다시 찾아간 통영의 한 숙소에서 썼다.

겠지만 별 수 없는 거지요. 저마다 다른 길을 걸어가면서도 결국엔 우리 모두 한곳에 모이게 될 테니까요. 미륵산에서 길을 잃고 세 갈래로 나뉘어 정처 없이 헤맸지만 결국 기념관에 다함께 모였던 일처럼 말이죠. 소설 『토지』에 나오는 수많은 군상들도 하릴없었듯이 누구나 하나의 생명으로 태어나 수많은 우여곡절을 겪으며 살아가지만 결국엔 죽음이란 문을 지나가지 않을 수 없는 거지요. 저마다 마음이 이끄는 대로 자기에게 맞는 길을 찾아 살아가기 위해 애쓰는 수밖에요.

엊그제 입추도 지나갔으니 이 기록적인 무더위도 머지않아 시들해질 겁니다. 어디선가 선선한 바람을 데리고 가을이 찾아오면 지난 2차 답사 때 찾은 하동군 악양면 평사리, 섬진강의 은빛 모래밭을 다시 가봐야겠네요. 최참판댁 누마루에 앉아 누렇게 익어가는 평사리 들판과 병풍처럼 펼쳐진 지리산 능선을 바라보면서 서희나 길상이나 용이가 된 듯 상념에 잠겨도 보구요. '팥이야기 섬등'에 들러 팥빙수 한 그릇 떠먹고 형제봉 주막에 올라 탁배기 한 주전자에 흘러간 노래라도 한 가락 뽑아야겠습니다. 그러지 않는다고 달라질 것은 아무것도 없을 테니까요.

그렇게 한 세월 넉넉한 지리산의 품에 안겨 유장한 섬진강의 굽이처럼 출렁거리면서 남해 바다로 흘러가는 거죠. 소설 『토지』의 수많은 군상들이 그러했고, 이 땅이 길러낸 알곡이며 역사의 주인인 민초들의 삶 또한 영락없이 그랬던 것처럼 말이죠. 아무쪼록 모두들 무더위 잘 건너시고 찬바람 부는 가을 들녘에서 다시 만날 때까지 두루 건안하시고 평화로우시길 빕니다.

2018년 8월 아흐레
통영에서

신발을 든 여인

　서시(西施), 그후의 우리 집 귀요미 막내딸 어진달이의 근황을 알려면 누구든 오백 원을 내라고 했으나 누구 하나 선뜻 오백 원을 내놓는 이가 없어서 끝까지 함구하려고 작정했더랬다. 하지만 내 천성이 담박 진술한 탓에 할 말을 마음에 묻는 재주가 모자라서 하릴없이 달이 근황을 전격 공개하기로 마음을 바꿔먹었다. 존심에 흠집이 나지 않은 바가 아니지만 공공의 이익과 안녕을 위하여 대승적으로 내가 물러서기로 했다. 과연 서시, 그후의 달이는 어찌 되었을까?

　엊그제 어진달이와 오빠 별이를 데리고 충남 태안군 소원면에 있는 시골집에 다녀왔다. 아내가 속절없이 세상을 떠난 지 다섯 해가 되었다. 아내를 수목장한 두 그루의 나무는 아무런 일도 없는 듯 무럭무럭 잘 자라고 있었다. 별이와 달이도 이제는 그 나무가 자신들을 뜻하며 엄마의 영육이 거름이 되어 자라고 있다는 것을 잘 알고 있다. 별이와 달이가 두 나무 사이에 놓인 와석에 절을 했다. 하지만 와석도 나무도 하늘도 아무런 말이 없다. 별이가 자기 나무를 쓰다듬으며 영양제라도 주어야 하는 것 아니냐고 할 때는 나도 모르게 뿜을 뻔했다.

　예전부터 시골집에 내려가면 자연스레 근처의 바다까지 한 바퀴 둘러보곤 한다. 시골집에서 고개만 하나 넘으면 일리포에서 십리포, 백리포, 천리포, 만리포까지 천혜의 비경이 굽이굽이 펼쳐져 있기 때문이다. 아내와 함께 아이들을 데리고 그 바다를 즐겨 찾아다니곤 했다. 그때나 지금이나 자연의 풍경은 의구하나 그곳을 찾는 사람의 구성이며 면면이 미묘하게 달라져 온걸 생각하니 마음 한쪽이 시려오고 무상감이 밀려왔다.

7년 전 추석 때 아홉 살배기 달이가 만리포 바닷가에 앉아 밀려오는 파도와 가을 햇살, 바람을 타고 나는 갈매기들과 흰 구름을 하염없이 바라보며 찍었던 사진을 다시 내려서 본다. 두 해 전 시골을 다녀오던 길에 우연히 찍은 책을 읽는 모습의 달이 사진도 함께 본다. 소혹성 B-612의 나무 등걸에 앉아서 광활한 우주를 굽어보는 어린 왕자 같았던 달이가 어느덧 어엿한 숙녀가 되어가고 있다. 그때나 이제나 이렇게 사진으로 남기지 않았다면 어떻게 이 장면을 다시 떠올리며 상상할 수 있겠는가.

별이랑 달이가 다정하게 만리포 바닷가를 거니는 모습이며 이런저런 모습을 부지런히 사진에 담았다. 자신이 사진 속 모델이 되는 걸 달가워하지 않는 달이도 힐끔 사진을 보더니 이번에는 아무 말을 하지 않는다. 두 해 전 중국의 전설 속 미녀 서시를 닮은 듯 미간을 찡그리며 책을 들고 읽던 달이가 이번에는 신발에 들어간 모래를 터느라 책 대신 신발 한 짝을 들고 서 있다. 책이든 신발이든 무슨 상관이 있겠는가. 서시가 찡그리는 모습을 줏대 없이 따라서 했던 그 많은 여인네들이 이제는 저마다 신발 한 짝을 들고 한 발로 서 있는 건 아닌지 모르겠다.

우반동 반계서당(愚磻洞 磻溪書堂)

400년 전 조선 후기 실학의 비조로 불리우는 반계(磻溪) 유형원(柳馨遠 1622~1673) 선생이 이곳 부안현 우반동(현 전북 부안군 보안면 우동리) 산자락에 반계서당을 짓고 들어앉아 학문을 닦고 제자들을 가르칠 때만 해도 지금 산 아래 시원스레 펼쳐진 들판 한가운데로 바닷물이 들어오는 길이 있었고 사람과 물자가 오가는 포구까지 있었다고 한다. 그 물길을 따라 규모가 어떤지는 몰라도 우반동 일대의 곡식과 변산반도 인근의 염전에서 나오는 소금이며 각종 해산물이 드나들었을 것이다.

선생은 병자호란의 치욕을 통절히 여겨 항상 주민의 구휼을 위한 큰 배와 양곡을 비치하였고, 마필과 조총을 마련하고 주민에게 병법과 무술을 가르쳐 만일을 방비하였다. 그런 한편 무너진 나라의 기틀을 바로 세우고 백성의 곤궁한 살림을 안정시키고자 장장 19년에 걸쳐 필생의 대작 『반계수록(磻溪隨錄)』 총 13책 26권을 지어 전방위에 걸친 국가 개혁의 청사진을 밝힌다. 서른두 살의 나이에 이곳에 들어와 과거도 마다하고 공직에 나가는 일도 단념한 채 심혈을 기울여 마흔아홉의 나이에 얻은 결과였다.

성호 이익이나 순암 안정복, 다산 정약용 등과 같은 걸출한 실학자들도 모두 이렇듯 선생이 이뤄놓은 학풍과 공적을 계승하여 자신만의 일가를 이루게 된다. 과연 실학의 비조이고 실학의 산실답다. 하지만 안타깝게도 이들의 문제의식은 영정조 때 『반계수록』이 개혁의 국정교과서로 일부 수용됐던 걸 빼곤 현실의 힘과 대안이 되지 못했다. 조선이 종내 망국의 길로 나아간 것을 보면 『반계수록』에 담긴 선생의 뜻과 포부가 온전히 펼쳐졌다고 볼 수는 없을 것이다.

선생도 어느 때인가 내가 서 있는 자리 어디쯤인가에 서서 저 아래 들판을 굽어보며 생각에 잠겼을 것이다. 무슨 생각이 선생의 마음을 붙잡았을까? 알 수 없는 일이다. 선생은 지금 이곳에 없으나 멀리 서해 바다로 뻗어가다 멈춘 산줄기며 우반동의 너른 들판은 지금 이곳에 남아서 우리에게 무언(無言)의 말을 건네고 있다. 선생이나 나나 이 삼복더위에 베옷 입은 처사로 살아간다는 건 얼마나 힘겨운 일인가.

추풍낙엽 1

지난 주말에 추풍령을 다녀왔다. 급하게 다녀오느라 영동 어중간에 사는 김래호 형님을 찾아뵙는다는 약속은 이번에도 또 지키지 못하게 되었다.

추풍령은 진작에 알았어도 추풍령면이 있다는 것은 이제야 알았다. 오랜 벗이 추풍령면 소재지 가까이에다 노년에 가족과 들어 살 집을 손수 짓기 시작한 지 한 달이 넘어간다. 병원 신세를 졌던 게 얼마 안 된지라 걱정이 컸는데 온갖 일을 혼자서 거뜬히 해내는 것을 보니 안심이 되다가도 또 걱정이 되었다.

친구는 집 짓는 일을 하는 동안 근처에 여관방을 얻어 지내고 있다. 친구와 어둑해지는 추풍령면 시가지를 한 바퀴 둘러보고는 고깃집에 들러 가브리살과 삼겹살에다 소주잔을 기울였다. 담배는 끊었어도 술은 차마 그러지 못한 듯했다.

친구와 술잔을 기울인 지가 얼마 만인지 모르겠다. 여관방에 들러 친구와 라면을 하나 더 끓여먹고 이런저런 얘기를 나누다 눈을 붙였다. 창밖으로 추풍에 낙엽 굴러가는 소리가 연신 들려오고 오랜 벗과 함께 누워 있는 시간이 꿈같기만 하다.

친구는 집을 북향으로 짓는다며 껄껄 웃었다. 내가 사는 집을 추사(秋史) 선생의 그림에서 따와 '세한재(歲寒齋)'라 부른 지 오랜데 친구도 그 이름을 얻고 싶어 했다. 내 집은 소나무 그림자가 방 안에까지 드리워져 그랬는데 친구의 마음을 움직인 것은 무엇이었을까.

남대천의 연어는 수만 리를 헤엄쳐 고향으로 돌아오건만 친구는 고향을 떠나 낯선 곳에 제 몸을 누일 집을 짓는다. 사는 게 다 그렇다. 누군가는 뿌리를 찾아 돌아오고 누군가는 뿌리를 자르고 어디론가 떠난다. 추풍에 낙엽 같은 게 인생이라지만 봄이 되면 친구의 집 호숫가에 늘어선 벚나무에 꽃은 만발할 것이고 바람은 따스할 것이다.

아침에 가라는 친구의 만류에도 일정이 있어 새벽에 돌아오는데 사위에 안개가 자욱했다. 추풍령에 친구를 두고 나 혼자 돌아나오는 길이라 그런가. 금강휴게소에 잠시 들러 강을 내려다 봤다. 안개 너머로 물은 보이지 않고 들려오는 소리가 차가웠다. 가을이 물러가고 겨울이 다가오는 소리다.

비상 깜박이를 켜고 달렸다. 안개 자욱한 이곳을 지나 몇 개의 터널을 더 지나면 내가 사는 마을이 나올 것이다.

추풍낙엽 2

오랜 벗이 충북 영동군 추풍령면 그늘진 북향 땅에다 손수 조촐한 집을 짓고 본가와 직장을 오가며 산 지가 두어 해가 다 되어간다.

어제 낮에 갑자기 친구에게서 반가운 연락이 왔다. 본 지 오래지는 않았으나 생곡주 너덧 병에다 등심까지 쟁여놓고 기다린다는데 차마 마다할 수가 없는 노릇이었다. 하여 저녁 늦게 이곳에 들어와 둘이서 오붓하게 곡주 몇 병을 비웠다. 친구가 "유붕이 자원방래하니 불역낙호라(有朋自遠方來 不亦樂乎)" 아니냐며 술잔을 따르는데 눈가가 뜨거워지고 마음이 각별해졌다.

여기가 해발 250m, 높지는 않아도 길고 길어 옛날부터 유행가 가사처럼 '구름도 쉬어가는' 고개였다고 하니 추풍령을 넘어 발길이 바빴던 나그네 누구라도 여기 어딘가에 주저앉아 한참을 머물다 가지 않았을까 싶었다. 나도 오늘은 이곳에 머물며 오전 내내 푸른 하늘과 호숫가에 서 있는 키가 큰 벚꽃나무를 하염없이 바라보았다. 그러다가 오후에는 온라인으로 교육 받는 일이 있어 호수가 내려다보이는 창가에 앉아 노트북 화면과 풍경을 한꺼번에 들여다보며 하루를 보냈다.

그 와중에 얼숲(facebook) 담벼락에서 광주전남작가회의 사무처장인 주영국 시인 형님과 박관서 전 회장 시인 형님이 부산에 행사 차 다녀와 올린 글과 사진이 인상적인지라 영국 시인 형님과 댓글로 몇 마디 대화를 나눴는데 나름 재미가 있고 뜻도 있는 듯해서 내 담벼락에 올려놓는다. 날마다 천천히 해맑은 부처의 얼굴이 되어가고 있는 시인 형님들을 내가 알고 멀리서나마 이렇게 대화를 나눌 수 있어 이 또한 즐겁고 행복한 일이 아닐 수 없었다.

나: 부처님과 선승들의 주주 회합 같어유……. ㅎㅎ

영국 형: 왜 이러시나 석영 아우…… 갑사라도 함 돌아 오시게나~. ^^

나: 형…… 친구가 불러 추풍령에 왔시유…… 여가 누가 추풍낙엽의 추풍령이 아니라고 할까 봐…… 친구집 앞에 서 있는 키 큰 벚꽃나무에서 나뭇잎이 우수수 지네유…… 친구 왈 "다 먹구 살어…… 나 같은 놈두 먹고 사는디……." 봄날이면 나무에 벚꽃이 장관을 이루는디…… 우리네 생에도 그런 날이 언제쯤 올까유?

나: 형…… 이러고 있네요…… 노트북 펴 놓구…… 물가에 선 벚꽃나무를 보며…… 좀 신선이 된 듯…… 형은 부처가 되어가시구……. ^^

영국 형: 부처보다는 신선이 더 좋은 거여~. ^^ㅎ

일설에 의하면 추풍령의 '추풍'이 뜻밖에도 '가파르다'의 명사형인 '가파름'과 고개를 뜻하는 '재'가 합쳐진 '가파름재'에서 온 말이라고 한다. 갓〉가슬〉가을, 파름〉파람〉바람과 같이 순우리말이 한자어 추풍(秋風)으로 바뀌게 됐다는 것이다. 그런데 추풍이 '가을의 차갑고 서늘한 바람'이란 추풍(秋風)의 뜻만 있는 것도 아니란다. 이곳 사람들은 일부러 '가을의 풍요로움'이란 뜻으로 추풍(秋豊)이라고 부르기도 한다. 무엇이 맞고 틀린지는 알 길이 없지만 그 마음이 절로 헤아려진다.

친구는 집 앞 호숫가에 서 있는 키가 큰 벚꽃나무에 이끌려 아무런 연고도 없이 낯선 이곳에 북향(北向) 집을 짓기 시작했다. 산을 등지고 북쪽을 향해 앉은 집은 쉽게 그늘이 지고 쓸쓸했지만 과연 봄마다 꽃이 만발할 때쯤 찾아와서 보게 된 벚꽃나무의 장관은 놀라움을 넘어 황홀하기까지 했다. 사는 게 그런 게 아닌가 싶다. 내 마음이 절로 이끌리고 마음과 몸이 머물며 편안하고 그윽해지는 그곳이 진리다. 그곳이 명당이고 길지(吉地)고 축복받은 땅 아닌가.

내일 이른 아침에 일이 있어 이번에도 다시 이른 새벽에 길을 나서 집으로 돌아가야 할 것 같다.

추풍령의 가을이 어느 가을 산 깊은 절집의 공양간 아궁이마냥, 북녘 아무르강에 비친 하늘빛만큼이나 아득하게 깊어져 간다. 아무래도 오늘밤 친구와 다시 나누게 될 2차 술자리의 안주는 내가 좌우명처럼 마음에 담고 날마다 되새기는 임제(臨濟) 선사의 경구가 될 듯하다. 창밖의 짙은 어둠 너머로 추풍에 붉게 물든 마음 한 잎 또 지고 있나 보다.

수처작주 입처개진(隨處作主 立處皆眞)

가는 곳마다 참된 주인이 되어라. 머무는 곳이 다 진리일지니.
— 임제의현(臨濟義玄 ?~867)

오소리감투

지난 주말 거창 전통시장 안에 있는 '야모 순대집'에서 유용주 시인 형님과 형수님, 영천의 이중기 시인 형님, 포항의 권선희 시인, 대전의 안학수 시인 형님, 서산의 이경호 시인, 대전의 김희정 시인과 상봉의 기쁨을 나눴다. 야모가 무슨 뜻인지는 주인장에게 설명을 들어도 알아듣기가 힘들었다.

내가 먹어본 오소리감투랑 피순대 중에 가장 맛있었다. 졸깃하고 고소한 오소리랑 살살 녹아드는 피순대. 갑장 권선희 시인이 예전에 먹어본 이 맛을 잊지 못해 용주 형을 앞세워 먼저 찾아왔단다. 그런데 여태 오소리감투를 너구리 감투로 알고 찾느라 애먹었다면서 수줍게 웃는다. 호호호호.

오소리감투는 돼지의 위장 부분이다. 워낙 맛이 좋아서 여럿이 손질할 때 누군가 슬쩍 감추고 내놓지 않는 게 땅속으로 숨으면 좀체 나오지 않는 오소리의 습성을 닮은 데다가 벼슬 감투를 쓰기 위해 서로들 달려드는 것마냥 이걸 먹으려고 다들 애쓴다는 데서 독특한 이름이 유래했다고 한다.

시월애(十月愛)

시월의 첫날이다. 어김없이 시월이 내게 찾아왔다. 부르지도 애타지도 않았고, 집 나간 며느리가 돌아온다는 전어를 통째로 구우며 목을 빼고 기다린 것도 아니었건만 다시 시월이 제 발로 돌아와 내 품에 안겼다. 천지신명의 뜻이다.

그 무더웠던 여름을 지나 구월을 건너오는 데 천만 년이 걸렸다. 지나 간 구월은 떠나버린 여인네의 스카프마냥 쓸쓸하고 우울할지니 가거랏!! 구월이여. 기형도 시인이 왜 "한때 절망이 내 삶의 전부였던 적이 있었 다//(중략)//그러나 내 사랑하는 시월의 숲은/아무런 잘못도 없다"('10 월)고 노래했는지 알 것만 같다.

일 년 열두 달 중에 유독 육월과 십월의 받침을 빼내어 유월과 시월로 부르는 까닭이 무엇일까. 혀가 뻣뻣한 이들의 발음을 쉽게 하려는 뜻이 있다는 거야 다 아는 얘기일 테고 그게 다라면 아무래도 싱겁다. ㄱ과 ㅂ자끼리 남몰래 정분이라도 난 걸까?

간밤부터 비가 오락가락하더니 작년을 닮은 가을비가 추적추적 내리고 있다. 세상은 여전히 심란하고 시절은 하 수상하나 쿵쾅거리는 가을의 심장 소리가 지척에서 들리는 듯하다. 가을의 한복판이자 생의 한가운데 에서 내 마음은 무언가 누긋한 설렘으로 가득하다.

가을 햇볕과 바람 한줄기, 단풍잎 한 장이면 사랑하기에 족하리. 늙은 부처를 닮은 가을 산의 옆구리에 가을볕을 차곡차곡 쟁여둬야겠다. 무심(無心)의 가지를 엮어 바람벽을 세우고, ㅂ자 위에 ㄱ자를 틀어 단풍잎 지붕을 얹어서 사랑하는 이와 깃들어 살 튼실한 둥지를 틀어야겠다.

11월, 바람의 언덕, 박환

　11월의 마지막 날이다. 모든 게 덧없다는 걸 느낄 수 있기에 안성맞춤인 날이다. 12월 31일은 모든 게 끝나버리고 더 이상 남은 날이 없기에 덧없기보다는 오히려 속수무책에 가깝다. 인디언 어느 부족의 달력에는 11월의 이름이 '모든 게 다 사라진 것은 아닌 달'로 되어 있다. 지나간 시간이야 어찌할 도리가 없지만 아직은 12월이 남아 있어 적잖이 위안이 된다는 말이다.

　그렇다. 이 엄혹한 역병의 시절에도 곧 첫눈이 오고 함박눈도 내리고 성탄절의 들뜬 분위기도 찾아올 것이다. 어딘가에는 또 차가운 얼음장 밑으로 흐르는 물줄기가 굳건히 남아 있을 테고……

　그런데 무슨 연유에선지 내가 아래의 시를 쓰게 만들었던 박환의 노래 「바람의 언덕」이 온데간데없어졌다. 유튜브에 올라 있던 영상이며 음원들까지 감쪽같이 다 사라져버렸다. 귀신이 곡할 노릇이다. 정말 떠도는 얘기처럼 노랫말이 가수와 노래의 운명이 되는 것인가. "빛나던 젊음에 새겨진 날들/노래하는 새들은 어디 갔나."

　검색을 통해 얻은 유일한 정보에 따르면 박환은 밴드 '들국화'의 건반 주자였다. 노래 「바람의 언덕」은 그가 가수로 2016년에 처음 내놓은 미니앨범에 수록된 타이틀곡이다. 20대 후반에 작곡해 놓은 곡을 25년 동안 다듬어 처음 세상에 발표한 노래라고 한다. 참 덧없다. 25년을 기다려 세상에 나온 노래가 이렇게 한순간에 속절없이 사라져버리다니.

다행히도 내가 이 노래를 파일로 담아 놓은 게 있어서 노랫말과 함께 올린다. 오늘 같이 '모든 게 덧없다는 걸 느낄 수 있기에 안성맞춤인' 11월의 마지막 날에 듣기에 더할 나위 없는 노래다. 시 「11월」은 내가 그의 노래 「바람의 언덕」을 처음 듣고서 무언가 주체할 수 없는 마음에 쓰게 되었다. 아무쪼록 이 모든 것이 부디 그의 노래와 삶에 누가 되지 않기를⋯⋯.

바람이 불어온다 나의 가슴에
봄은 멀리 있는데
사랑이 머물던 이 언덕 위에
나 홀로 서 있네
빛나던 젊음에 새겨진 날들
노래하는 새들은 어디 갔나
그리운 시절이여 이 언덕에
아직도 우리 사랑의 숨결 남았는데
바람이 불어온다 아는가 그대
눈물어린 나의 사랑으로
언젠가 내 가슴에 흐르는 강물
그대 향해 가는데
얼어붙은 그대의 차가운 마음
어디로 흐르는가
다시 또 설레어 찾아왔지만
그대 빛나던 맹서 어디 갔나
그리운 시절이여 이 언덕에
아직도 우리 사랑의 숨결 남았는데

바람이 불어온다 아는가 그대
끝없는 나의 사랑으로

                       —박환, 「바람의 언덕」 전문

아직도
가을이라 부르기에는
어딘지 허수룩하고
넋 놓고 봄을 기다리기에는
턱없이 지리멸렬한 시간
나 홀로 바람의 언덕[10]에 오르면
모자란 시간의 피만큼이나
차가운 현기증이 일어나고
아득하니 쓸쓸하고 묘연하다
아직 끝나지 않았으나
이미 지나가 버린
사랑처럼

                       —졸시, 「11월의 언덕」 전문

---

10) 박환의 노래 「바람의 언덕」을 듣고 쓰다.

자유실천위원회

지난 11월 하순, 온기를 잃은 햇살이 온종일 거리에 뒹구는 낙엽을 종종걸음으로 쫓아다니던 만추의 스산한 주말 저녁에 서울 대학로의 한 모퉁이에서 이들을 만났다. 예정된 만남도 아니었고 진즉에 연고나 안면이 있었던 이들과의 자리도 아니었지만 벗 윤임수 시인이 새로 펴낸 시집 『절반의 길』의 출판기념회가 한국작가회의 자유실천위원회 행사와 더불어 열렸기 때문이다. 덕분에 나는 꿩을 잡아먹고 알까지 먹을 수 있었다.

낮에는 우리 집 귀요미 막내딸 어진달 민서와 함께 대학로 한 귀퉁이에 있는 종로경찰서 폭파사건의 주역 의열단원 김상옥 의사의 동상에 참배하고 갔더랬다. 세종시 민주화운동계승사업회에서 진행하는 독립운동 유적지 탐방 프로그램 〈독립열차〉에 참가했는데 북한산 아래 진관사에서 대학로를 들러 조계사와 인사동까지 이어지는 여정이었다. 일정을 마치고 일행을 서울역에서 배웅하고 난 뒤에 나는 홀로 출판기념회에 참석하기 위해 총총이 다시 대학로로 돌아갔다. 그곳에서 이들을 만났다.

나는 한국작가회의 중앙회원도 아니고 한국작가회의의 지역작가회의 일개 회원일 뿐이지만 한국작가회의의 전신인 민족작가회의(일명 민작)나 그 뿌리인 7,80년대 자유실천회의(일명 자실)의 활약과 명성에 대해 잘 알고 있다. 자실이 있었기에 민작이 있었고 민작이 있었기에 오늘의 한국작가회의가 있을 수 있었다. 명색이 진보적 문학단체의 작가란 이름을 얻은 자로서 엄혹한 군사독재정권의 폭압에 맞서 때로는 붓을 들고 때로는 온몸으로 그에 맞서 싸워온 그 신산하고도 연면한 저항의 역사를 어찌 모를 수 있겠는가.

지금은 한국작가회의의 산하로서 100명 남짓한 회원을 둔 조직으로 남아 있지만 자유실천위원회는 지금도 온갖 불의와 부정에 맞선 싸움의 최전선에 온몸으로 서기를 주저하지 않고 있으니 이들의 서슬 퍼런 작가 정신과 저항의 결기야말로 마땅하고도 자랑스러운 일이 아닐 수 없다. 내가 이곳에 이름을 얹고 몸을 실은 시인 작가들의 면면을 진즉부터 풍문으로나마 알고는 있었다. 이들을 이렇듯 직접 만나 인사를 하고 밥을 먹고 술을 마시며 밤을 넘겨 새벽이 되도록 대화의 꽃을 피웠다니 정말 꿈같은 일이었다.

언제나 그렇듯 벗 윤임수 시인이 이들에게 친절하게 나를 소개해주었다. 이미 얼숲(facebook)에서 친구 사이였던 김명지 시인을 만났고 이혜수(박세화) 시인과 안면을 트고 밥상 앞에 마주 앉았던 이철경 시인과도 인사를 하고 대화를 나눴다. 김명지 시인은 나와 갑장인지라 첫 만남이었지만 더욱 살갑고 애틋하게 느껴졌다. 몇 차례 차수를 바꾸도록 한번 타오른 술자리의 열정은 쉽게 꺼지지 않았다. 시간이 걷잡을 수 없이 흐르고 결국 망원동 어디선가 마지막 술잔을 털어 넣고 나는 윤임수 시인과 동침을 하고야 말았다. 나는 결백하지만 윤 시인의 아내가 기꺼이 나를 용서해줄 지는 모르겠다.

그날의 기억을 까맣게 놓고 있었는데 윤 시인의 담벼락에 오른 사진 한 장이 그때의 기억을 고스란히 다시 호출한다. 행사 후 기념 촬영을 하는 자리에 객으로 들어서서 슬그머니 사진을 찍은 내가 쟁그랍기 짝이 없어 보인다. 다 천연스럽고 곰살궂은 내 성정 때문에 벌어지는 일이다. 그래서 그랬는지 첫 만남 이후 페이스북에서 친구를 맺고도 이혜수 시인이 사진에 태그를 하면서 나를 쏙 빼놨다. 이 시인이 내 무람없는 행동에 일침을 놓고 싶었던가 보다. 하지만 내가 다 용서하고 받아들이기로 했다. 자유실천위원회의 거룩하고 숭고한 시인 작가들과 함께 밥이랑 술도 먹고 사진까지 찍은 내가 어느 모로나 밑 빠지지 않는 장사니까.

졸업

우리 집 귀요미 막내딸 어진달 민서가 드디어 길고 긴 초딩 생활을 접게 되었다. 햇수로 6년, 날로 치면 약 2,160일이 걸렸다. 유치원을 갓 나와 병아리 같은 종종걸음으로 엄마 손을 잡고 학교 문을 들어서던 때가 엊그제 같은데 벌써 세월이 그렇게 흘렀다. 그동안 참 많은 일들이 생기고 덧없이 지나갔다.

비록 달이의 졸업을 누구보다 축하하고 기뻐해 줄 엄마는 지금 곁에 없지만 달이가 이리 밝고 예쁘고 의연하게 자랐으니 나는 아무런 근심도 걱정도 없다. 그동안 달이가 해를 바꾸며 만나온 선생님들마다 한결같이 달이를 예뻐해 주고 칭찬해 주고 보듬어 주신 덕분이다. 그분 스승들의 은혜가 크고도 깊다.

이제 3월이면 달이는 중학생이 될 것이고, 그 앞에 무엇이 기다리고 있을지, 또 달이가 어른이 되어 무엇이 되고 어떻게 살아가게 될 지 아무것도 알 수 없는 일이다. 다만 분명한 것은, 달이 엄마가 꾸었던 태몽과 지난겨울에 달이와 함께 읽은 헤르만 헤세의 성장소설 『데미안』에 나오는 한 구절이다.

태몽의 내용은 달이가 많은 이들의 관심과 사랑과 격려를 받으면서 살아갈 것이라는 것을 암시해준다. 물론 그 과정에서 여러 힘든 일이 생기고 그것을 하릴없이 헤쳐가야 할 때도 있을 것이다. 그때 아무쪼록 이 구절이 달이에게 섬광 같은 기억으로 살아나 힘을 줄 수 있게 되기를 간절히 마음을 모아 빈다.

딸에게 주는 아빠의 누추한 졸업 선물이다.

새는 알을 깨고 나오려고 싸운다. 알은 세계이다. 태어나고자 하는 자는 누구나 하나의 세계를 깨뜨려야 한다. 새는 신을 향해 날아간다. 그 신의 이름은 아브락사스다.

—헤르만 헤세, 『데미안』(민음사, 2000) 부분

지리산웰빙귀농학교

내가 마음으로 따르고 받드는 하동 악양의 강마을 조동진 형님이 하시는 일이다. 이 일을 시작한 지 벌써 여러 해다. 세상으로부터 배우고 얻은 것을 다시 세상으로 돌려보내는 일이다. 해마다 10여 차례 누구에게나 기회의 문이 열린다지만 아무에게나 그 인연이 이어지는 건 아닌가 보다. 오직 기회의 문을 들어서는 자에게만 그 축복이 돌아가는 법이니 뜻이 있는 자는 문을 열리라.

이곳에 갈 수 있다면, 이곳에서 두런거리는 형님의 나지막한 말씀을 들으며 형님이 지은 황토 한옥집마냥 단단하고 촘촘한 생각의 결을 읽고, 지리산의 품처럼 넉넉하고 섬진강처럼 느긋하고 유장한 삶의 지혜를 나눌 수 있다면, 섬진강과 평사리 들판을 한눈에 내려다보는 약수헌(若水軒) 누마루에 앉아 지리산 댓바람을 한나절 쐴 수 있다면 내일의 어떤 근심도 걱정도 아무 문제 없으리.

귀농 귀촌은 둘째다. 형제봉 주막에 둘러앉아 탁배기잔 부딪치며 주인장의 노래를 듣거나 기타 소리에 맞춰 목청껏 노래를 따라 부르다가, 밤이 이슥해지면 평사리 들판길을 터벅터벅 걸어가서는 섬진강 은모랫벌에 누워 오랜 벗처럼 지줄대는 강물 소리를 들을 수 있다면 아무런 후회도 원망도 없으리, 꿈도 영화도 다 강물에 띄워 보내고 하염없이 하늘의 별 밭을 우러를 수 있다면.

인생유감(人生有感)

늙는다는 것

지난 성탄절 무렵에 찾아간 황순원 문학관의 온갖 작품들 사이에서 한 편의 시가 내 마음의 '볕 바른 자리'에 들어와 앉았다. 나도 "열매는커녕 꽃도 없이" "짚과 새끼로 싸맨" 석류나무처럼 늙어가고 있는 건 아닌지. 하지만 다시 생각해보면 저녁노을의 저무는 볕에도 눈부신 법. 언젠가는 나에게도 저 늙은 나무처럼 열매가 "알알이 쫙쫙 벙을" 날이 남아 있는 것이다.

내 나이 또래 환갑은 됐음직한 석류나무 한 그루를 이른 봄에 사다 뜨락 볕 바른 자리를 가려 심었다. 그런데 잎만 돋치고 이듬해엔 꽃을 몇 송이 피웠다 지워 다음해엔 열매까지 맺어 빵긋이 벙으는 모습도 볼 수 있으리라 기대가 컸다. 헌데 열매는커녕 꽃조차 피우지 않아 혹시 기가 허한 탓인가 싶어 좋다는 기름을 구해다 넣어줬건만 그 다음해에도 한뿐새였다. 어쩌다 다된 나무를 들여온 게 한동안 안쓰럽더니 차츰 나무 대하는 마음이 허심하게 되어갔다. 이렇게 이 해도 열매 없는 가을을 보내고 겨울로 들어서면서였다. 짚과 새끼로 늙은 나무가 추위에 얼지 않게끔 싸매주고 물러나는데 거기 줄기도 가지도 뵈지 않는 자리에 석류가 알알이 달려 쫙쫙 병을고 있었다.

—황순원,「늙는다는 것」전문

아름다운 모험

　때로는 참혹할지라도 결국 인생은 아름다운 것이다. 그것이 오직 한 번만 주어지는 것이기에 그렇다. 비극도 있고 희극도 있고 희비극도 있 겠지만 모든 드라마의 주인공은 결국 나였고 나이고 나일 것이다. 하지 만 1인 모노 드라마가 아니라 수많은 주인공들이 함께 만나 더불어 꾸며 가는 집체 드라마와 같다. 그것이 때로는 경쟁이기도 하겠지만 함께 엮 어져 있기에 함께 호흡을 맞추며 달려갈 수밖에 없는 2인 3각 경기에 더 욱 가깝다. 결과와 상관없이 함께 뛰는 그 순간이 아름다운 것이다.

　인생은 아무것도 미리 정해져 있는 것이 아니고 설혹 정해져 있더라도 온전히 알 수 없는 것이고 예측할 수도 없는 것이기에 끝날 때까지 끝나 지 않는 이야기와 같다. 우리는 드라마의 주인공이면서 극작가이고 연출 가이기도 하다. 날마다 우리는 새로운 이야기를 써 내려가고 만들어간 다. 당연히 모든 게 내 뜻대로 되는 것은 아니지만 중요한 것은 살아간 다는 것이다. 나에게 맞는 속도와 호흡으로 살아가며 이 모든 것을 그대 로 받아들이고 끌어안는 것이다. 그것이 때로는 참혹한 것일지라도.

공부란 무엇인가

이상수 선생이 한겨레신문에 오랫동안 연재한 「이상수의 제자백가 인생공부」를 즐거이 읽으며 많은 것을 배웠다. 선생의 어떤 생각은 나와 다르기도 하고 내가 선생의 생각에 못 미치기도 했지만 귀하고 소중한 시간이었다. 문득 '술 권하는 사회'란 명분에 기대어 학교만 끝나면 술집마다 '도서관'이란 이름을 부여하고 막걸리나 소주병마다 '책'이란 이름을 붙이고는 날마다 'ㅇㅇ 도서관'에 들러 수십 권의 책을 독파하며 공부가 아니라, 젊음을 탕진하던 대학 시절의 치기가 떠오른다.

살아가다 보니 그런다고 공부란 천형에서 벗어나게 되는 것이 아니란 걸 깨닫게 되었다. 공부(工夫)가 중국어로 쿵푸(Gōngfū)란 건 많이 알려진 얘기다. 단순히 지식을 얻는 것이 아니라, 몸과 마음을 한데 닦고 세상살이의 참된 지혜를 터득해가는 일, 나와 나 아닌 것이 어떻게 공존하며 어울려 살아가야 하는가를 이해해 가는 일, 어렴풋하게나마 '우주의 비밀'을 들여다보는 일이 온통 공부란 것을. 우리는 모두 '호모 쿵푸스', 공부하는 인간일 수밖에 없다는 것을 말이다.

공부가 우리를 어떤 사람으로 만들어줄 것인가. 이 공부들은 우리로 하여금, 우리 자신에게 두 가지 질문을 던지도록 만든다. 첫째는 진정으로 강한 사람이란 어떤 사람인지 묻게 된다. 진정으로 강하다는 것은 자기를 이기는 사람이다. 타자에게서 원인을 찾지 말고, 자기 내면에서 원인을 찾아라. 자기가 더 강해지기 위해서는 타자에게 관대하고 자신에게는 더욱 가혹한 사람이 되어야 한다는 것이다.

또 한 가지는, 진정 지혜로운 사람이란 어떤 사람인가 하는 질문이다. 지혜롭다는 것은 자기 생각과 논리만을 고집하지 않는 것이다. 한 가지 사유나 논리가 완전할 수는 없다. 타인의 사유와 논리에 의해 보충되지 않고서는 지혜가 온전해질 수 없다. 그러므로 마음을 열고 타인의 사유와 논리에 귀를 기울이고, 받아들이라는 것이다. 우리가 공부할 것은 결국 이런 것들이 아닐까. 진정으로 강한 것과 지혜롭다는 것이 무엇인지 성찰하는 것.

—이상수, 「자기를 위한 열 가지 공부」, 2018. 6. 21.

나도 공부를 게을리 한 젊은 날의 치기를 성찰하게 됐으니 이제라도 공부의 기본자세는 갖춘 것인가. 이미 지나간 것은 어찌할 도리가 없겠지만 그것을 내가 어떻게 받아들이느냐에 따라 결국 시행착오나 오류까지도 공부 아닌 것이 없게 된다. 자기를 이기기 위해서는 자신의 부족함을 알고 받아들이는 마음이 필요하다. 남의 생각과 호흡의 결을 읽으려면 내 마음부터 열어야 한다. 결국, 공부의 시작도 끝도, 공부가 나아가는 방향과 강도와 효과도 모두 나 자신의 '내면'에 달려 있다는 것이 이상수 선생이 우리에게 전해주는 공부의 요체다.

교학상장(敎學相長)

스승이란 본디 배움을 스승으로 섬기는 이다. 배우려는 이를 가르쳐서 도와주는 것이 스승의 일이겠지만 스스로 힘써 배우지 않고서야 누군가를 어찌 가르칠 수 있겠는가.

가르치다 보면 자신이 모자라는 것이나 새로운 것을 깨달아 알게 되고 그러다 보면 자연스레 새롭게 가르칠 수 있는 힘이 길러지는 법이다. 배움이 깊어져서 누군가를 제대로 가르칠만해야 비로소 배움이 여물어간다고 할 수 있지 않겠는가.

이렇듯 가르침과 배움은 본디 하나이다. 가르침과 배움이 따로 있지 않고 수레의 바퀴살처럼 서로 거들고 부추기며 한데 나아가는 것을 일러 '교학상장(教學相長)'이라고 한다.

玉不琢不成器 人不學不知道 是故古之王者建國君民 教學為先 兌命曰 念終始典于學 其此之謂乎

옥은 쪼지 않으면 그릇을 이룰 수 없고 사람은 배우지 않으면 도를 알 수 없다. 그래서 옛날의 왕은 나라를 세우고 백성의 군주 노릇을 하려면 가르침과 배움을 우선으로 삼았다. 『상서(尚書)』의 '열명(兌命)'에서 "처음부터 끝까지 항상 배움에 전념해야 한다."고 말했거늘 이것이 바로 그것을 이르는 것이 아니겠는가?

雖有嘉肴 弗食不知其旨也 雖有至道 弗學不知其善也 是故學然後知不足教然後知困 知不足 然後能自反也 知困 然後能自强也 故曰 教學相長也

비록 좋은 안주가 있더라도 먹지 않으면 그 맛을 알 수 없고, 아무리 지극한 도가 있더라도 배우지 않으면 그 훌륭함을 알 수가 없다. 따라서 배우고 나서야 부족함을 알게 되고 가르치고 나서야 곤궁함을 알게 된다. 부족함을 알고 나서야 스스로를 반성할 수 있고 곤궁함을 알고 나서야 스스로 힘써 노력할 수 있게 된다. 그러므로 교학상장, 가르침과 배움이 서로 나아간다고 말한 것이다.

兌命曰 斅學半 其此之謂乎

『상서(尙書)』의 '열명(兌命)'에서 말하기를 "가르침은 배움이 반이다."라
고 했거늘 이것이 그것을 이른 것이 아니겠는가?

—「학기(學記)」, 『예기(禮記)』

기지(奇智)

박세당의 『남화진경주해산보(南華經註解刪補)』를 읽다 보니 왕방(王
雱)[11]의 『남화진경신전(南華眞經新傳)』 주석에 흥미로운 부분이 더러 눈
에 띄었다. 왕방은 어려서부터 영민하고 총명하였다는데 33살의 나이로
세상을 떠났으니 뜻을 다 펴보았다고 하기에 어렵겠다. 하지만 아버지
왕안석을 도와 개혁 신법을 펴는 등 불꽃 같은 삶을 살다간 듯하다.

그가 어렸을 때 어떤 사람이 같은 우리에 노루와 사슴을 넣고 어떤 게
노루이고 사슴인지 구분해 보라고 하자, 실제로 그 차이를 알지 못했던
왕방이 한참을 생각하더니 이렇게 대답했다고 한다. 과연 신동의 분별력
답다.

---

11) 왕방(王雱 1044~1076) : 북송 무주(撫州) 임천(臨川, 강서성) 사람. 자는 원택
(元澤)이고, 왕안석(王安石)의 아들이다. 성격이 민첩하여 약관(弱冠)도 되기 전
에 저서 수만 언(言)을 지었다. 저서에 도장(道藏)의 사가주(四家注)에 수록된『노
자주(老子注)』와 『도덕진경집의(道德眞經集義)』가 있다. 그 밖의 저서에 『이아의
(爾雅義)』와 『논어의(論語義)』, 『맹자주(孟子注)』, 『장자주(莊子注)』등이 있다. —『중
국역대인명사전』(이회문화사, 2010)

노루 옆에 있는 게 사슴이고 사슴 옆에 있는 것이 노루입니다.

하나 마나 한 대답이거나 문제를 회피한 것처럼 보이지만 곰곰이 들여다보면 전연 틀린 말도 아니다. 노루나 사슴을 특정해서 찾아내라고 한게 아니고 "어떤 게 노루이고 사슴인지 구분해 보라."고 한 것이니까 말이다. 기지(奇智)를 발휘해서 곤란한 상황을 벗어난 것이다.

기지는 기발하고 특출난 생각을 말한다. 얼음처럼 차가운 형식 논리만을 고집하고 정답만을 찾는 머리로는 절대로 나올 수 없다. 정답이 아닌 것이 오히려 정답이 되는 역설적 상황에도 가능성을 열어놔야 한다. 이렇듯 어려서부터 유연하고 창의적인 발상을 한 탓인지 왕방은 이후에 『노자』에 관심을 갖고 책을 쓰기까지 한다. 『노자』야말로 그런 유연하고 창의적이며 역설적인 사고의 보물창고이기 때문이다.

어느 자리에선가 스스로 위의 문제를 내고 짐짓 왕방의 흉내를 내면서 우쭐대다가 핀잔만 들었다. 더 망신 안 당한 게 다행이었다. 분수(分數)를 모르고 어른이 어린애를 흉내 냈으니 그럴 수밖에.

김서령

또 하나의 아름다움이 홀연히 세상을 떠났다. 하늘은 참으로 무심하시다. 마땅히 불러가야 할 사람을 놔두고 마땅히 살려야 할 사람을 그리도 빨리 불러가시다니. 아름다운 사람을 그토록 많이 불러갔으니 그곳 세상은 아름다움 투성이겠다.

김서령(1956~2018)선생의 담벼락에는 선생의 죽음을 애도하는 글로 가득하다. 한 번도 뵌 적은 없지만 그녀와 나눈 몇 번의 필담으로도 그녀는 나를 깊이 사로잡았다. 한 번도 들은 적이 없지만 그녀의 다정다감한 목소리와 웃음이 귓가에 들리는 듯하다.

남들보다 먼저 세상을 떠난 아름다움이 대개 그러했을 것이다. 그녀 또한 이 세상의 불의와 부정과 혼탁함을 못 견뎌 했을 것이다. 안으로 깊은 상흔을 입으면서도 그럴수록 더 맑아지고 단아해지고 더 아름다워져 갔을 것이다.

그녀의 밝은 웃음은 사실 이 세상을 아파하는 깊은 속울음이 아니었을까. 그녀가 세상에 남기고 간 책 『여자전(傳)』(푸른역사, 2017)을 꺼내어 다시 읽어봐야겠다. 그녀가 세상을 떠나기 전 견뎌야 했던 아픔을 불러내어 함께 훨훨 불살라야겠다.

선생님 그곳에서는 부디 편안히 쉬세요……. _()_

봉주절창(奉酒絕唱)

봄밤이다. 먼 산 위에 눈썹 꼭지마냥 가늘게 굽어진 초승달이 떠 있다. 어디선가 선선한 바람이 불어와 초승달을 훑고 지나간다. 봄밤의 허리에 못이라도 박혀 있나 보다. 하늘 못에 걸려 있는 초승달은 미동도 없이 고요하다. 이토록 좋은 봄날의 밤에 얼친 김서령 선생님의 정갈하니 맛깔스러운 글 한 편을 내려 읽는다.

좋은 글이라면 음식을 다룬 글은 음식을 가까이하고 싶어지게 만들고, 사람에 대해 쓴 글은 사람의 인연을 소중하게 만든다. 술에 대한 글은 술뿐만이 아니라 글을 쓴 사람과의 인연까지 소중하게 만들게 되나 보다. 글을 읽노라니 언제고 선생님과 '정향극렬주(丁香極烈酒)'가 아니어도 절로 주거니 받거니 술잔을 기울이고 싶어진다.

예나 이제나 사람 사이엔 술이 필요하다. 술이 사람의 마음을 열어준다. 열어줄 뿐 아니라 이어도 준다. 사람끼리만 이어주는 것이 아니다. 이쪽 세상과 저쪽 세상을 이어준다. 보이는 것과 안 보이는 것을 이어준다. 술을 통해 우리는 저 너머로 건너갈 수 있다. 보통 술로는 안 된다. 정성을 듬뿍 담아 빚어낸 술이라야 한다.

아아! 정향극렬주, 그리운 너의 술잔에 아름다운 정향극렬주를 붓는다.

봉주절창(奉酒絕唱), 술에 바치는 절창이다. 김서령 선생님의 마음이 내 마음이다. 어찌 이런 글을 쓴 당자와 술 한 잔 나눠 마시지 않을 수 있겠는가.

김서령, 장자, 파라다이스빔

얼숲(facebook)이 희미해지고 있던 김서령 선생의 기억을 다시 호출한다. 직접 만나 뵌 적도 없고 글과 책을 읽고 얼숲에서 대화를 몇 번 나눠본 것이 다지만 그녀의 잔상이 오래도록 마음에 남아 있다.

평생 글쟁이이자 이야기꾼으로 살다가 지난 2018년 10월에 홀연히 세상을 떠난 선생을 생각하면 자연스레 떠오르는 사람이 있다. 선생은 글이며 이야기며 생각의 품이 천연스러우면서도 '왕청시러웠던' 것이 과연 장자(莊子)였던 것 같다. 좀 길지만 그녀가 쓴 글을 다 읽어보면 그 뜻을 자연스레 이해하게 될 것이다.

장자는 일찍이 아내가 세상을 떠났는데도 곡을 안 하고 동이를 두드리며 노래를 불렀다. 이를 의아하게 여기는 친구 혜시에게 장자는 이렇게 말한다.

나 또한 왜 슬프지 않겠는가. 하지만 삶과 죽음이란 사계절이 운행하는 것과 같네. 이제 아내는 우주라는 큰 집에 누워 편안히 쉴 터인데 내가 소리 내어 곡을 한다면 그것은 명命을 모르는 것이 아니겠는가.

선생은 세상을 떠나기 전 마지막으로 '김서령의 다정하고 고요한 물건들의 목록 물목지전(物目誌展)'이란 전시회를 열어 자신이 소중하게 간직해온 토기와 자기, 가구, 소품 180여 점을 세상에 내보이고는 얼숲(facebook)에 이런 말을 남긴다.

오늘 열흘간의 전시를 마친다. 두어 번 외엔 그 공간에 가지 않았다. 대신 누가 어느 물건을 가져갔다는 기록만은 빼놓지 않고 미소띠며 들여다보았다. 나는 이제 물건들을 떠나보내고 이름과 인연을 지우고 자유와 질

병을 함께 누리며 원하는 대로 행주좌와할 수 있을 것인가. 한마리 늙은 자칼처럼? ㅋㅋ

"버림 혹은 떠나보냄의 의미를 사유하며, 자유와 질병을 함께 누리는 행주좌와(行住坐臥)를 소망"한 선생의 마음가짐이 삶과 죽음이란 사계절의 운행과 같으며 아내가 광활한 우주의 어딘가에서 편안히 쉬고 있으리라 여기기에 울음을 그쳤다고 했던 장자의 마음에 가 닿는다.

김서령 선생이 마지막으로 남긴 말이다. 파라다이스 빔, 따스한 봄볕과 살랑거리는 바람에 연초록 나뭇잎이 흔들거리는 봄날의 수많은 때가 다 그러한 순간이다. 바로 지금 이 순간처럼 말이다.

힘들 때 지칠 때 꺼내 볼 행복한 순간, 자원이 많이 쌓인 사람이 좋은 삶을 사는 거래요. 햇볕이 너무 좋은데 바람이 불고 가로수 그림자가 흔들릴 때, 완전 천국 같은 순간이 있잖아요. 그걸 '파라다이스 빔'이라고 한대요. 파라다이스 빔이 쏟아지는 날, '너무 좋다.'고 말하고 누군가 옆에 있으면 증폭되는 그 순간, 그런 순간이 많으면 자원이 많다는 거예요. 자원이 많은 삶을 살아라, 그 말을 남기고 싶네요.

선생은 이미 세상을 떠났지만 그를 그리워하는 이들이 많다는 것은 그녀가 그만큼 잘 살다가 갔다는 것을 말해준다. 하지만 그게 다가 아니다. 선생은 여전히 우리와 함께 살고 있는 게 아닌가. 모든 게 그렇지만 겉으로 보이는 것만이 다가 아니다. 살아도 죽은 자가 있고 죽어도 끊임없이 되살아나는 자가 있다. 그걸 가능하게 만드는 건 오직 '사랑과 그리움'의 힘이다. 선생이 살아냈던 삶이 고스란히 그 힘을 만드는 원천이 되고 있다.

다시, 김서령

해마다 10월이 되면, 우리에게 '한 여자가 한 세상이다.'라는 깨달음을 던지고 홀연히 세상을 떠나간 '한 여자'를 속절없이 그리워하지 않을 수 없다.

새삼 그녀가 살다간 이 세상의 풍경과 노래를, 공기와 온도를, 그녀의 마음으로 보고 듣고, 맡고 느낀다. 그녀가 쓴 책을 꺼내어 활자와 활자 사이, 행간마다에 서려 있는 그녀의 생각과 숨결을 다시 천천히 더듬어 본다.

분명 그녀가 떠나 간 저 세상은 그녀로 하여 한층 아름다워지고 사랑으로 충만해졌으리라. 우리의 가슴에 휑하니 뚫린 구멍의 아득한 깊이만큼이나.

밥꽃, 지다

오늘 내가 참으로 애정하던 '밥꽃' 같이 순하고 따스하고 다정하기 그지없던 류지남(1962~2021) 시인 형님이 홀연히 세상을 떠났다. 날벼락 같은 소식을 듣고 한동안 아무 말도, 아무 일도 할 수가 없었다.

재작년에 나온 형의 시집 『마실 가는 길』(솔, 2019)은 이제 그만 마지막 시집이 되어버렸다. 표제작의 시 구절처럼 "마실 가는 길은 동지섣달이라야 제격이"었던 것일까? 형은 세상이 꽁꽁 얼어붙은 음력 섣달 닷새 되는 날, 이웃 마을에 마실 가듯 이 풍진 세상을 등지고 쓸쓸히 떠나갔다.

이제 광주 망월동 김남주 시인 묘 옆에서 형을 처음 만나 시집 『밥꽃』을 건네받던 기억도, 제주 4·3 평화공원에서 형과 한껏 웃는 모습으로 사진을 찍으며 한없는 행복감에 젖었던 시간도, 형이 살던 동네 공주 신풍면 구절사에서 가을 구절초를 보며 함께 피우던 온갖 이야기꽃도 모두 꿈같은 일이 되어 버렸다. 연초에 무심코 형과 톡으로 나눈 대화가 가슴을 친다.

아우님 참 오랜만이네 그랴
형이 못나 적조했으이
새해엔 얼굴도 가슴도

좀 더 가까이 하고 사세나
복도 많이 받으시고…….

네…… 형 꼭 그려유 ㅎ
사는 거 같지 않게 산 지가 오래 됐네유.
부디 그런 날이 빨리 오길 빌어유……. ^^

형이 아니라 아우가 못나서 이렇게 형이 저 세상으로 쓸쓸히 떠나는데
아무것도, 아무 노릇도 할 수가 없었다. 이제 어디에서 그토록 따스하고
다정했던 형의 얼굴과 가슴과 목소리를 가까이할까. 형이 살던 동네 여
기저기에 핀 조팝꽃, 싸리꽃이, "밥그릇에 소복하게 담긴 밥"이 모두 형
에게는 "세상에서 가장 이쁜" '밥꽃'이었다. 이제는 그런 형의 "턱없이 짧
은" 삶을 애도하는 양 온 세상에 밥꽃 같은 흰 눈이 내린다. 밥꽃이 서럽
게 지고 있다.

형…… 부디 그곳에서 편안히 쉬어요. 우리도 언젠가는 앞서거니 뒤서
거니 그곳에 마실 가게 될 테니까요…… 그곳에서 모두 반가이 만나요.

아직도 실감이 나지 않는다. 마실 갔던 지남 형이 아무 일도 아닌 듯
집에 돌아와 문득 이렇게 전화를 걸어올 것만 같다.

주말 저녁 해거름에 걸려오는/전화기 너머 강물 같은 목소리/'저녁에 소
주 한 잔 어뗘?'

—류지남, 「밥꽃 필 무렵」 부분

다시는 형의 따스한 얼굴을 마주하고 밤새워 통음하며

밥꽃의 처연함과 시대의 불공평을 한할 수 없다니

다시는 형과 함께 이덕구 산전(山田) 가는 사려니 숲길을 걸으며
동백의 참혹한 붉음과 서목(西木)의 쓸쓸함에 대해 논할 수 없다니

다시는 우리가 처음 만났던 광주 망월동 김남주 시인의 묘비 앞에
형과 함께 어깨를 겯고 나란히 설 수 없다니

다시는 형과 함께 유장히 굽이치는 금강을 바라보며
하늘의 별과 들꽃과 숨탄것들의 명멸함을 토할 수 없다니
—졸시, 「류지남」 전문

최인훈, 만남, 길에 관한 명상

만남

나도 신화의 주인공이 되어, 온달과 평강공주와 같은 '평범하고도 신비한' 만남을 할 수 있을까? 최인훈 선생의 말을 들으니 당연히 그렇지 않을 수 없겠다.

어떤 누군가가 오직 나를 만나기 위해서, "어떤 만남이, 내가 모르는 데서 태어나서 나를 만나기 위해서 숱한 세월을 살아"오고 그래서 결국, 드디어, 마침내 어디선가에서 기적적으로 만나게 된다는 것은 얼마나 가슴 벅찬 일인가. 얼마나 살 떨리고 숨 막히는 일이란 말인가. 수없이 많은 별들이 반짝이는 우주의 밤에서 오직 하나의 별이 내 마음에 들어와 온전히 빛난다는 것은 말이다.

그것은 비록 "영혼의 어질머리[12]"일지라도 아무런 "예측도 계획도 할수 없"는 일이기에 서럽고도 한없이 신비하며 속절없으면서도 막무가내로 아름다운 일이 아닐 수 없다.

---

12) 어질머리 : 어질병, 정신이 혼미하고 머리가 어지러운 병

인생, 만남과 헤어짐의 모자이크
—「어디서 무엇이 되어 다시 만나랴」

　사람의 평생을 돌이켜 보면 끊임없는 만남의 연속이다. 세상에 태어나면서 처음 만나는 사람이 어머니이다. 어머니를 처음으로 일생 동안 사람은 사람을 만나는 일로 자기 생애를 채운다. 누구든지 지금까지 살아온 삶을 돌이켜 보면, 그때 그런 사람을 만났기 때문에 지금의 이런 〈나〉가 되어 있음을 알게 된다.

　만남은 이편의 마음대로 안 된다. 두 손바닥이 울려야 소리가 나는 것처럼 나를 만나기 위해서 어떤 만남이, 내가 모르는 데서 태어나서 나를 만나기 위해서 숱한 세월을 살아온다. 그러다가 어느 때 어느 장소에서 만나는 것이다. 만남은 언제나 신비하고 예측도 계획도 할 수 없다. 예측하고 계획해도 그대로 되지 않는다.

　희곡의 인물들도 이 근원적인 신비에 눈을 뜬 사람들이다. 이것은 무슨 특별한 능력이 아니다. 누구든지 만나서 놀라보고, 헤어지면서 울어본 사람이면 다 경험해 본 영혼의 어질머리일 뿐이다. 이 평범하고도 신비한 인생의 행사인 만남의 경험을 깊이 느낄 때, 사람은 바로 자기 자신이 신화의 주인공임을 알게 될 것이다.

　신화란 특별한 사람들의 이야기가 아니라, 보통 사람들이 깊게 살아갈 때 그 인생을 부르는 이름이다. 그런 사람들은 모두 한 가족이다. 온달도 평강공주도 이 인생의 깊이에서 만날 때, 우리의 동시대인과 같은 것이다.

—최인훈, 『길에 관한 명상』(솔과학, 2005) 부분

길에 관한 명상

최인훈(1936~2018) 선생이 지난달에 세상을 떠나셨다. 세간이 들썩이고 술렁거렸다. 한 번도 뵌 적이 없고 선생의 작품을 열심히 읽은 것도 아니었지만 마음이 무너지는 듯했다. 『광장』의 주인공 이명준이 선택했으나 끝내 가지 못한 '중립국'이란 단어가 눈앞에 어른거렸다.

선생은 「길에 관한 명상 」(1988)에서 세 가지 길에 대해 말하였다. 첫째가 자연과 몸의 길이다. "우리보다 먼저 존재한 (……) 별과 강에는 그들의 길이 있고, (우리가 만든 것이 아닌) 우리 몸의 혈액과 신경은 그들의 길이 있다." 이 길은 짐승들도 그러하기에 그들과 우리가 함께 공유하는 길이다.

둘째가 지식의 길이다. 자연과 몸의 길을 마음의 지도인 '말'로 옮겨놓으며 생겨난 길이다. 인간의 의식이 '과학과 기술' 따위로 불리는 이 길을 따라간다. 인간 스스로 만들어가는 '인공'의 길이다. 이 길은 짐승들이 모르는 길이다.

마지막 남은 길이 환상의 길이다. 종교와 예술의 이름으로 불리는 길이다. 이 길은 자연 자체가 아니기에 첫 번째 길이 아니고 현실적인 인간문제를 해결하는 '수단이나 기술'이 아니라 '해결' 자체이기 때문에 두 번째의 길도 아니다. 다만 그 해결은 '환상의 해결'이다.

이렇듯 선생은 '길에 관한 명상'을 길게 풀어냈는데 정작 선생의 깨달음이 내 마음에 들어온 건 세 가지 길을 아울러 통찰하는 글의 마지막 대목에서였다.

우주 쪽에서 보면 우주는 자신이 가고 있는 길을 가고 있을 것이다. 인간은 그 길 위에서 또 자기 길을 가고 있는 이차적인 존재이다. 그런데도 그가 살아간다는 것은 자기를 제일차적인 존재로 착각할 수밖에 없는 이

근원적인 모순의 길이 표현되는 방식이 예술이나 종교라는 환상이다.

인간은 자연의 일부면서도 오히려 자연을 대상화함으로써 자신의 정체성을 찾고자 하는 모순적인 존재이다. 우리는 이 모순의 문제를 살아서는 '종교와 예술의 환상'으로 풀고 더 이상 그럴 수 없을 때에 이르러서는 문제를 풀지 않고 그냥 '죽음'의 길을 떠나버린다. 문제를 풀지 않음으로써 오히려 문제가 풀려버렸다.

이처럼 진리는 모순과 역설의 뜻으로 가득하다. 길 속에 이미 또 다른 길이 들어 있다. 내 안에 이미 또 다른 나인 너가 들어와 있듯이 삶 속에 이미 또 다른 삶인 죽음이 들어와 있다. 선생도 그것을 왜 몰랐겠는가. 누구나 그러했듯이 선생도 영락없었고 나 또한 속절없이 그러할 것이다.

국수(國手)
─까마득한 말들의 성찬

　김성동 작가의 소설 『국수(國手)』(솔, 2018) 안에 충청도 내포 지방의 토속어가 무진장 쟁여져 있다기에 문득 떠오르는 글이 있어 옮겨왔다. 내가 오래전에 충청도 절집으로 이름난 서산 개심사에 대해 쓴 글의 한 토막이다. 나는 정작 그곳에서 오래 살지 않아 토속어를 쓰는 데는 젬병이지만 토속어를 섬기는 내 마음의 일단이 들어 있다. 글에서 '개심사'와 시 '국수'를 소설 『국수』로 바꿔 놓고 읽으니 과연 그럴 듯하다.

　내 외가는 지금은 내포 신도시가 들어선 충남 예산군 삽교면 목리다. 어린 시절 그곳을 내 집처럼 드나들며 수없이 들어왔기에 나는 그곳 내포 땅의 토박이말에 퍽 익숙하다. 외가의 건넌방에 누워 까무룩 잠이 들면 자장가인 듯 사랑방에서 들려오던 어른 사내들의 구수하고 따스했던 말소리……. 그때 잠결에, 오가며 들었던 외삼촌이며 동네 어른들의 말본새를 잊을 수가 없다. 어쩜 그리 하나같이 잘 끓여놓은 숭늉처럼 편안하고 웅숭깊었던지…….

　외삼촌도 떠나고, 어른들도 다 떠나고 지금은 그 웅숭깊은 소리가 아무리 정겹고 그리워도 어디서도 쉬이 들을 수 없는 추억의 소리가 되어버렸지만…… 그 까마득한 말들이 소설 『국수』 속에 진수성찬으로 차려져 있다니 안 들여다볼 수가 없구나……. '이 땅에 소설 『국수』가 있다는 것은 얼마나 거룩한 위안이고 축복인가.'

내가 사랑하는 시인 백석이 긴 호흡으로 아름다운 토속어의 성찬을 차려 놓은 시 「국수」를 읽노라면 다시금 깨닫게 된다. 음식이란 게 그저 허기만 때우고 마는 게 아니란 걸. 음식 하나에도 그것을 만들어 먹고 사는 사람들의 숨결과 신체와 정신의 역사가 오롯이 담겨 있다. 어디 음식뿐만이랴. 이 땅에 나고 사는 것들이 다 그러하다. 말투며 생김새며 버릇이며 기호까지 자연의 풍광과 사람의 삶이 어울려 서로를 이루며 닮아가는 것이 당연하다.

개심사의 어느 하나 꾸미지 않아 자연스럽고 고담한 풍경은 충청도 내포 땅의 완만하고 유장한 지세와 어우러져 비로소 아름다움의 극을 이룬다. 개심사는 험준한 산 속에 높이 들어앉은 여느 산사와 다르다. 그렇다고 대처에 가까워 번잡하고 소란스러운 곳도 아니다. 깊지만 낮아 오르기 편하고 낮으나 깊어서 범속하지 않다. 지세(地勢)가 개심사를 낳은 것인지 개심사가 지세를 끌어안은 것인지 자꾸만 헷갈리지만 이 땅에 개심사가 있다는 것은 얼마나 거룩한 위안이고 축복인가.

누군가는 경북 영주의 부석사를 떠나며 차마 발길을 돌릴 수 없어 돌아서고 돌아서고를 수없이 반복했다지만 그럼 내가 개심사를 떠나며 다시 사무치게 그리운 것은 무엇인가.

그러고 보니 나도 충청도 사람이다.

　　　　―졸고, 「내 마음의 끝절, 개심사」, 『참혹한 아름다움』(천년의시작,
　　　　　　　　　　　　　　　　　　　　　　　　　　　　　2016) 전문

글쓰기 연금술

나 또한 양선규 선생을 얼숲(facebook)의 담벼락에서 뵈었을 뿐이다. 다른 특별한 인연이 있는 것도 아니다. 하지만 멀리 떨어져 있는 스승에게 글쓰기 사숙을 하고 있는 느낌이랄까. 선생이 날마다 담벼락에 올리는 긴 호흡의 글을 마음 내어 읽어보노라면 선생을 마주 대한 듯 선생이 짚어주고 풀어주는 말씀 하나하나가 죽비처럼 정신을 후려치고 가슴에 들어와 앉는다.

근자에 선생이 쓴 『글쓰기 연금술』(소소담담, 2016)의 책 제목만 해도 그렇다. '연금술'이란 것이 비(卑)금속으로 귀(貴)금속을 만드는 일이고 보면 애당초 이룰 수 없는 일을 이루려는 일일 텐데 선생이 글쓰기에 부러 이런 이름을 붙인 뜻이 무엇일까. 곰곰이 헤아려보니 과연 그렇다. 제목에서부터 '역설의 진리'를 머금고서도 번질거리지 않는 지혜가 번득인다.

글쓰기 또한 그렇지만 우리가 살아가면서 무언가를 꼭 이뤄야 한다는 법이 없다. 이룬다면야 좋겠지만 이루지 못했다고 해서 값어치가 없는 것이 아니다. 이루지 못해서 실패했거나 이룰 수 없기에 공허하다고 보는 건 하수의 셈이다. 이루고자 애썼던 그 시간의 마디마디, 결결이가 고스란히 금빛으로 찬연히 빛나기 때문이다. 연금술의 비결이다.

선생이 꿈꾼다는 이상향, '코보코' 또한 그렇다. 장편소설 『백경』에 나오는 그곳은 어느 지도에도 나와 있지 않은 곳이다. 『장자』에 나오는. '무하유지향(無何有之鄕)'을 빼닮았다. 그곳은 아예 어디에도 없는 곳이다. '연금술'이 그렇듯이 모두가 '역설의 진리'에 닿아 있는 말이다. 갈 바 없고 어디에도 없기에 더욱 애틋하니 간절한 바람을 불러일으키는 것인지 모른다.

어쩌면 선생의 책 『글쓰기 연금술』이 그곳으로 우리를 이끄는 지도며 좌표인 것은 아닐까. 선생은 이미 그것을 깨치고 있는 듯하다. 지도에도 나와 있지 않고 어디에도 없지만 바로 '지금 여기'에 있고, 결코 그곳에 이를 수 없다지만 바로 '지금 이 순간'이야말로 그곳에 이르는 참된 길일 수 있다는 '역설의 깨달음'을 말이다. 글쓰기도 거의 그렇다는 것을.

죽음에 대한 예의

—서정주, 노태우, 이명박근혜

미당 서정주는 죽을 때까지 자신의 친일매국 행위를 반성하지 않았다. 시인부락의 촌장을 자처하며 숱한 추종자를 거느리고서도 독재자에게 갖은 아부와 교태를 떠는 것을 수치스러워 하지 않았다. 죽는 순간까지 온갖 것을 다 챙기고 다 누리면서도 마땅히 져야 할 책임과 속죄의 길은 끝내 회피했다.

나는 그가 죽었을 때 그의 죽음을 당연히 애도하지 않았다. 누구는 한 인간으로서의 죽음에 뭐 그렇게 강퍅하게 굴 게 있냐고 볼멘소리를 했다. 하지만 마지막 순간만이라도 그의 삶에 합당한 대우를 해주는 것만큼 깍듯이 예의를 갖추는 게 또 어디 있겠는가.

아니 오히려 우리가 죽은 자에게 예의를 갖추는 것은 죽음을 미화하거나 죽음 앞에서 모든 게 부질없다고 자조하거나 자위하는 게 아니지 않은가. 죽음에 대한 예의는 삶의 무게에 대한 예의와 한사코 떨어질 수 없으며 결단코 살아남은 자들의 문제다.

서정주의 죽음을 애도한다고 서정주의 삶과 문학이 정당성을 갖게 되는 게 아니라고 강변하고 싶은 자들은 노태우의 죽음을 두고서도 마찬가지 얘기를 할 것이다. 그가 끝내 광주의 진실에 대해서 아무것도 말하지 않았고, 진정한 사과도 하지 않았음에도 그의 죽음을 국가장으로 치르고자 하는 이 부조리한 현실에 대해서 말이다.

하지만 서정주는 서정주에서 끝나지 않는다. 노태우는 노태우에서 끝나지 않는다. 언젠가 닥쳐올 전두환의 죽음을 두고도 우리는 또다시 이런 얘기를 되풀이해야 한단 말인가. 이명박의 죽음을 두고도. 박근혜의 죽음 앞에서도 또 무슨 예의 타령이나 해야 한단 말인가.

그들로 인해 억울하게 죽고 무참하게 삶을 짓밟힌 영령들이 지금도 구천을 떠돌고 있다. 우리는 또 언제까지 우리의 자식들에게 죽음에 대한 예의를 빙자하여 삶을 조롱하고 방기하거나 침묵해도 된다고 가르쳐야 한단 말인가.

인간 말종

전두환[13]이 죽었다. 끝내 아무런 회개도 사과도 없이 가버렸다. 과연 말종다웠다. 말당 서정주[14]가 그랬듯이…….

---

13) 전두환(1931~2021) 대한민국의 독재자
14) 서정주(1915~2000) 대한민국의 친일 문학인

출사표(出師表) 1

엊그제 토요일에 있었던 대전작가회의 총회에서 2년 임기의 새로운 사무국장이 되었다. 연초에 연말부터 앓아온 독감으로 몸과 정신이 온통 혼미하던 차에 신임 회장인 함순례 시인의 제안을 받고 한동안 고민했으나 결국 흔쾌히, 기쁜 마음으로 받아들였다.

여러모로 부족한 것이 많은 나에게 이런 자리가 온당한 건지 고민이 안 됐던 것이 아니었지만 언제 또 이런 기회가 올지 모를 일이었기에 이번에는 피해가지 않기로 마음을 먹었다. 젊은 시절 이후에 늘 마다하고 둘러가며 제자리걸음을 해온 삶이었으니 말이다.

부족한 것이 많지만 모르는 것은 물어보고 아는 것도 또 물어가며 얼음판을 건너는 심정으로 함순례 회장을 도와 묵묵히 일을 할 작정이다. 작은 일에 눈 감지 않고 큰 것에 휘둘리지 않으려 한다. 앞일은 알 수 없으나 가다 보면 즐겁고 흥겨운 일도 있을 것이다.

얼마 전 제주 대정에 있는 추사(秋史) 선생 적거지(謫居地)를 찾았을 때 돌담 아래서 만났던 수선화 몇 그루가 눈에 밟힌다. 제주의 차가운 겨울바람을 맞으면서도 아름다운 꽃망울을 터뜨린 수선화가 대견하였다. 과연 선생이 뜨락을 못 벗어난 매화보다 낫다며 해탈신선이라 칭송할 만했다.

어떤 시련과 곤궁 속에서도 영글 것은 영글고 피어날 건 피어나는 법이다. 얼음장 밑으로 물 흐르는 소리가 크게 들린다. 봄이 머지않았다. 그동안 빛이 나지 않는 일을 감당해내고 아름답게 마무리까지 한 전임 김희정 회장과 이미숙 사무국장의 노고에 머리 숙여 감사한다.

출사표(出師表) 2

한 해가 어떻게 흘러갔는지 모르겠다. 문득 눈을 떠보니 한 바퀴를 돌아 제자리에 서 있다. 온갖 일이 벌어지고 여기저기서 이런저런 인연을 맺게 되었다. 때로는 일이 겉돌거나 어긋나기도 하고 관계가 꼬이기도 했다. 무시로 곳간이 허술해졌다. 하지만 예상을 못한 바가 아니라 그런대로 견딜 수 있었다.

결결이 짬짬이 일을 감당하느라 몸은 고되고 마음은 갈급하였으나 그래도 보람은 컸다. 무언가 알 수 없는 것이 나를 이끌어 제주에서 대전 골령골로, 그리고 여수로, 다시 대구에서 거창까지 한국 현대사의 참혹한 현장을 하나씩 둘러보게 하였다. 무엇보다 그것이 오히려 내게 큰 위안이자 힘이 되었다.

올해는 신동엽 시인 50주기를 추념하며 뜻깊은 행사를 치러내야 한다. 9월 28일~29일에 대전작가회의와 충남작가회의가 한데 힘을 모아 〈전국 문학인대회〉를 치르게 되었다. 봄부터 가을까지 시인을 추모하며 대전작가회의가 따로 벌이는 크고 작은 행사도 여럿이다. 2년차에 일복이 터졌다고나 할까.

다시금 "제주의 차가운 겨울바람을 맞으면서도 아름다운 꽃망울을 터뜨린 수선화"를 떠올리지 않을 수 없다. 추사 선생 또한 그렇게 긴 유형의 시간을 견뎌냈을 것이다. 모든 것이 뜻대로만 되지 않는다는 것을 안다. 무슨 일이든 혼자만의 힘으로 안 된다는 것도 잘 알고 있다. 그때나 다시 제자리에 돌아와 선 지금이나 내 마음은 마찬가지다.

"부족한 것이 많지만 모르는 것은 물어보고 아는 것도 또 물어가며 얼음판을 건너는 심정으로 함순례 회장을 도와 묵묵히 일을 할 작정이다. 작은 일에 눈 감지 않고 큰 것에 휘둘리지 않으려 한다. 앞일은 알 수 없으나 가다 보면 즐겁고 흥겨운 일도 있을 것이다."

입사표(入師表)

　재작년 이맘때 이곳 담벼락에 '출사표'란 것을 올리고서도 낯 뜨거운 줄을 몰랐다. 그러고도 작년 이맘때에 다시 '출사표 2'란 것까지 올렸으니 황망한 일이다. 이제 와서 도로 물릴 수도 없는 노릇이니 차라리 '출사표'에 상당한 '입사표'를 적어 낯 뜨거움을 가리기로 마음먹었다. 지금쯤 제주의 대정 들판에 흐드러졌을 수선화 저들을 생각하면서.

　지난 2월 29일부로 2년간의 임기를 마치고 대전작가회의 사무국장직을 내려놓았다. 나갈 때 마음이 흔쾌했으니 들어올 때도 그래야 마땅하겠으나 말년에 앓은 홍역 자국이 아직 선연히 남아 있어 흔연하지는 못하다. 그래도 즐겁고 보람 있는 일이 많았다. 무엇보다 재작년에 처음으로 〈대전작가대회〉를 치러내고, 작년에 신동엽 시인 50주기 〈전국 문학인대회〉를 충남작가회의와 더불어 치러낸 것이 다행이고 큰 보람이었다.

　그동안 전국을 다니며 여러 사람을 만나고 소중한 인연을 맺을 수 있었다. 특히나 전국 방방곡곡에서 함께 고생하는 사무국(처)장들을 만났던 일을 잊을 수가 없다. 때로는 어디선가 이래저래 신세를 졌고 더러는 누군가에게 마음의 빚을 지고야 말았다. 안팎에서 부덕한 나로 인해 상처를 받거나 괴로웠던 이들도 있었을 것이다. 부디 너그러운 마음으로 품어주기를 바란다. 살다 보면 두고두고 갚을 날이 올 것이다.

　내가 사랑하는 백석 시인이 왜 "한 오천 말 남기고 함곡관도 넘어가고 싶"다고 했고 "오두미(五斗米)도 버리고 버드나무 아래로 돌아"(「수박씨, 호박씨」)가고 싶다고 했는지 조금은 짐작이 간다. 노자가 그랬던 것처럼, 도연명이 그랬던 것처럼, 추사 선생이 제주 유배를 마치고 바다를 건너 올 때 그랬던 것처럼 누구나 떠나야 할 때가 언제고, 돌아가야 할 곳이 어디인지 알아야 하기 때문이 아니었을까.

앞으로 2년간 대전작가회의를 새롭게 이끌어갈 박소영(시인) 회장과 김나무(극작가) 사무국장의 앞날에 천지신명의 가호가 오래도록 머물기를 빈다.

정선, 비단안개, 소월

봄볕의 간지러움에 꾸벅꾸벅 졸고 있던 한낮에 오랜 문우가 강원도 정선 아우라지 강가에 와있다며 사진 여러 장을 보내왔다. 봄볕을 쬐며 사진을 가만히 들여다보노라니 지난해 세밑에 짬을 내어 벌였던 일이 불현듯 떠올랐다. 김소월의 시노래 「비단안개」에다 재작년 겨울에 강원도 정선 아우라지 일대를 찾아가서 찍은 사진들을 이어 붙이고 시 노랫말을 적어서 조촐한 노래 동영상을 만들어 인터넷 동영상 시청 채널 담벼락에 올렸다. 정선 아우라지에서 구절리까지 기차를 타고 올라가서 레일바이크를 타고 내려오며 겨울 정선의 산하 이곳저곳을 찍은 사진도 사진이었지만 사진에 어우러지는 노래를 만난 영상을 만들고 보니 시와 노래와 사진을 뛰어넘는 또 다른 경지가 열리는 듯했다.

사실 사진 재생 시간 조절이 안 되는 동영상 편집 프로그램으로 만든지라 얼기설기 엮어놨어도 노랫말과 사진의 타이밍이 제대로 맞질 않아어디 내놓기에는 부끄러운 영상이다. 하지만 그걸 만든다고 꼬박 반나절이 걸린 노력이 스스로 가상해 큰맘을 먹고 담벼락에 걸어놓았다. 「비단안개」 노랫말에 나오는 "눈 풀리는 가지에 당치마귀로" 목을 매는 "젊은 계집"의 모습이 아우라지 강가에 서 있는 사진 속 소녀상의 모습과 절묘하게 어우러진 것은 기대 이상이었다. 전체적으로 봐도 시와 노랫가락이 사진 속 풍경과 곧잘 어울린다. 김소월의 시 전편에 녹아 있는 한(恨)의 정서가 어떻게 이 노래에도 여지없이 드러나고 있는지 아리송해질 정도는 아닌 듯하다. 그만하면 나는 흡족했다.

소월의 시는 그의 삶이 온통 그랬듯이 눈물과 회한과 그리움과 죽음의 변주로 하여 절절하기 그지없다. 어린 시절 그의 아버지가 일본인 노무자들에게 폭행을 당한 후에 정신병을 앓다 세상을 떠난 가족사의 그늘은 소월의 삶 전체를 짓누른 아픔이었다. 그는 결국 서른의 고개를 갓 넘자마자 복어 알을 먹고 스스로 목숨을 끊는다. 돌발적인 행동이라기보다 오랫동안 그의 삶 가운데 똬리를 튼 의욕 상실과 무상감의 자연스런 귀결이었을 것이다. 그의 시편은 대개가 그러한 좌절과 상실의 기억으로 얼룩져 있다. 시 「비단안개」 또한 그렇다. 첫사랑을 이루지 못한 절망감 때문이었을까? 스스로 목숨을 끊을 수밖에 없었던 '젊은 계집'의 한은 오롯이 소월 자신의 것이다. 민요작가 황옥곤이 시에 붙인 가락은 그러한 시의 정서를 더욱 애절하고 곡진하게 만들어 시와 노래를 애당초 한 몸인 것처럼 만들었다.

봄날의 밝고 명랑하고 희망찬 분위기에는 어울리지 않는 노래인지 모르겠다. 하지만 엊그제처럼 봄날에 함박눈이라도 쏟아질라치면, 눈 쌓인 양지에 따스한 햇살이라도 머물러 절로 눈가에 눈물이 돌고 알 수 없는 설움이 턱 밑까지 올라올라치면 이 노래 「비단안개」를 듣는 것도 그리 나쁘지 않을 것이다. 소월의 한이 마냥 슬픔과 좌절의 정서이기만 한 것은 아니다. '이루지 못한 첫사랑'의 기억이 그렇듯이 상실의 아픔은 큰 것이지만 첫사랑은 삶을 새롭게 이어나가게 만드는 힘이자 원천일 수도 있는 것이다. 소월의 시 「진달래꽃」이 "죽어도 아니 눈물 흘리우리다"라며 이별의 슬픔을 반어적으로 승화하고 있듯이 「비단안개」는 "영이별 있던 날도 그런 날"이라며 '영원히 그만둘 수 없는 사랑의 지극함'을 한 번 더 반어적으로 틀어서 노래하고 있다.

가만히 눈을 감고 들어보아라. 소월이 우리에게 노래하고 있지 않은

가. 기막힌 역설이다. 소월 자신은 자진해 죽고, '젊은 계집'마저 스스로
목숨을 끊었으나 우리는 기필코 '비단안개처럼 영롱한' 우리의 봄날을 의
연히 살아가라는 것이다.

눈들이 비단안개에 둘리울 때
그때는 차마 잊지 못할 때러라
만나서 울던 때도 그런 날이요
그리워 미친 날도 그런 때러라

눈들이 비단안개에 둘리울 때
그때는 홀목숨은 못 살 때러라
눈 풀리는 가지에 당치마 귀로
젊은 계집 목매고 달릴 때러라

눈들이 비단안개에 둘리울 때
그때는 종달새 솟을 때러라
들에랴 바다에랴 하늘에서랴
아지 못할 무엇에 취할 때러라

눈들이 비단안개에 둘리울 때
그때는 차마 잊지 못할 때러라
첫사랑 있던 때도 그런 날이요
영이별 있던 날도 그런 때러라
　　　　—김소월 작시, 황옥곤 작곡, 「비단안개」, 우리노래연구회 1집 앨범 『친
　　　　　　　　　　　　　　　　　　　　　구에게』(1985) 전문

비단안개, 소월, 하얼빈

비단안개는 고사하고 눈이 안 내린 지가 한참 되었다. 올겨울은 눈이 귀해 눈구경을 못한 눈구멍에 곰팡이가 다 슬겠다. 너무나도 눈이 고픈 나머지 편의점에서 눈이 펑펑 내리고 있을 법한 지역의 이름을 딴 맥주를 사다가 혼술을 마시며 허전함을 달랜다.

엊그제는 무심코 삿포로를 골랐는데 어딘가에서 삿포로나 아사히가 일본 전범기업 제품이라는 말을 들은 게 떠올랐다. 올해가 3·1만세운동 100주년이라는데 안 되겠다 싶어 되물리고 안중근 의사가 이토오 히로부미(伊藤博文)를 저격한 곳으로 유명한 하얼빈 맥주를 샀다.

오늘도 눈 내리는 하얼빈 역에서 벌어진 역사의 한 장면을 그리며 하얼빈 맥주를 앞에 놓고 혼술을 마신다. 맥주잔에 차오르는 거품 속에 소월의 슬픔이며 첫사랑의 아련함이며 안의사의 결기처럼 매서운 겨울 한기가 영롱한 비단안개마냥 떠도는 것은 왜인가.

단상(斷想)들

국수

오늘 점심은 서산 개심사나 예산 수덕사 산문 앞 어느 식당에라도 들어가 충청도 내포 유역의 토박이말을 사려놓은 잔치 '국수' 한 그릇 먹고 싶다. 내 어머니와 어머니의 어머니, 어머니의 어머니의 어머니, 어머니를 닮은 외가 식구들이 우르르 모여 살던 그 땅의 말로 뽑아낸 '국수'의 성찬을 누리고 싶다. 그리고 저녁에는 김성동 작가의 소설 『국수(國手)』를 읽다가 꿈속에서라도 그리운 어머니를 만나야겠다.

잠

카프카의 소설 『변신』의 주인공 그레고르 잠자는 얼마나 잠이 자고 싶었던 것일까? 이름조차 '잠자'라니……. 잠자 못지 않은 이가 또 있다. 잠자리, 그는 얼마나 잠이 모자랐으면 스스로 한 자락의 잠자리가 되어 버린 것일까? 대관절 잠자리의 잠자리는 어디에 있는 것일까?

까마득한 옥수숫대 위에다

아슬한 잠자리를 펴고
꾸벅꾸벅 졸고 있는 잠자리야
그러다가 굴러 떨어질라.
잠자리 다 망가질라

—졸시, 「잠자리」 전문

야동을 아시나요?

우리말로 된 땅 이름이 난데없이 한자어로 바뀌면서 웃지 못할 일들이 곳곳에서 벌어지곤 했다. 얼마 전에 박경리 문학답사길에 본 충주의 마을 이름은 '야동'이다. 원래 대장간이 있어 풀무골이라 했는데 대장장이 야(冶)자를 써서 한자어 지명으로 바꾸는 바람에 어처구니없게도 가장 야한 마을이 되어버렸다. 학교 이름에까지 야동을 붙이고 있는 게 못내 버거웠던지 야동초등학교는 최근에 학교 통폐합 논의로 아예 사라질 뻔했다. 하지만 우여곡절 끝에 주민들이 야동초를 살리기 위해 세운 우리말 이름의 '쇠불리' 마을학교가 도움을 줘서 명맥을 이어가게 됐다고 한다. 쇠불이 야동을 살렸으니 우리말이 한자어를 살린 격인가.

이렇듯 나는 곳곳에서 마을이나 학교나 단체 이름을 우리말로 짓고 바꾸는 일이 보다 힘차게 벌어졌으면 좋겠다. 이런 우리말 이름은 뜻글자로서 한자어가 장점으로 지녔다고 하는 추상적이고 개념적인 사고와는 아무 상관이 없기에 거리낌이 없다. 나는 순한글 전용주의자가 아니다. 하지만 우리말과 글이 지닌 아름다움과 훌륭함을 잘 알고 있기에 때와 상황에 알맞게 우리말과 글을 부려 쓰는 것을 마다하지 않았고 앞으로도 그럴 것이다. 쇠불이 야동과 동거하는 것도 좋지만 아예 풀무골이란 이름을 되찾으면 어떤가. 서울이 서울이듯이 대전도 한밭이라 부르고 광주는 빛고을, 대구는 달구벌로 부르면 왜 안 되는 것인가.

면목

하루종일 면(麵)과 더불어 살았다. 경상도 상주에서 해장으로 먹은 진주 냉면은 면 위에 고기를 두툼하게 얹었으나 국물이 개운치 않고 심심했다. 전날 밤에 살뜰한 동무의 출판기념회 때 마신 술이 다 안 깨서 그랬을 거다. 대전으로 돌아와 신성동 숯골 냉면 곱빼기를 다시 먹었다. 슴슴한 동치미 국물을 바닥까지 비워냈다. 옥류관 평양냉면의 진면목이 어떤지는 몰라도 역시 내 동네 음식이 살겹고 다정한 법이다. 저녁은 슈퍼에서 산 꽃게탕 생면에 북어포를 찢어 넣고 자박하게 끓여 먹었다. 이래도 되는 건지 모르겠다. 밥을 뵈올 면목(面目)이 없다.

아수라장

이상하다. 사방을 둘러보니 동백, 개나리, 진달래, 민들레, 매화, 목련, 벚꽃, 살구꽃들이 모두 한데 피어 있다. 예전에는 이 꽃들이 어김없이 차례로 피고 졌던 것 같은데 생각이 나지 않는다. 저렇게 몽땅 피었다가 한데 지려나 보다. 누구에게는 한데 모여 있으니 꽃대궐이거나 꽃박람회 같아 좋기도 하겠지만 어찌보면 아수라장이다. 왠지 생체 시간이 교란된 꽃들의 아우성 같다. 꽃들이 이상하다.

아이러니

플라스틱을 먹어치우는 나방이 있다고 한다. 플라스틱을 먹고 폐사한 향유고래의 사진을 본 충격이 채 가라앉기도 전에 본 사진 한 장이 내 마음을 복잡하게 만든다. 인간의 탐욕이 다른 생명체의 목줄을 조이고 있는데 반해 다른 생명체는 인간에게 구원의 메시지를 전해주고 있다. 자연의 한없는 관용이자 자비로움인가? 아니면 인간이 스스로 만들어낸 과학기술의 쾌거인가? 어찌 됐든 희소식인 건 분명하다.

하지만 이것이 인류에게 과연 진정한 희망이 될 것인가는 여전히 숙제로 남는다. 과학기술의 발전으로 인한 인류의 재앙을 과학기술의 발전으로 해결할 수 있다고 믿는 기술주의적 낙관은 근거 있는 것인가? 이런 기술주의적 해결 방법은 과학기술의 발전 속도와 방향을 조정하지 않아도 인류가 당면한 여러 생태학적 위기 상황을 돌파할 수 있다는 오만을 불러와 결국 인간을 파멸로 몰아넣게 되는 것은 아닌가?

후안무치(厚顔無恥)

인류가 멀지 않은 장래에 멸망한다면 그건 다른 누구도 아닌 인간 자신에 의해서일 것이다. 어찌 보면 인류의 멸망은 지구 생태계를 교란하는 장본인이 인간이라는 점에서 다른 생명체들에겐 오히려 희소식이 될지도 모른다. 문제는 인간의 탐욕이 자신의 파멸만으로는 결코 만족하지 않는다는 데 있다. 인간의 파멸은 지구 생태계 자체를 파괴하면서 진행되고 있다. 참으로 고약하다. 그동안 저지른 만행의 죄과를 스스로 짊어지는 것도 모자라 다른 생명체들의 동반 몰락까지 강요하고 있다니 말이다.

뿌리줄기(리좀 rhizome)

　나무구조(수목형 arbolic)와 뿌리줄기를 나눠서 둘 사이에 만리장성을 쌓으려는 시도가 있다. 세상을 나무구조가 아니라 뿌리줄기로 이해해야 한다나. 부질없는 일이 아닐 수 없다. 세상에는 나무구조도 있고 뿌리줄기도 있는 법이다. 그런 사진이 있다. 저게 나무인가? 뿌리줄기인가? 누구에게는 뿌리줄기이고 누구에게는 나무와 뿌리로 보일 것이다.

　다만 잊지 말아야 할 것은 내가 보는 것만이 유일하고 절대적인 진리가 아니란 걸 겸허히 받아들이는 것이다. 그것이 세상을 나무구조가 아닌 뿌리줄기로 보는 것보다 훨씬 중요한 일이다. 그것이 없다면 뿌리줄기는 나무구조와 아무 다를 바가 없게 된다. 진리가 화석처럼 딱딱하게 굳어진 도그마(dogma)가 되는 것은 언제나 한순간이다.

고담한론(古談閑論) 3제

구구소한도(九九消寒圖)

옛 선비들은 동짓날에 한 가지에 아홉 장의 꽃잎이 달려 모두 여든한 장의 꽃잎을 가진 하얀 매화를 그려놓고는 다음 날부터 날마다 한 잎씩 다른 빛깔로 칠하며 봄을 기다리곤 했다. 꽃잎을 한 잎씩 칠할 때마다 추위도 한 꺼풀씩 지워지는 것이다. 이른바 구구소한도(九九消寒圖)다.

꽃잎이 모두 칠해져 갈 무렵 남녘 어딘가에서 눈발을 맞으며 피어난 매화 소식이 들려오고 마지막 꽃잎이 다 칠해지는 3월이면 어느덧 추위가 물러가고 봄이 찾아오게 된다. 매화를 사랑하는 법도 많고 추위를 견디고 봄을 기다리는 길도 여러 가지겠지만 이만하면 어떤가.

어우 유몽인(於于 柳夢寅 1559~1623)

그는 왜 '허망한 말'이란 뜻의 어우(於于)를 호로 삼은 것일까? 자신을 한낱 재담꾼 정도로 폄하하려는 세상의 뜻을 한껏 비꼬기 위한 것이었을지도 모르겠지만 결국 제 이름대로 살게 된 것이 아닌가? 우리에겐 기껏 야담집 『어우야담』의 저자 정도로밖에 알려져 있지 않았고 그 진가가 철저히 잊혀졌으니 말이다.

그가 죽은 지 한참 지나서야 정조가 그의 반역죄를 신원(伸冤)하고 그에게 '매월당 김시습이 설악산이라면 어우 유몽인은 금강산이다.'라며 최고의 영예를 헌사했다지만 그게 무슨 소용이겠는가. 민중과 더불어 새로운 세상을 향해 날아오르고자 했던 그의 뜻도 그의 이름에 든 꿈 몽(夢)자처럼 홀연히 사라지고 다 허망한 일이 되어버렸다.

권력자들을 향해서는 추상(秋霜) 같았지만 민중들에게는 한없이 따뜻했다는 그가 쓴 시편의 몇 구절만이 그가 남긴 유언인 양 400년이 지난 지금 이곳의 겨울 한기 속을 떠돌고 있다.

양양도중(襄陽途中)　　양양 가는 길

빈녀명사루만시(貧女鳴梭淚滿腮)　　베 짜는 아낙네는 눈물만 뺨에 가득
한의초록위랑재(寒衣初欲爲郞裁)　　겨울 옷 애초에 낭군 입힐 작정이었지
조래렬여최조리(朝來裂與催租吏)　　내일 아침 끊어서 관리에게 건네주면
일리재귀일리래(一吏纔歸一吏來)　　즉시 또 다른 관리가 찾아오리
　　　　　　　　―어우집 2권(於于集 卷二),『관동록(關東錄)』

성철과 법정

성철(性徹)[15]은 성철의 길을 가는 것이고 법정(法頂)[16]은 법정의 길을,

---

15) 성철(性徹 1912~1993) 대한민국의 스님. 대한불교 조계종 7대 종정 역임.
16) 법정(法頂 1921~2010) 대한민국의 스님. 수필가.

우리도 저마다의 길을 가는 것입니다. 그 길이 얽히고설켜 있는 것뿐입니다. 세속을 버리고 참선에 몰두한다고 하여 반드시 해탈에 가까워지는 것도 아니고 세속에 머물며 세속의 일에 관여한다고 하여 참선이 아니라 말할 수도 없고 해탈에서 멀어진다고 말할 수도 없는 것이지요. 누더기 옷을 입든 새 옷을 입든 자기에게 맞는 옷을 입는 게 중요합니다.

길은 어디에나 있고 그 길을 따라갈 수도 있고 우리가 만들어가는 게 새로운 길이 될 수도 있습니다. 이것만이 길이라고 하는 건 불가의 깨달음도 아니고 진리도 아닙니다. 물론 그렇게 생각하고 그런 생각을 따르는 이들은 언제 어디서나 있었고 지금도 있고 앞으로도 있을 것입니다. 다만 그런 생각을 가능한 줄이는 것이 안팎의 자유와 평화에 좀 더 가까이 다가가는 길이라는 것만이 자명한 게 아닐까 싶습니다만.

겨울 단상

인동(忍冬)

머지않아 큰 눈이 내리려나 보다. 일기 예보도 그러하거니와 북쪽에서 내려오는 공기가 살을 에듯 매서워지는데 드문드문 빗방울이 듣고 하늘이 온통 잿빛으로 가라앉아 있다. 다산 선생의 이름을 나지막이 불러본다. 선생이 오롯이 견디어냈을 강진의 쩡쩡하고 어둑한 겨울이 눈앞에 삼삼하다. 어디선가 부적 같은 홍매화 한 덩어리 세상의 봄을 준비하고 있을 것이다.

평화(平和)

세상 만물이 홀로 그러한 것이 없다. 그렇다고 자기가 없다고도 할 수 없다. 나와 우주 만물이 하나이면서도 하나가 아니기에 우주 만물이 존재할 수 있었다. 따라서 벼[禾]를 걷어서 먹을[口] 때에도 고르게[平] 나눠 먹으려 했다. 그러한 이치를 깨달아 그곳에 오래도록 머물러야 몸도 마음도 평화로워지는 법이다.

공감(共感)

세밑에 쏘다니느라 찬바람 맞고 된통 몸이 탈이 났나 보다. 다래끼로 한 사흘 고생하고 나니까 이제는 고뿔이 찾아와 성화다. 목이 아픈데도 어쩔 수 없이 떠들어댔더니 목이 잠기고 온몸이 맞은 듯 아프다. 어젯밤에 동네 형님이 호출을 하여 아픈 몸을 이끌고 나가서 쐬주 반 잔에 홍합탕 국물 몇 숟가락 뜨고 들어왔다.

한겨울에도 맨발로 산을 누비고 다니는 동네 형님은 태연히 그러신다.

"끙끙 앓어~ 그러면 돠."

이참에 몸에 쌓인 묵은 때와 적폐를 씻어내고 새해를 가뿐하고 새롭게 맞이하라는 덕담이고 사랑 어린 격려로 받아들였지만 왠지 아파서 끙끙거리는 사람에게 먼저 하실 말씀은 아닌 듯했다. 일단은 "많이 아프지? 힘들것네……." 이렇게 좀 다정하니 자분하고 찰지게 말씀하시면 안 되나?

아무리 맞는 말이고 좋은 뜻으로 하는 거라도 일단은 공감으로 마음을 어루만지고 나서 옳은 얘기를 해야 누구나 쉽게 수긍하고 받아들이는 게 아닐까? 문제는 나도 그렇게 하기가 너무 힘들다는 것이다. 정말 하기는 힘들고 자꾸만 받고는 싶은 게 '공감'이란 선물이 아닐지.

인동(忍冬) 2

"궁벽한 시골에서 지내는 사람에게 겨울밤의 모진 눈보라를 뚫고 찾아올 이 그 누가 있을까. 하지만 병들어 누워 있는 그에게는 그것이 서운한 일이었나 보다."

조문수 선생의 마음이 남의 마음 같지가 않다. 나 또한 그렇다. 이 춥고 쓸쓸하고 궁벽한 곳에 찾아올 이가 누가 있겠는가. 또 하나의 겨울을 참아내고 이겨내야 봄을 맞이할 수가 있는 건 선생이나 나나 창밖에 핀 매화나 다 한 가지다. 남녘에서 들려올 화신(花信)을 기다리며 나도 그처럼 시 한 수를 지어 매화나무 가지에 걸어 놓는다.

창밖 그늘진 마당가에 오래도록 서 있던
늙은 매화나무와 눈길이 마주쳤다
그는 아주 오랫동안 그곳에 서서
상처를 동여맨 옹이투성이인 몸을 기울여
자신처럼 늙어가는 나를 굽어보고 있었나 보다
진눈깨비를 맞으며 힘겹게 서 있던
그와 눈길이 마주치자마자
내 눈가에 서늘한 얼음의 불꽃이 일었다
고작 두 개의 눈을 부릅뜰 수밖에 없던 나는
그가 수백 수천 수만 개의 꽃눈으로
나를 처연히 바라봐 왔다는 것을 아는 순간
눈사태처럼 걷잡을 수 없이 무너져
그의 눈 속으로 빠져들지 않을 수 없었다
누군가에게 내 안을 비추는 게 두려웠던 나는
이내 눈길을 돌리고도 싶었으나
늙고 파리한 그의 몸에서 어떻게
그다지도 붉고 선연한 꽃봉오리가
폭죽처럼 터져 나오는지 알 수 없었기에
오래도록 그의 곁을 떠날 수가 없었다
　　　　　　　　　　—졸시, 「늙은 매화의 눈을 보다」 전문

설야(雪夜)　눈 내리는 밤

풍설고촌야(風雪孤村夜)	눈보라 치는 외딴 마을에 밤이 깃드니
시비인불개(柴扉人不開)	사립문 여는 사람 없어라
수련다병와(誰憐多病臥)	병들어 누운 이내 몸 누가 가련해하랴
갱겁소한래(更㥘小寒來)	소한이 오는 게 더욱 두렵구나
등암화생훈(燈暗花生暈)	등불은 어두워져라 불꽃이 가물거리고
로잔화은회(爐殘火隱灰)	화롯불은 쇠잔해져라 잔불도 재에 숨어드네
흥래지유처(興來知有處)	이 흥취 어디서 오는지 알겠노니
창외방신매(牕外放新梅)	창밖에 새로 핀 매화일세

—조문수(曺文秀 1590~1647), 『설정시집(雪汀詩集)』 권6

12월

　인디언 아라파호족은 11월을 '모든 것이 사라진 것은 아닌 달'이라고 부른다고 한다. 그 말이 11월의 골짜기를 건너오는 동안 큰 위안이 되었다. 그렇다면 이제 골짜기의 끝에서 만나는 12월은 속절없이 '모든 것이 사라지는 달'이 되는 것인가?

　아니다. 그들에게 12월은 모든 것을 다시 새롭게 준비하는 달이 아닐까? 모든 것이 사라진 것은 아니라는 것을 아는 이가 어찌 모든 것이 결코 사라지는 것이 아니란 것을 모르겠는가. 사라진다는 것은 다시 새롭게 시작하는 것일 뿐이라는 걸.

동지(冬至)

오늘은 일 년 중에서 밤이 가장 긴 날이다. 어둠의 지극함이 더 나아
갈 데 없는 곳까지 이른 것이다. 물극필반(物極必反)이라고 사물이 지극
하면 반드시 반전이 있기 마련이다. 달이 차면 기울듯이 오늘이 지나면
다시 밤이 줄어들고 낮이 점차 길어지게 될 것이다. 어둠으로 하여 고통
받고 있는 이들에게도 희망이 생기는 셈이다. 사는 게 그렇다. 버티는
것이 언제나 능사는 아니겠지만 버티다 보면, 아니 버틴다는 생각도 없
이 묵묵히 하루하루를 지워가다 보면 이런 날도 오는 것이다.

나의 동지(同志)인 얼벗들에게 부디 새날 새해의 평화가 가득하기
를……

탄생목

얼숲(facebook)의 담벼락을 들락거리다 보니 양력 생일을 기준으로 탄
생목을 알려주는 데가 있어 흥미로웠다. 내 탄생목은 전나무다. 앞으로
전나무 알기를 하늘처럼 내 분신처럼 여겨야겠다. 그래서 내가 그토록
막걸리에 '전'을 밝혔나 보다. 내가 그토록 전을 밝힐 때 왜 친구들의 눈
빛이 그리 심심했는지도 이제야 알 것만 같다. 탄생목의 뜻풀이가 마음
에 와 닿는다. "미를 사랑하며 완고하며 자아의식이 강하나 주변인을 배
려할 줄 알며 다소 겸손하고 야망이 있으며 근면하고 재능 있다." 내 스
스로 보건대 과히 틀리지 않는 것도 같다. "친구도 적도 많음." 잘 살아
야겠다.

첫눈

새벽녘부터 눈이 내리기 시작했다. 지금은 눈발이 잦아든 것 같지만 창 밖의 키 큰 소나무에 눈이 새하얗게 쌓였다. 사진을 찍으려고 창문을 여니 한기가 엄습해 온다. 어찌됐든 첫눈이 왔다. 위쪽 동네에 첫눈이 왔다고 떠들썩했던 게 한참 된 것 같은데 여기는 이제야 제대로 된 눈 구경을 한다.

어디서 해찰하느라 이제야 오냐고 핀잔을 줄 작정이었는데 막상 나뭇가지에 소복히 쌓인 눈을 보니 그럴 마음이 일어나질 않는다. 오래도록 기다린 님을 만난 심정도 이렇지 않을까. 기다리는 동안 속을 새까맣게 태워먹고도 막상 님을 만나면 언제 그랬냐는 듯 반갑고 기쁘고 고맙기만 한 법이다.

인동(忍冬) 3

누군가는 벌써 구구소한도(九九消寒圖)의 매화 꽃잎 열대여섯 장을 곱게 칠했을 것이다. 또 남녘 어디선가는 매화 꽃망울이 터지려고 안간힘을 쓰고 있겠지. 무엇을 근심하랴. 필 것은 피고 터질 것은 터지게 되고 또 갈 것은 가고 올 것은 오게 될 것을.

고비원주(高飛遠走)

"높이 날아서 멀리 튀어라." 수운(水雲) 최제우 선생이 해월(海月) 최시형 선생에게 전한 말이다. 수운 선생이 자신이 참수 당할 것을 알고 해월 선생에게 부디 고비원주(高飛遠走)하여 자신의 글을 무사히 출판할 것을 간곡히 당부하는 뜻이 담겨 있다. 그로 인해 오늘의 『동경대전(東經大典)』이 있게 되었다.

도올 김용옥 선생은 20대에 이 말을 가슴에 깊이 새기고 기약 없는 유학길에 올랐다고 한다. 나는 『장자(莊子)』「소요유(逍遙遊)」편에서 북해의 물고기 곤(鯤)이 하늘 높이 치솟아 붕(鵬) 새가 되어 멀리 남쪽으로 날아가는 이야기가 떠올랐다. 깊은 우물 속에 갇혀 있는 나에게 하는 얘기 같기도 했다.

세한재(歲寒齋)[17] 단상

1. 연적(硯滴)

아침에 일어나 보니 멀리 동쪽 바닷가에 사는 시인 친구가 보내준 시(詩) 「그릇」 한 점이 햇살을 받고 환하게 놓여 있다. 무도(無道)한 정권 하에서는 글을 쓸 수 없다며 패연히 붓을 꺾었다던 안도현 시인이 이제 다시 붓을 세웠나 보다. 나는 그가 무도한 정권 하에서도 서슬 퍼런 시를 써주기를 진심으로 바라던 애독자였지만 아무튼 그가 이제 다시 시를 쓰게 되었다니 기쁜 일이다.

    1.
    사기그릇 같은데 백 년은 족히 넘었을 거라는 그릇을 하나 얻었다
    국을 퍼서 밥상에 올릴 수도 없어서
    둘레에 가만 입술을 대보았다
    나는 둘레를 얻었고
    그릇은 나를 얻었다

---

17) 세한재(歲寒齋)는 추사 김정희 선생의 그림 '세한도(歲寒圖)'에 담긴 청빈(淸貧)의 정신을 기리며 엄동의 추위와 세상사의 험난함을 이겨내겠다는 뜻에서 필자의 누옥(陋屋)에 붙인 이름이다.

2.
그릇에는 자잘한 빗금들이 서로 내통하듯 뻗어 있었다
빗금 사이에는 때가 끼어 있었다
빗금의 때가 그릇의 내부를 껴안고 있었다
버릴 수 없는 내 허물이
나라는 그릇이란 걸 알게 되었다
그동안 금이 가 있었는데 나는 멀쩡한 것처럼 행세했다
　　　　　　　—안도현, 「그릇」, 『시인동네』 2017년 5월호 전문

　그가 라면을 먹으며 단식투쟁을 하듯이 절필을 선언하고도 SNS나 다른 지면에 열심히 글을 썼던 것은 아무래도 좋다. 내 것이든 아니든 허물의 내력을 읽는 것은 힘들고 아프지만 아름다운 일이 아닐 수 없다. "버릴 수 없는 내 허물이/나라는 그릇이란 걸 알게 되었다/그동안 금이 가 있었는데 나는 멀쩡한 것처럼 행세했다"란 말은 얼마나 준열하고도 명징한 자기성찰이고 양심고백이란 말인가.

　흐뭇한 마음으로 시를 읽다 보니 문득 얼마 전 동네 형님이 내게 선물해 준 연적(硯滴)이 떠올랐다. 대전 구도심 골목 어느 골동품 가게의 어둑한 구석 자리에 앉아있던 물건이었단다. 안 시인이 그릇의 둘레에 "가만 입술을 대"어 "둘레를 얻"고 그릇은 시인을 얻었듯이 아마도 그때 나는 기쁨을 얻고 눈 밝은 형님은 뿌듯함을 얻었을 것이다. 연적은 저 스스로 바란 것인지는 모르겠지만 새로운 주인을 얻었을 테고.

　책장에 올려둔 연적을 꺼내어 한참을 바라보았다. 내 마음 같았다. 둘레는 팔각으로 모가 나있어 둥글둥글하지 않은 내 성정을 닮았다. 거칠게 유약을 바른 겉면은 여기저기 때가 묻고 상처가 나 있었다. 양 끝에 난 숨구멍은 비뚤고 바닥에 두텁게 묻어 있는 진흙은 이미 굳어서 연적

과 한 몸이 되어버렸다. 허물투성이다. 불행 중 다행히도 어디고 금이
가지는 않았다.

　여기저기 때가 타고 흠집이 난 상태지만 연적 위에 그려진 포도 그림
은 소박하고 정갈한 것이 마음에 든다. 특이하게도 포도 잎사귀와 알맹
이의 색깔을 바꾸어 입혔다. 이 또한 세상과 불화하기 일쑤였던 내 그림
자 같아 친숙하기만 하다. 허물은 많으나 이리 다정한 모습의 연적을 꺼
내어 볼 때마다 연적을 건네준 형님이 생각날 것이다. 덩달아 형님의 새
하얀 수염과 은발의 머리, 너그러운 웃음도 떠오를 것이다.

　나라는 그릇, 연적을 가만히 쓰다듬어 본다. 차갑다. 흔들어보았다. 안
에 무엇이 들었는지 작은 소리가 난다. 한동안 만지고 있었더니 처음처
럼 차갑지는 않았다. 저도 내가 그리 싫지만은 않은가 보다. 알 수 없는
무엇이 저와 나를 이렇게 하나의 연(緣)으로 묶어 놓았다. 나 또한 당신
의 입술이 내 둘레에 닿기를 기다리는 그릇이다. 이렇게 한세상 함께 출
렁거리며 흘러가는 거지 뭐.

2. 여물헌(與物軒)

　지난 추석 연휴에 시골 큰형님 댁에 내려가서 이름도 없이 자라고 있
는 잡종 진돗개 삼 형제에게 이름을 지어주고 왔다. 산, 들, 나무다. 모
두 자연에서 따와 쉬 부를 수 있는 이름이다. 즉석에서 지었고 이름을
짓는 과정도 자연스러웠다. 그동안 이름도 없이 어떻게 불렀을지 신통한
일이었다.

　맏이는 믿음직하게 생긴 모습이 영락없는 산이다. 집 앞뒤가 온통 산
자락이니 그럴 듯하다. 둘째는 집 아래 펼쳐진 들녘을 보고 지었다. 천
성이 붙임성이 있어서 누구한테나 꼬리를 흔들며 '들'이대는지라 또한 제

격이다. 막내의 이름은 좀 슬프다. 하루 온종일 큰 밤나무 밑에 묶여 있어 나무라 하였다.

조카딸이 바다란 이름은 어떠냐고 했으나 바다는 고개 너머나 가야 볼 수 있고 암컷에 더 어울리니까 애들이 새끼를 낳으면 그때 지어주자고 간신히 회유를 했다. 흔연히 받아주지 못해서 미안했다. 그런데 지금 와 생각해보니 죄다 수컷인지라 앞으로도 그런 일은 힘들겠다. 물론 끝까지 두고 봐야 알 수 있는 일이긴 하다.

아무쪼록 산, 들, 나무 견공 삼 형제분 모두 자연의 품에서 무럭무럭 자라 만수무강하시길 바랄 뿐이다. 이렇듯 시골의 견공 삼 형제의 이름 얘기를 더듬다 보니 자연스레 경남 하동의 섬진강가 악양 마을에 사는 후배 홍 선생 집 진돗개 강아지 '바람'이 얘기를 꺼내지 않을 수 없다.

바람이는 홍 선생 집에 올해 봄인가 입양 왔으니 몇 개월 지나지 않았는데도 천하의 호인(好人)인 주인 내외를 요모조모 닮아서 이쁘고 순하게 생긴 데다가 남다른 붙임성까지 있어서 주인이며 이웃의 사랑까지 독차지했다. 홍 선생이 하동 읍내에 있는 학교에 출퇴근할 때마다 외지에 나가 있는 딸내미 대신 앞장서고 마주했던 것이 바람이었다.

지난가을의 문턱에 홍 선생 집에 들렀을 때 바람이 몸에 보호 벨트가 채워져 있는 걸 보고 짐짓 우스갯말로 "바람을 붙들어 매어두려고 밸트까지 채웠네……." 했더니 홍 선생이 하는 말이 이랬다. "집 지을 때 올린 상량문에 '바람 머무는 곳'이란 글귀가 있거든요. 그래서 어떻게 해서든지 머물게 하려고요."

홍 선생의 바람은 간절했으나 그 바람은 끝내 이뤄지지 못했다. 강아지 '바람'이는 얼마 전 홍 선생 내외가 이웃 형님댁 대봉감 따는 일손을 도우러 가는 데 따라갔다가 그만 다른 이웃집 개에 물려서 안타깝게도 그 자리에서 생을 마감하고 말았다. 이름처럼 바람으로 왔다가 바람처럼 가버린 것이다. 소식을 듣고 한동안 마음이 아프고 무거워서 어찌할 바를 몰랐다.

내 마음이 그런데 홍 선생 내외의 충격과 아픔이야 오죽했겠는가. 하지만 이 일도 달리 보면 마냥 아프고 서러운 일만도 아닐 수 있다는 것을 깨닫게 될 것이다. 내가 이런 일을 내다보고 그런 건 아니지만 홍 선생 집 별채에 '여물헌(與物軒)'이란 당호를 붙여주었더랬다. 『장자(莊子)』 「덕충부(德充符)」에 나오는 '여물위춘(與物爲春)'에서 따온 말이다. '만물과 더불어 봄날을 누리라'는 뜻을 담았다.

장자는 일찍이 아내가 세상을 떠났는데도 곡을 안 하고 바가지를 두드리며 노래를 불렀다. 이를 의아하게 여기는 친구 혜시에게 장자는 이렇게 말한다.

"나 또한 왜 슬프지 않겠는가. 하지만 삶과 죽음이란 사계절이 운행하는 것과 같네. 이제 아내는 우주라는 큰 집에 누워 편안히 쉴 터인데 내가 소리 내어 곡을 한다면 그것은 명(命)을 모르는 것이 아니겠는가."

나 또한 아내를 먼저 떠나보내고 그 아픔을 장자의 마음으로 달래며 넘어설 수 있었다. 강아지 '바람'이도 바람처럼 떠나갔으나 바람 또한 자연의 일부이다. 결국엔 모두가 이 광활한 우주의 품에서 앞서거니 뒤서거니 자리를 바꾸는 일일 뿐이다. 내 아내도, 바람이도, 또 누구라도 사라진 것이 아니라 어딘가에서 편안히 쉬거나 다른 삶을 살고 있으리라 믿는다.

여물헌(與物軒). 삶과 죽음의 경계를 넘어서 만물과 더불어 언제나 봄날을 누리기를 바라는 여물위춘(與物爲春)의 마음을 모아 이름을 붙였다. 이름대로, 이름을 부르는 대로 살게 될 것이다. 이름(名)은 이름(到)이다. 이름에 마음이 이르면 그곳에 길(道)이 생기기 때문이다. 언제나 그렇듯 길을 따라가든 길을 만들며 가든 부족한 듯 길 위에서 사는 게 잘 사는 길이다.

생일, 프란치스코, 갈매나무

오늘은 내가 귀 빠진 날이다. 충남 당진의 읍내에서 멀지 않은 어느 시골 마을이 내 고향이다. 일요일 아침이라 산파 아주머니가 읍내 성당에 미사를 보러갔는데 큰형이 달음박질해 가서 모셔와 간신히 나를 낳았다고 한다. 병원도 아니고 허술한 집에서 불초한 소생을 낳느라 갖은 고생을 하셨을 어머니를 생각한다. 상 위에 놓인 미역국에 하늘에 계신 어머니 얼굴이 어려 목이 메인다.

지난해 12월 25일 성탄절은 내게 생일 못지 않게 참으로 특별한 날이었다. 새벽녘에 내린 눈으로 백만 년 만에 화이트 크리스마스가 찾아왔기 때문만은 아니었다. 내가 태어나서 '처음으로' 세례란 것을 받고 '프란치스코'라는 이름으로 새롭게 태어났기 때문이다. 그것도 아기 예수님과 한날에 태어났으니 그 뜻이 결코 작을 리가 없었다. 또 다른 의미에서 다시 태어난 생일이 아닐 수 없다.

까까머리 고등학생 시절에 동네 성당에서 세례 교육을 거의 다 받고서 이사를 가는 바람에 불발에 그친 일이 있었다. 안타깝지만 그것도 다 하늘의 뜻이었을 것이다. 서울 가는 길이 어디 하나만 있었겠는가. 내가 참으로 애정하는 대전작가회의 김규성 시인 형님이 성탄절 아침 일찍 큼지막한 축하 화분을 성당으로 보내주었다. 울컥했다. 형님이 이번에 낸 시집의 제목처럼 삶은 언제나 "뜻밖이다."

나를 좀 아는 누군가라도 그렇게 여겼을 것이다. 우리집 막내딸 어진
달 민서의 첫 반응도 그랬다. "아빠 불교 아녔어?" 어디 산이라도 가면
꼭 절집에 들르고, 대학원에서 철학이니 한문 같은 거니 공부한다고 다
니며 절집 스님 같은 잿빛의 개량 한복을 자주 입는 걸 본 탓이리라. 돌
아가신 큰아버님도 그렇게 차려입은 나를 보고 웃으시며 "어디 절에서
오셨습니까?" 그러셨으니 말이다.

무언가 '알 수 없는 것'이 나를 이곳까지 이끌었다. 재작년 가을에 제주
작가회의가 주최한 문학포럼에 참가했다가 행사가 끝나고 제주도 이곳
저곳을 둘러보게 되었다. 그때 예전부터 몇 번을 벼르다가 날씨가 안 좋
아 실패했던 마라도를 들어갈 수 있었다. 그리고 1시간이면 한 바퀴 둘
러보기에 넉넉한 이 작은 섬에도 성당이 있다는 걸 알게 되었다. 제주도
대정읍 마라도 '포르치운 쿨라' 성당.

성당은 작았으나 아름다웠고 제주 바다의 모진 바람을 피하기에 충분
했다. 입구에 걸린 프란치스코 교황과 성당을 손수 맨손으로 지었다는
프란치스코 수도회의 고(故) 요셉 민성기 신부의 사진을 보았다. 돌아와
서 그곳이 '작은 오두막집'이란 뜻의 '포르치운 쿨라'로 불린다는 것을 알
고 놀랐다. 이탈리아 아시시의 성(聖) 프란치스코가 세운 경당(經堂)에서
이름을 따온 것이다. 온통 '프란치스코'였다.

어린 시절 충남 예산군 삽교읍 목리 일대에 사는 순흥(順興) 안씨 외가
인척들이 거진 다 가톨릭 신자들이어서 외가에 가면 외할머니와 외숙모
와 사촌들을 따라 덩달아 성당을 드나들었더랬다. 고등학교 시절에 어렵
게 만난 기회를 그냥 건너오기도 했지만 내가 태어나는 과정을 송두리째
알고 있을 산파 아주머니까지 가톨릭 신자로 둔 내력이 있어서 그런 건
지 결국 먼 길을 돌아서 이곳으로 오게 되었다.

성 프란치스코가 무모할 정도로 방탕하게 지내던 젊은 날의 방황을 마
감하고 신앙의 길을 걷게 된 과정도 그랬다. 전쟁 포로가 되어 갇혀 있

다가 풀려나고, 중병을 앓고 회복하면서 그는 새로운 삶의 계기를 만난다. 나병 환자와 입맞춤을 한 뒤 깊은 깨달음을 얻고 자신이 누리던 모든 것을 내려놓고 신앙의 삶을 받아들인다. 교회사에 유례가 없이 깊은 영향을 미친 〈프란치스코 수도회〉의 시작이다.

성 프란치스코는 극도로 청빈한 삶을 실천하며 가난한 이들의 벗이자 등불이 되는 삶을 살았다. 그와 그의 동료들은 "일체의 재산과 인간적인 지식의 소유를 거부했고 교계 진출도 하지 않았다." 그들이 극도로 자신을 비웠기에 그들 주변은 늘 그를 따르고 함께하는 이들로 넘쳐났다. 성녀 글라라가 자신이 누리던 모든 것을 버리고 프란치스코의 삶을 따라 일생을 함께한 것은 널리 알려진 얘기다.

내가 성인 프란치스코의 삶을 따라 그대로 살겠다는 포부를 밝히는 것이 아니다. 성인이란 게 아무나 되나. 다만 삶의 중대한 기로에 설 때, 누구나 자신이 살아온 길을 반추하고 새롭게 나아가야 할 길을 더듬어 보게 되는 것 아닌가. 얼마 전 회갑을 맞이하는 해에 홀연히 세상을 떠난 시인 형님을 생각한다. 내 앞에도 별로 생각해보고 싶지 않았던 60대의 삶이 그리 멀지 않은 곳에서 기다리고 있다.

내가 참으로 애정하는 백석 시인도 그랬다. 남신의주 유동의 어느 목수네 집 춥고 누긋한 헛간방에 몸을 뉘이고 죽음까지 생각했을 시인의 모습을 그려본다. 삶의 막다른 곳에 이르러 무릎을 꿇고, 하늘을 우러러 보며 그가 "먼 산 뒷옆에 바우섶에 따로 외로이 서서,/어두어 오는데 하이야니 눈을 맞을, 그 마른 잎새에는,/쌀랑쌀랑 소리도 나며 눈을 맞을,/그 드물다는 굳고 정한 갈매나무"를 생각하는 것을 그려본다.

"내 뜻이며 힘으로, 나를 이끌어가는 것이 힘든 일인 것을 생각하고,/이것들보다 더 크고, 높은 것이 있어서, 나를 내 마음대로 굴려 가는 것을 생각"하는 시인과 하늘의 뜻을 받아들이는 성 프란치스코와 내가 하나로 겹쳐진다. 시인이 생각하는 갈매나무가 프란치스코고 내가 프란치스코다. 생일날 저녁 어스름에 남녘 어딘가에 눈을 맞고 피어있을 설중매를 그리듯 내 안에 '프란치스코'라는 '갈매나무' 한 그루를 심는다.

어느 사이에 나는 아내도 없고 또,
아내와 같이 살던 집도 없어지고,
그리고 살뜰한 부모며 동생들과도 멀리 떨어져서,
그 어느 바람 세인 쓸쓸한 거리 끝에 헤매이었다.
바로 날도 저물어서,
바람은 더욱 세게 불고, 추위는 점점 더해 오는데,
나는 어느 목수(木手)네 집 헌 삿을 깐,
한 방에 들어서 쥔을 붙이었다.
이리하여 나는 이 습내 나는 춥고, 누긋한 방에서,
낮이나 밤이나 나는 나 혼자도 너무 많은 것 같이 생각하며,
딜옹배기에 북덕불이라도 담겨 오면,
이것을 안고 손을 쬐며 재 우에 뜻없이 글자를 쓰기도 하며,
또 문밖에 나가지두 않구 자리에 누어서,
머리에 손깍지베개를 하고 굴기도 하면서,
나는 내 슬픔이며 어리석음이며를 소처럼 연하여 쌔김질하는 것이었다.
내 가슴이 꽉 메여 올 적이며,
내 눈에 뜨거운 것이 핑 괴일 적이며,
또 내 스스로 화끈 낯이 붉도록 부끄러울 적이며,
나는 내 슬픔과 어리석음에 눌리어 죽을 수밖에 없는 것을 느끼는 것이었다.
그러나 잠시 뒤에 나는 고개를 들어,
허연 문창을 바라보든가 또 눈을 떠서 높은 턴정을 쳐다보는 것인데,
이때 나는 내 뜻이며 힘으로, 나를 이끌어가는 것이 힘든 일인 것을 생각

하고,

　이것들보다 더 크고, 높은 것이 있어서, 나를 내 마음대로 굴려 가는 것을 생각하는 것인데,

　이렇게 하여 여러 날이 지나는 동안에,

　내 어지러운 마음에는 슬픔이며, 한탄이며, 가라앉을 것은 차츰 앙금이 되어 가라앉고,

　외로운 생각만이 드는 때쯤 해서는,

　더러 나줏손에 쌀랑쌀랑 싸락눈이 와서 문창을 치기도 하는 때도 있는데,

　나는 이런 저녁에는 화로를 더욱 다가 끼며, 무릎을 꿇어 보며,

　어니 먼 산 뒷옆에 바우 섶에 따로 외로이 서서,

　어두어오는데 하이야니 눈을 맞을, 그 마른 잎새에는,

　쌀랑쌀랑 소리도 나며 눈을 맞을,

　그 드물다는 굳고 정한 갈매나무라는 나무를 생각하는 것이었다.

　　—백석, 「남신의주 유동 박시봉방」, 『백석전집』(실천문학사, 2003) 전문

송영주(送迎酒)

신축년 새해가 밝았다. 묵은 해를 보내고 새해를 맞이하는 뜻에서 혼술의 향연을 벌이고 있다. 송구영신(送舊迎新)의 뜻을 담았으니 이른바 송영주다. 동네 형님이 챙겨준 '담근' 술이랑 냉장고에서 꺼낸 '담은' 술을 한데 내놓고 끓는 물에 두부를 데쳐 김치를 얹으니 조촐하나마 그럴듯한 잔칫상이 차려졌다. 술잔을 부딪칠 상대가 없어 쓸쓸하지만 이만하면 괜찮다.

한동안 금주(禁酒)의 고된 시간을 보낸지라 쉽게 뒷골을 타고 오르는 취기가 온몸을 나른하게 열어놓는다. 새해를 맞이하기 위한 경건한 자세다. 일타로 개봉한 것은 '담근 술'이다. 술 담그는 데 이력이 난 어떤 누님이 보내온 것이라는데 동네 형님이 맛이나 보라고 덜어줘서 모셔온 것이다. 감히 맛을 품평할 엄두가 안 날 경지다. 황홀하다.

지난해는 온통 코비드 역병이 창궐했던 기억으로 가득하다. 송영주 일잔에 묵은 해의 안 좋은 기억들을 죄다 털어버리고, 새로운 일 잔에는 신축년 새해의 가슴 벅찬 희망들을 담아서 쭈욱 들이켠다. 아직도 언제 끝날지 모르는 불확실함과 어떻게 해야할지 모르는 막막함이 우리를 숨막히게 하지만 애써 마음을 그러모아 기도한다. 후련하다.

온누리에 공포와 증오, 반목과 싸움질이 아니라 사랑과 평화가 가득한 나날이 반드시 찾아오리라.

부디 우리 모두에게 그러한 날이 오기를……. _()_

납월매(臘月梅)

남녘에 벌써 겨울의 화왕(花王)이자 봄의 전령사인 매화가 피었나 보다. 내가 친애하는 하동 악양의 조동진 형님 담벼락을 보니 전남 순천의 금전산 금둔사에 핀 납월매(臘月梅)의 향내가 동행한 남정네 여럿의 웃음소리에 실려와 예까지 진동하는 듯하다.

납월매는 음력 섣달인 납월에 피는 매화다. 납월매가 피는 순천의 금둔사(金芚寺)는 우리나라에서 가장 먼저 매화 꽃망울을 볼 수 있는 곳이다. 과연 이름답다. 음력 섣달이니 해마다 양력 1월 말에서 2월 초면 하나둘씩 벙글어지는 매화의 자태를 볼 수 있다.

금둔사의 납월매는 근처에 있는 낙안 읍성의 600년 된 매화나무가 죽기 전에 씨앗을 받아다 심은 30여 년생 홍매 여섯 그루를 말한다. 매화 농원이 아닌 산사에 피는 꽃답게 조촐하게 피고 진다. 납월 홍매를 시작으로 주변의 청매 백매 100여 그루가 1월 말에서 3월까지 다투어 피어난다.

겨울의 한복판에서 결기 어린 꽃을 피우고 앞서 봄을 부르는 납월매에 함박눈이라도 내려 쌓이면 그야말로 제대로 된 설중매(雪中梅)를 볼 수 있다. 혹한을 견뎌내며 겨울을 건너가는 설중매의 기상을 보노라면 희대의 역병(疫病)과 싸우느라 깊어질 대로 깊어진 우리네 삶의 시름도 거뜬히 이겨낼 것만 같다.

남녘의 금둔사에 핀 납월매를 생각하며 내 안의 매화나무 가지에 졸시
한 편 걸어놓는다.

　　올해는
　　남녘의 이름난 금둔사도
　　선암사도 천은사도 아닌
　　내 마음속 절집에 매화가 만발하더이다
　　그것도 꽃이라고
　　마음이 종일토록 몸살을 앓더이다
　　긴 겨울이 갔다고
　　그리운 님이 온다고
　　서산 달그림자 속에 몸을 담그고
　　하얗게 넋을 씻더이다

　　　　　　　　　　　　　　　　　　　　　　—졸시, 「춘신(春信)」 전문

김광석, 장주지몽, 매트릭스

SBS 신년특집 'AI VS 인간' 1편에서 인공지능(AI)이 재현한 고(故) 김광석 가수의 노래 「보고 싶다」를 들었다. 김광석이 정말로 살아 돌아와 노래를 부르는 듯했다. 단순한 음성의 재현이 아니라 노래에 감성이 얹어져 마음을 움직였다. 반가움과 그리움이 심장을 뛰게 했다. 원곡의 가수가 누구였던지 생각이 나지 않을 만큼 충격이었다.

기본적인 데이터만 주어지면 AI가 사람 음성의 발음만이 아니라 호흡과 습관 같은 미세한 특징까지 정확하게 찾아내서 수만 번의 시뮬레이션을 통해 재현하는 '음성합성기술'의 결과다. 이런 기술에다 '3D 홀로그램 기술' 등이 결합되면 언젠가는 죽은 이를 저승에서 소환해 실제처럼 함께 대화하고 사는 일도 가능해질 것이다.

장자가 꿈에서 깨어나 자신이 나비가 됐던 것인지 나비가 자신이 된 것인지 어리둥절했다는 얘기가 이런 것 아닐까 싶었다. 대개의 SF 영화에서 다룬 내용이 하나둘씩 현실이 되었듯이 영화 「매트릭스」는 더 이상 공상이 아닌 것 아닌가. 가상과 현실을 넘나들며 삶과 죽음, 이승과 저승의 경계가 무너지는 일이 현실로 다가오고 있다.

벌써부터 "진짜 같은 가짜를 만들어내는 일이기에 수많은 개인에게 통제를 맡기면 위험할 수 있다."는 우려가 나오고 있다. 하지만 그런 우려 때문에 기술의 발전이나 적용이 멈춰지지는 않을 것이다. 개발자들은 이런저런 '통제' 기술도 함께 개발하겠다고 한다. 결국 문제는 윤리적이든 기술적이든 과연 우리가 어떻게 이를 '통제'할 수 있느냐에 달려 있다.

발렌타인 데이

언제부턴가 해마다 2월 14일이 되면 '발렌타인 데이'라며 약속이라도 한 듯 여인네들이 남정네에게 마음을 표현하기 위해 초콜릿 상자를 들이민다. 3월 14일은 반대로 남정네가 사탕 꾸러미를 들이미는 '화이트 데이'란다. 나도 그렇게 시류에 뒤처지지 않으려고 누군가 여인네에게 초콜릿 선물을 받아들고 기뻐하거나, 하다못해 꼬맹이나 친구, 지인들에게라도 초콜릿 몇 개를 받아서 위안을 삼으며 기죽지 않으려고 애쓰던 젊은 날이 있었다.

오늘 아침에 일어나 보니 거실 탁자에 초콜릿 한 무더기 덩그러니 놓여 있길래 우리 집 귀요미 막내딸 어진달 민서에게 반색하며 물어봤다. 잠자고 있던 인정 욕구가 살아나는 것인가.

"민서야, 이 초콜릿 아빠 주려고 산 거야?"

"아닌데? 그냥 먹으려고 산 거야."

"……."

아빠의 무모한(?) 기대감이 단칼에 잘려 나갔다.

"민서야, 오늘 발렌타인 데이[18]란 거 알아?"

---

18) 발렌타인 데이의 유래에 대해서는 설이 분분하지만 정리하면 이렇다. 서양에는 전쟁 중에 결혼을 금지하는 법을 어기고 이를 집전하는 바람에 처형당한 성 발렌티노(?~269) 주교의 축일을 기념해 중세기에 시작된 연인들이 선물을 주고 받

"응…… 알지."

"오늘이 또 다른 날이란 건 알아?"

"응…… 그것도 알지…… 안중근 의사 사형선고일이라며……."

"와…… 그것도 알아? 그럼 너는 발렌타인 데이 어떻게 생각해?"

나름 정말 조심스럽게 물었는데……

따느님, 퉁명한 말투로 가라사대

"따르고 싶은 사람은 따르고, 하기 싫은 사람은 안 하면 그만이지……."

는 풍습이 지금도 전해지고 있다. 20세기 초 서양의 선교사들이 일본에 들어와 살면서 이런 풍습이 따라 들어왔고, 30년대에서 시작해 5~60년대를 거쳐 7~90년대에 이르기까지 일본의 제과회사들이 이를 초콜릿 판매와 결합해 적극적으로 상품화하면서 오늘날의 '발렌타인 데이' 풍습이 만들어진 것이다. 여성이 주도하는 발렌타인 데이를 뒤집어 70년대에 남자가 주도하는 화이트 데이를 만든 것도 다 상품 판매전략에서 고안된 결과다. 우리나라도 마찬가지다. 일본의 이런 풍습을 80년대에 제과회사들이 다투어 수입하고 다양한 판촉 행사를 통해 대중화시키기에 이른다. 최근에는 젊은 층에서 2월, 3월만이 아니라 연중으로 매달 14일을 기념하는 '포틴데이(fourteen day)'란 게 유행이다. 이를테면 4월 14일은 짜장면을 먹는 '블랙 데이'다. 이 또한 우리집 따느님 말씀대로 따르고 말고는 당사자 마음이겠다. 사실 우리나라에도 '연인의 날'이 있었다. 양력 3월 6일경, 경칩날에 다정한 부부나 정을 되찾고 싶은 부부, 사랑하는 처녀 총각들이 은밀히 은행을 나눠먹었다고 한다. 은행나무는 암과 수가 있기에, 서로 마주보고만 있어도 사랑의 결실이 맺어진다고 믿었기 때문이다. 견우와 직녀가 은하를 건너 상봉한다는 음력 7월 7일의 '칠석날'도 과연 '연인의 날'이라 할 만하다. 이날에 처녀들은 반원형의 달떡인 걸교(乞巧)를 빚어 놓고, 베 짜는 솜씨와 바느질 솜씨를 빌었는데 사실은 사랑이 이뤄지게 해달라는 간절한 기도였다. 이렇듯 동서고금을 막론하고 남녀 연인이 서로를 사랑하고 품고 그리워하는 마음치고 아름답지 않은 것이 없다. 문제라면 이를 지나치게 상품화해서 지지고 볶고 꾸미느라 본색을 잃게 하는 자본의 탐욕이고 이에 정신줄을 놓게 되는 우리네 마음뿐이다.

"……."

역시 단칼에 날아갔다. 민서의 냉정하고 단호한 대답에 나는 그만 할 말을 잃어버렸다. 뭐…… 틀린 말은 아니니까. 그래도 뭔가 이 찜찜하고 거시기한 기분은 무언가. 이 시큼하고 털털하고, 콜콜하고 꼬리꼬리한 맛은…… 초콜릿 맛인가.

홧김에 이런 말 하는 거 아니다. 행여 오늘이 발렌타인 데이라고 나에게 초콜릿 선물하려고 결심했던 처자가 있다면 죄송한 말씀이지만 정중히 사양하고자 한다. 난 초콜릿 상자보다 **빼빼**로 보따리보다 현금 다발보다…… 붉은 매화 한 가지 꺾어 보내는 그 마음이 참으로 어여쁘단 말이다.

산수유 타령

　어제는 멀리 남도의 지리산 자락에서 오랜만에 내가 친애하는 송태웅 시인 형님을 만나 기분 좋게 낮술을 마셨다. 형님은 전날 일터인 남해의 어느 섬에서 사납게 불던 바람을 뚫고 막배로 허겁지겁 바다를 건너오느라 그랬는지 아니면 멀리서 아우가 찾아온 게 못내 반가워서였는지 양말도 안 신은 채 맨발로 달려 나왔다.

　봄의 문턱이라도 아직 날은 춥고 바람은 차가웠건만 형님은 맨발이 아무렇지도 않은 듯했다. 아닌 게 아니라 "이제 봄 아닌가…… 이 정도는 머…….."라고 너스레를 떨며 반가이 안아주는 형님의 등판에 손을 얹으니 난롯불처럼 뜨거웠다. 지리산 능선을 타고 안 간데없이 돌아다녔던 형님의 산행 이력을 헤아린다면 맨발의 내력이 어떠할지 절로 짐작이 갔다.

　마을 안 정자 앞까지 마중 나온 형님을 따라 집으로 갔다. 승용차 한 대가 아슬하게 지나갈 만큼 좁은 돌담길을 따라 산 아래로 걸어 올라가니 대나무숲과 키 큰 목련나무가 지키고 선 농가 주택이 나왔다. 남향으로 앉은 집은 밝은 햇살이 내리쬐어 따스했다. 형님이 섬으로 나간 사이에도 이렇게 햇살과 바람과 구름과 비와 눈이 집에 머물고 갔으리라.

　비닐로 바람을 막은 마루에 앉아 햇살을 쬐며 한동안 이런저런 얘기를 나누다가 집안을 둘러보았다. 한쪽 벽 가득 형님과 이곳을 다녀간 벗들이 써놓은 글씨가 눈에 들어왔다. 형님은 전교조 선생으로 해직된 뒤에 흘러온 시간과 다시 섬마을에서 기간제 교사로 일하고 있는 근황을 담담하게 들려주었다. 마음 안쪽이 시리게 저려왔다.

불과 얼마 전, 집 뒤의 지리산 말고는 기대고 의지할 데 없이 혼자인 형님이 가장 가까이하며 벗 삼았던 윤정현 시인 아우가 느닷없이 세상을 떠난 얘기를 나누지 않을 수 없었다. 우연인지 필연인지 시인 아우가 사는 강진의 고택은 형님이 섬으로 떠나는 배를 타러 땅끝마을로 가는 길 가운데에 있어서 오며 가며 늘 쉼터가 되었단다. 그와 하얗게 새운 밤들은 다 어디로 간 것인가.

아우가 세상을 떠난 날 하루종일 울고 난 뒤 조문을 하러 가서 울고 있는 다른 동료 작가들에게 "울긴 왜 울어…… 울지마."라고 소리쳤단다. 언젠가 누구나 다 떠나는 것인데 아무렇지도 않다며 담담하게 말을 건네는 형님의 목소리가 가늘게 떨리고 있었다. 마루 문짝 위에 작은 글씨로 쓰여 있는 "和光同塵(화광동진)" 네 글자가 우리를 굽어보고 있었다.

오랜만의 상봉을 기념하는데 탁배기 한 잔이 빠질 수는 없는 일이다. 형님과 자리를 옮겨 따스한 봄볕과 산수유 꽃내와 고등어 통조림을 안주 삼아 낮술을 마셨다. 청천슈퍼라니 맑은 봄하늘에 어울리는 이름이었다. 슈퍼 안쪽에 놓인 탁자 위에 산수유꽃이 노랗게 피어 있었다. 산수유가 유명한 이 동네 사람들이 정작 분홍빛 산수유 막걸리를 즐기지 않는다는 걸 처음 알았다.

언젠가 대형마트에서 구례산(産) 분홍빛 산수유 막걸리를 사다가 먹으며 상념에 젖었던 일이 있었다. 그때 내 오래된 벗이 큰 병을 앓는 중이었던지라 각별한 마음을 시에 담아 노래했던 적이 있었다. 문득 형님과 청천슈퍼 탁자에 앉아 산수유 꽃내를 맡으며 두런두런 세상 사는 얘기를 얹어 술잔을 주고받노라니 그때 그 마음이 다시 살아나는 듯했다.

미세 먼지 낀 봄 하늘이

산수유 노란 꽃그늘 같기도 하고

구례산(産) 산수유 막걸리

지리산 단풍 빛깔 같기도 하고

꿈결 같은 삼월의 한낮

우리 동네 주막어린이공원에 앉아

종일토록 산수유 막걸리에 젖으면

폐병 걸린 내 친구의 아픔까지

말끔히 헹궈질 수 있을까

산수유 막걸리 두어 병

산수유 타령 한 가락에

시름도 꽃잎처럼 가벼워지고

봄볕만 푸짐하니 익어가는

—졸시, 「산수유 타령」 전문

　형님이 즐기는 건 '정을 담아 빚었다'는 남원의 '정담' 막걸리였다. 우리 옆자리에서 동네 어르신들도 낮술을 마시고 있었다. 술기운 때문인가 어르신들 시중과 주정까지 거뜬히 견뎌내면서 우리까지도 곰살궂게 대하는 청천슈퍼 아지매가 산수유꽃처럼 곱게 보였다. 볼일을 보러 슈퍼 밖으로 나가니 길 건너편 돌담 위에 산수유가 만개했다.

　불현듯 돌담 아래 세워진 오토바이를 몰고 어디론가 달리고 싶어졌다. 청천슈퍼가 청춘슈퍼로 보였다. 이 봄날의 문턱에서 친애하는 시인 형님과 나누는 낮술의 정담도 다 한바탕 꿈일지도 모르겠다는 생각이 일었다. 막걸리 네 병을 비우고 형님과 헤어질 때까지도 끝내 부르지는 못했지만 무언가 이 만남 자체가 유장히 불러 젖히는 타령의 일부가 아닐까 싶었다.

백신의 맛

백신 2차 접종을 하고 돌아왔다. 첫 경험이 아닌지라 담담했고 모든 걸 익숙하게 처리했다. 동네 의원 간호사들도 그걸 아는 눈치다. 1차 접종 때는 깨알같이 써진 안내문을 1장 주었는데 2차는 벽에 붙은 안내문만 읽고 가란다. 하루는 안정을 취하고 3~4일은 절대 술 마시지 말라는 얘기다.

내가 손가락을 다쳐서 항생제 먹고 있는데 "괜찮을까요?" 물으니까 "괜찮……." 하다가 "의사 선생님께 물어보세요." 라고 대답한다. 의사 선생님께 물어보니까 괜찮단다. 그런데 이 의사 선생님은 지난번에도 느꼈지만 진짜 주사를 하나도 아프지 않게 잘 놓으신다. 젊고 얼굴도 잘 생기고 부럽다.

주사를 맞고 기다리는 동안 읽으려고 들고 간 책이 공교롭게도 소래섭 교수의『백석의 맛』(웅진, 2009)이다. 주사 맞을 때 왼쪽 손등에 붙이고 들어간 '화이자' 딱지를 떼서 무심코 표지에 붙이고 보니 오묘한 그림이 펼쳐진다. 백석과 백신의 '맛'이 얽히고설켜서 '화이자'가 되었다. 부디 '백신의 맛'도 '백석의 맛'처럼 맑고 높고 그윽하기를……. _()_

춘래불사춘(春來不似春) 1

― 언제나 희망은 있다

　작년에는 미세먼지의 역습으로 '봄 같지 않은 봄"을 보냈더랬는데 올해는 봄의 문턱을 넘지도 못하고 엄습해 온 코로나 19 사태로 하여 한동안 다들 어렵고 답답한 시기를 보내야 할 듯합니다. 이럴 때일수록 정말 누구를 탓하고 책임을 따지기보다 서로가 조심하고 이해하고 배려하는 마음이 중요하겠다는 생각이 드네요.

　'천지불인(天地不仁)'이라는 말이 있듯이 바이러스에게 사람을 가리고 상황을 봐주는 온정이 있을 리 만무합니다. 하지만 어떻게 보면 그것이 사람이 바이러스를 이겨낼 수 있는 유일한 희망인지도 모릅니다. 어려운 때 서로를 보듬고 한데 힘을 합치는 지혜는 인간이란 종이 진화의 오랜 시간을 거치며 체화한 가장 강력한 해결책인지도 모르니까요.

　얼친 이순석 박사가 담벼락에 올린 메시지는 작금의 우리 모습을 돌아보게 하는 뼈아픈 지적입니다. "고대 그리스는 흑사병을 막아냈지만 14세기 유럽이 그러지 못했던 것은 그리스는 전염병을 막기 위해 애를 썼지만 유럽은 희생양을 찾는 데 골몰했기 때문이다." 신천지 교인들이 아무리 밉고 원망스럽다고 해도 그들 또한 우리의 또 다른 모습이고 '대한민국'이란 것을 잊지 말아야 할 것입니다.

　부디 얼친 여러분 모두 어려운 시절 잘 건너가시고……

봄볕 따스한 날 다시 건강하게 뵙게 되기를 기원합니다……. ^^

춘래불사춘(春來不似春) 2

코로나 팬데믹이 이렇게 오래 갈 줄은 몰랐다. 하지만 자연의 시간은 어김없이 내달려 우리를 다시 봄의 문턱에 데려다 놓았다.

아직도 날은 춥고 봄꽃은 채 피지 못하였으나 머지않아 따스한 봄볕이 우리 모두의 머리에 내려앉아 언 몸을 녹이리라.

희망이란 꽃씨는 언제나 봄볕보다도 먼저 우리 마음에 뿌리를 내리고 봄을 기다린다. 사랑과 연대라는 봄볕이 내리쬘 때까지.

제3부

지역(地域), 로컬, 유역(流域) 문학을 넘어서

더불어 숲을 꿈꾸며

근자에 유역문학(流域文學)이란 말이 회자되고 있다. 유역이란 원래 강물이 흘러가는 언저리 땅을 이르는 말일 테지만 강을 따라 흘러가는 것이니 '지역(地域)'이 갖는 폐쇄성을 말의 힘에서부터 이겨내고자 하는 비원이 담겨 있다. 그런 뜻에서 보자면 대전작가회의는 충남작가회의와 금강을 젖줄로 하는 한 뿌리고 한 몸이다. 서로 다른 꽃을 피우고 열매를 맺지만 더불어 무성해지고 사이좋게 열매를 거두는 큰 숲과 같다.

대전작가회의는 〈삶의 문학〉 동인을 주축으로 1989년에 결성된 대전·충남 민족문학인협의회에 〈화요문학〉, 〈충남교사문학회〉, 〈젊은시〉 등의 동인이 더해져 1998년 〈민족문학작가회의 대전·충남지회〉로 첫발을 내디뎠다. 2009년부터는 〈한국작가회의 대전지회〉로 개편되어 현재 100명 가까운 시인, 소설가, 수필가, 평론가, 극작가 등이 활동하고 있다. 해마다 기관지 『작가마당』과 시선집이나 비평집을 펴내고 있으며, 〈창작의 미래〉 모임, 시노래 콘서트, 창작교실, 시화전, 문학 심포지엄 등 문학 창작 및 연구와 보급을 위한 여러 사업을 활발하게 벌이고 있다.

대전작가회의는 올해의 사업방향을 ❶ 창작역량을 키우기 위해 〈창작의 미래〉 모임을 활성화하고 ❷ 대화와 소통의 확대를 통해 조직을 민주적으로 발전시키는 데 두었다. 거의 달마다 〈창작의 미래〉 모임을 거듭하면서 작가들의 생각과 글 본새도 깊고 넉넉해졌을 것이다. 6월에 전회원이 모여 치러낸 〈대전작가대회〉를 통해 서로를 보듬고 우리를 자랑스럽게 여기는 마음도 커졌을 것이다. 내년에는 충남작가회의와 함께 신동엽 시인 50주기에 즈음하여 〈전국 문학인대회〉를 치러낼 계획이다.

유역에서 역(域)은 경계를 이루는 땅이며 유(流)는 경계를 넘어서 흘러가는 것이다. 따라서 유역은 경계 안의 자기를 지키면서도 경계를 넘어서 남과 더불어 소통하면서 더욱 깊어지고 넉넉해지려는 문제의식을 담고 있다. 나무와 나무가 모이고 더불어 숲을 이루어 스스로를 지켜내듯이 우리 대전작가회의는 충남작가회의 뿐만이 아니라 한국작가회의의 여러 지회·지부들과도 연대의 숲을 이루어 스스로를 지키고 더불어 거룩해지는 역사를 꿈꾼다.

지금, 우리에게 지역문학이란 무엇인가

　옛 도청건물 근처에 있는 어느 이름난 대형책방의 한쪽에 우리 대전작가회의의 작가들이 낸 책을 한데 모아 놓은 공간이 있다. 시집도 있고 소설집도 있고 산문집, 비평집들이 넉넉히 들어차 있어 작으면서도 풍요로운 공간이다. 비록 눈길도 발길도 잘 닿지 않는 곳이었지만 반갑고 흐뭇하고 고마웠다. 책방에서 그곳에 '우리 동네 작가 숲'이란 이름을 붙여 준 것을 보고는 마음이 울컥해졌다. 우리 작가들이란 존재가 저마다 한 그루의 '나무'와 같고 그 나무들이 이렇게 모여서 '숲'을 이루고 있다는 생각에 미쳤기 때문이다. 그것도 우리 동네에 자라고 있는 '동네 숲' 말이다.

　어릴 적 동네 어딘가에 있는 아무개 나무숲에서 놀며 자란 기억이 있는 이들이라면, 아니 지금 누구라도 동네 근방의 숲을 드나들며 맑은 공기를 마시고 몸과 마음이 치유되는 경험을 한 이라면 잘 알 것이다. 한 그루의 나무도 그러하지만 나무가 숲을 이뤄 해내는 일이 얼마나 크고 소중한가. 작가를 나무에 빗댄다면 작가는 언어의 산소를 빚어내는 존재일 것이다. 누군가 찾아주지 않아도 숲이 산소를 만들어내는 일을 멈추지 않듯이 지역의 작가들 또한 그러한 게 아닌가. 한 그루의 나무가 하루 동안 네 명이 숨 쉬는 산소를 만들어낸다는데 지역의 작가 저마다가 만들어내는 언어의 산소량은 얼마이고 지역 작가의 숲이 우리네 생태에 미치는 효과는 또 얼마인지 가늠할 수 있을까.

　지난 주말에 그곳 책방에서 대전작가회의 '맥락과비평' 문학연구회의 제20회 문학심포지엄이 열렸다. 많은 '나무'들이 그곳에 모여 '로컬리티와 비평'이란 주제를 내걸고 대전지역의 문학이 선 자리와 가야 할 길에 대한 치열한 토론과 모색을 하였다. 대전지역의 특성에 맞는 문학을 해야 한다는 주장도 있었고, 대전지역에 사는 작가가 하는 게 곧 지역의 문학이 아닌가란 의견도 나왔다. 문학의 시대적 소명을 외면하지 않으면서도 지역의 언어에 천착하고 지역의 현안에 보다 충실해야 한다는 제언도 있었다. 토론은 뜨겁고 은혜로웠다. 이 또한 언어의 나무들이 모여 울창한 지혜의 숲을 이룬 듯했다. 신영복 선생의 말씀이 절로 떠올라 내내 귓가에 맴돌았다. "나무가 나무에게 말했다. 우리 더불어 숲이 되어 지키자."

지역(地域), 로컬, 유역(流域) 문학을 넘어서

　중앙과 지방을 나누고 중앙에 지방을 종속시키지 않기 위해서 지역문학(地域文學)이란 말을 쓰게 되었다. 지역이란 말이 한가하고 현장성이 떨어진다는 얘기들이 비등해지자 어디서 누가 먼저 시작한 건지는 몰라도 매끈하고 고급스런 외국말을 너도나도 쓰게 되었다. 말을 꺼내놓고 보니 좀 구차한 내력이다. 이제 로컬(Locality)에서 버터 냄새가 나는 게 못내 싫었던 건지 아니면 더 깊은 피치 못할 사연이 있었던 건지 나름 훨씬 근사하고 곡절한 뜻을 담아서 어디선가부터 '유역문학(流域文學)'이란 말이 새롭게 나타나 회자되고 있다. 나도 그 뜻이 좋아서 여기저기에 쓰고 다닌다.

　누구는 아직도 지방이나 지역이나 로컬을 쓰고 있고 유역(流域)이란 말의 적실성에 동의할 수 없다는 의견을 피력한다. 누구는 유역이란 말이 있었어? 하면서 어리둥절해한다. 누구는 유역이란 말은 좋아도 그걸 말하고 다니는 사람을 못마땅해한다. 누구는 무엇을 쓰든 아무 상관이 없다고 한다. 누구는 유역이야말로 새로운 문학의 출발이 되어야 한다고 목에 힘을 주고 열변을 토한다. 누구는 침묵한다. 누구는 잠꼬대를 한다. 누구는 그 이름 위에 똥을 싸고 오줌을 눈다. 누구는 끌어안고 쓰다듬고 입맞춤을 한다. 누구는 춤을 춘다. 누구는 지랄을 한다.

모두가 유역문학(流域文學)이란 낯설고 새로운 존재가 우리 앞에 등장했기 때문에 나타나는 일이다. 이름값이란 말이 있지만 이름만 번듯하다고 속 알맹이까지 실하다는 보장은 없다는 말도 있다. 문학의 오랜 숙제이자 병폐의 문제도 여전하다. 글은 그럴 듯해도 글 쓰는 시인과 작가가, 그의 삶이 그만하지 못하거나 오히려 형편없는 경우가 얼마나 많은가. 이론은 번질해도 그를 뒷받침하는 소출이 시원치 않은 게 또 얼마인가. 낡은 문학판을 바꾸자고 하면서 스스로 그 못지 않게 낡은 문학판을 내밀어서야 되겠는가. 이름이 모든 것을 해결해 줄 수 없다는 뜻이다.

살불살조(殺佛殺祖), 부처를 만나면 부처를 죽이고, 조사를 만나면 조사를 죽이라고 했던 옛 스승의 뜻을 헤아려 본다.

道流! 汝欲得如法見解, 但莫受人惑, 向裏向外, 逢著便殺. 逢佛殺佛, 逢祖殺祖, 逢羅漢殺羅漢, 逢父母殺父母, 逢親眷殺親眷, 始得解脫, 不與物拘, 透脫自在.

스님들아! 너희가 법다운 견해를 얻고 싶거든 다만 남에게 속지 말고 안에서나 밖에서나 만나면 바로 죽여라. 부처를 만나면 부처를 죽이고, 조사를 만나면 조사를 죽이고, 나한을 만나면 나한을 죽이고, 부모를 만나면 부모를 죽이고, 친족을 만나면 친족을 죽여야 비로소 해탈할 수 있으니 사물에 구애받지 않고 벗어나서 자재(自在)할 것이다.

— 임제의현(臨濟義玄 ?~867), 『진주임제혜조선사어록(鎭州臨濟慧照禪師語錄)』

김수영과 신동엽

올해 2018년이 김수영 시인 50주기니까 내년 2019년은 신동엽 시인 50주기다. 50년 전 유월 그 무덥던 날 밤 김수영 시인이 교통사고로 날 벼락마냥 세상을 떠나고 이듬해 봄날 신동엽 시인도 수척해진 몸을 이끌고 오백 리 금강이 서해로 흘러들듯이 속절없이 그 뒤를 따라갔다.

그들은 생전이나 사후나 떨어질 줄 모르고 어디든 한데 붙어 다닌다. 참여문학의 좌심방 우심실, 아니 '온몸'인 그들은 번연히 다르면서도 끝내 하나로 통하는 운명체다. 1968년 6월 16일에서 1969년 4월 7일에 이르는 눈물 고개를 신동엽 시인은 어떻게 홀로 넘어갔을까?

김수영 시인의 50주기를 추모하는 마음으로 마루에 한가로이 누워 와불이라도 된 듯 그가 세상에 그늘로 남긴 유언과도 같은 시를 나지막한 목소리로 읊조린다. 마치 김수영을 의지했던 신동엽, 신동엽을 벗했던 김수영 시인이라도 된 듯.

애타도록 마음에 서둘지 말라
강물 위에 떨어진 불빛처럼
혁혁한 업적을 바라지 말라
개가 울고 종이 들리고 달이 떠도
너는 조금도 당황하지 말라

술에서 깨어난 무거운 몸이여
오오 봄이여

한없이 풀어지는 피곤한 마음에도
너는 결코 서둘지 말라
너의 꿈이 달의 행로와 비슷한 회전을 하더라도
개가 울고 종이 들리고
기적소리가 과연 슬프다 하더라도
너는 결코 서둘지 말라
서둘지 말라 나의 빛이여
오오 인생이여
     —김수영, 「봄밤」, 『김수영 전집 1-시』(민음사, 2018) 부분

시처럼 아름다운 시인(詩人), 시보다 아름다운 시민(詩民)

북 콘서트—시민과 시인 셋의 동행(同行)

밤하늘이 참으로 아름다운 것은 셀 수 없이 많은 별들이 제각기 빛을 발하며 한데 어울렸기 때문이다. 일등 별이 저 홀로 찬연한 빛을 발하고 있는 것처럼 보일 때조차도 어둠 저 너머에 아무것도 없는 것은 아니다. 나무가 숲을 이루는 것도 그렇고 사람이 모여 함께 어우러지는 것 또한 그렇다. 어느 한 순간 그렇지 않을 때가 없다는 것을 날마다 깨닫고 매 순간 곱씹게 된다.

지난 토요일 책방에 펼쳐놓은 마당에 모인 시인(詩人)과 시민(詩民)들이 또한 그러했다. 행사를 이끌어간 이강산 시인이자 소설가는 오케스트라의 지휘자처럼 자연스레 모두가 제소리를 내면서도 아름다운 화음을 낼 수 있도록 길을 터주었다. 정성균, 김명원, 권덕하 시인 셋은 정말 시처럼 아름다웠고 시민(詩民)들은 시보다 아름다웠다. 아니 모두가 한데 어우러져 더욱 아름다운 날이었다.

정성균 시인은 '독자가 시인에게 보내는 질문'에서 어떻게 시를 쓰게 되었는가를 세 글자로 줄여달라고 하자 난데없이 '아뿔싸'라고 대답했다. 아뿔싸라니, "조각천을 이어 붙이듯/시를 쓰는 일은/상처 난 마음을 꿰매는 일"(「조각보」)일지니 그건 후회나 뉘우침이라기보다 "아무리 추운

날/칼바람이 가슴을 뚫어도"(「허수아비 초상」) 논두렁 밭두렁에 서서 묵묵히 그 일을 감당해온 자신에게 바치는 반어적 헌사가 아니었을까.

김명원 시인은 시를 쓰면서 아름다운 추억, 감동적인 순간, 한 장면이 무엇인가라고 묻자 한 치의 망설임도 없이 '지금 여기 이 순간'이라고 말했다. 우리네 삶이란 것이 정말, 감아놓은 태엽이 풀리며 자동 연주되는 '오르골'의 음악 같은 것일지도 모르지만, 첫사랑도, 어머니의 죽음도, 모든 게 설령 그렇듯 무한반복되는 것일지라도, 시인은 말하고 싶은 것이 아닌가. '지금 여기 이 순간'은 만화방창한 '정원'처럼 아름다운 것이라고.

권덕하 시인은 우리 문학사에서 어떤 시인으로 남고 싶냐고 묻자 이름난 시인이 수없이 많지만 나는 그냥 권덕하로 기억되고 권덕하로 남고 싶다고 말했다. 시집 제목이기도 한 '오래'는 문(門)의 옛말이며 우리가 한데 모여 사는 마을을 가리키는 말이기도 하다. 시인은 이미 오래전에 시인의 문을 들어서 시인의 마을에 몸을 담고 산 지 오래다. 이미 존재 자체가 시인인 그의 이름과 시집 『오래』를 아무래도 우리는 오래도록 잊지 못할 것이다.

그날 그 자리에서 이 세 명의 아름다운 시인들은 정말 마음이 하나로 통했던 것인가. 시인 셋은 서로 다른 결을 지니고 있었으나 희한하게도 한자리에 모여 비슷한 온도로 감정의 빛을 발하고 있었다. 차가운 겨울 밤하늘에도 수많은 별들의 물결이 굽이쳐 흐르고 그 별빛을 바라보는 이들의 마음이 절로 따뜻해지듯이 시인 셋의 북 콘서트를 함께한 많은 시민(詩民)들의 마음속에도 그 따뜻함이 오래도록 머물러 있을 것만 같았다.

－권덕하 시인 『오래』(솔)
－김명원 시인 『오르골 정원』(천년의시작)
－정성균 시인 『허수아비 초상』(다락서원)

원주, 박경리 문학의 산실(産室)을 찾아서

—대전 시민아카데미 『토지』 문학답사

    지난 주말에 강원도 원주시 일대로 3차 토지문학답사를 다녀왔다. 대전 시민아카데미에서 봄부터 장장 8개월에 걸쳐 이어오고 있는 〈『토지』 읽기 프로젝트〉의 막바지 일정이다. 단풍은 본색을 드러내지 않으나 산천의 빛깔은 시나브로 가을색으로 변신 중이었다. 며칠간 치성을 드린 덕분인지 하늘님의 배려로 날은 더없이 청명하고 길도 비교적 막히지 않아 당일치기 원행이 수고스럽지 않았다.

    지난 6월에 박경리 선생의 생가와 묘소가 있는 통영을 갔고 7월 무더위 속에 소설 『토지』의 현장인 하동을 다녀왔다. 이번에는 박경리 선생의 옛집과 살림집이 있는 원주시 단구동의 박경리 문학공원과 회촌면의 토지문화관을 둘러봤다. 때마침 토지문화관에서 '박경리의 사계—초기 소설에서 콘텐츠 활용까지'라는 주제로 문학포럼이 열리고 있어 방청객이 되고 선물까지 받는 행운을 얻었다.

    박경리 선생이 이틀 건너 드나들었다는 회촌면의 '기와집' 식당에서 점심을 먹었다. 집의 안팎은 선생을 빼닮은 주인 내외의 성정마냥 단출하고도 소박했고 음식 맛은 깊고 정갈하였다. 선생은 주인 내외를 자식처럼 아꼈다고 한다. 선생을 회상하는 안주인의 눈가가 붉게 젖어왔다. 선생은 안 계셔도 당신이 노상 앉아 식사를 하셨다는 자리의 뒷벽에는 매화 꽃송이가 흐드러지게 피어 있었다.

박경리 선생은 단구동 옛집에서 80년부터 94년까지 소설『토지』의 4부와 5부를 탈고하고 5부작의 대미를 완성한다. 69년부터 시작하였으니 무려 25년의 세월이었다. 서울에서 원주로 떠나온 것은 여러 사정이 있겠지만 무기수가 된 사위 김지하의 옥바라지를 하는 딸과 손자를 외면할 수 없는 연유였을 것이다.『토지』는 그렇게 연재 중단과 다시 잇기를 거듭하며 태어난 우여곡절의 산물이었다.

그에 견줄 바는 아니겠지만 〈토지』 읽기 프로젝트〉 또한 그러했다. 아니, 우리네 삶이란 게 정도의 차이가 있을 뿐이지 원래가 좌충우돌과 우여곡절의 파노라마 아니던가. 이제 세 차례에 걸친 문학답사도 무사히 끝이 났으니 다음달 11월 16일에 모든 회원과 참가자가 마지막으로 한자리에 모여 '학예회'를 열고 못다 한 속이야기를 나누며 〈『토지』 읽기 프로젝트〉의 마침표를 찍는 자리만 남았다.

이번 프로젝트의 화두는 '어떻게 살 것인가?'였다. 원주를 오고 가며 김지하 시인의 굴곡진 삶에 대해 얘기를 꺼냈다. 그가 나이를 먹어갈수록 얼굴이 흉측하게 일그러지고 생각은 거창해지나 몸과 마음은 강퍅해지는 까닭은 무엇인가? 생명사상이든 변절이든 고문의 후유증이든 그의 삶은 서희와 길상을 비롯해『토지』에 나오는 수많은 인물 군상의 삶이 그렇듯 우리에게 반면교사로 다가온다.

과연 저마다 소설『토지』속에 난 미로를 헤매고 답삿길을 누비고 다니며 찾아낸 해답은 무엇일까? "버리고 갈 것만 남아 참 홀가분하다."던 박경리 선생은 우리 모두에게 저마다 또 어떤 가르침을 남기실 것인가? 무언가 알 수 없는 것이 우리를 이곳으로 불러 하나로 이끌었듯이 8개월의 장정을 끝내가는 우리 앞에 과연 또 무엇이 기다리고 있을까? 돌아와 다시 나에게 묻는다. 어떻게 살 것인가? 어쩌면 내년에 소설『토지』의 또다른 현장인 연변의 용정이나 하얼빈의 어딘가를 누비고 다니게 될지도 모르겠다. 하늘님이여. 부디 그렇게 되기를.

미당, 님의 침묵, 만해

수년 전에 전북 고창 질마재에 있는 미당문학관을 들른 적이 있었다. 아내의 49재날 고창 선운사를 찾았다가 돌아오는 길이었다. 선운사 동구 에 서 있는 「선운사 동구」 시비에도 미당 서정주란 이름이 큼지막하게 새 겨져 있었다. 문학관에는 뜻밖에도 미당의 친일 작품 6편과 자신의 친일 행위를 변명한 작품 1점, 전두환을 찬양한 시 1편 등 그의 흑역사와 관련 된 작품 8편이 전시되어 있었다. 하지만 그것이 그의 유지였거나 문학관 측의 진심이 담긴 조치가 아니란 것은 이들 작품이 전시된 방의 위치만 봐도 금세 알 수 있는 일이었다.

전시실은 전망대 올라가는 중앙탑 꼭대기층 구석에 있었다. 나 또한 전망대 올라가다 우연히 보게 되었으니 1층 전시실만 보고 돌아가는 대 부분의 사람은 그냥 지나치게 되기 십상이다. 이마저도 2년 8개월 동안 민족문제연구소 전북지부와 태평양전쟁유족회 고창지부의 줄기찬 요구 가 없었다면 난망한 일이었으리라. 문학관 입구를 들어서자마자 한눈에 볼 수 있는 미당의 문학적 성취에 대한 온갖 찬사의 글귀에 비한다면 미 당의 친일문학 작품 전시는 구색만 갖추었을 뿐 아주 사소한 일처럼 보 이도록 교묘하게 배치되어 있었다.

문득 이런 생각이 들었다. 미당의 친일문학 작품과 그를 찬양하는 온 갖 아첨과 찬사의 글이 자리를 맞바꿔서 전시되었다면 어땠을까? 아마도 그랬다면 미당의 문학은 오히려 새롭게 조명되고 재평가되었을지도 모른다. 그렇게 함으로써 역설적으로 미당의 후예들은 그의 스승을 치욕과 모멸의 늪에서 구원할 수 있었을지도 모른다. 하지만 그런 일이 어떻게 일어날 수 있었겠는가. 그럴 수 있었다면 미당이 그리 무책임하게 떠나지는 않았을 것이고 그와 그의 문학을 기념하는 문학상을 둘러싼 작금의 논란도 애당초 일어나지 않았을 것이다.

미당문학관 초입에 주렁주렁 내걸린 온갖 아첨과 찬사로 번질거리던 능욕의 언어가 오래도록 뇌리에서 사라지지 않는다. 미당의 후예들이 내건 극한적 찬사의 표현들은 어찌 그리도 그들이 오매불망 기루는 스승이 천황 폐하와 독재자에게 헌사했던 비루하고 무도한 언어를 **빼닮았던지**. 일찍이 만해 한용운 시인은 '님만 님이 아니라 기룬 것은 다 님'이라 했으나 기루다[19]고 다 님이 되는 것도 아니고, 설사 님이라 한들 모든 '님의 침묵'이 안타까운 것도 아니며, '님의 부활'이 애타게 기다려지는 일도 아니란 것을 뒤늦게 깨닫는다. 누군가에겐 오직 '그들만의 님'이 있는 것일 뿐이다.

만해가 기룬 것은 모두 님이라 했다지만 어찌 그 님이 저 님이겠는가. 병든 수캐마냥 헐떡거리며 문학의 이름을 팔아 동족과 어린 영혼들을 전쟁의 사지로 내몰고도 아무런 반성도 회한도 없이 떠난 이가 어찌 만해의 님이겠는가. 권력의 단맛에 취해 부정한 권력의 주구이기를 마다하지 않았던 그니가 어찌 우리 모두의 님일 수 있겠는가. 저들이 기리는 저들만의 님이 만해의 님이자 우리 모두의 님을 욕되게 하고 있다. 정녕 누구에게건 기룬 것이 다 님이라면 차라리 깨지도 말고, 부활하지도 말고, 영원히 침묵해도 좋을 게 저들만의 님이다. 저들만의 기념문학상이고 저들만의 흥청망청한 흑역사가 아닐 수 없다.

---

19) 기루다 : 그립다

말당(末堂)[20] 서정주

　드디어 '미당문학상'이 폐지된다고 한다. "끝내 새벽은 온다." 이럴 때
쓰라고 생긴 말인 듯싶다. 왜 서정주는 죽음이라는 큰집의 문 앞에 이르
러서도 자신과 역사를 온전히 성찰하지 않고 미당(未堂)이 아닌 말당(末
堂)에 머물려 했을까? 아무리 생각해봐도 그를 키운 것은 팔할이 바람이
아니라 십할이 '권력과 영화의 달콤함'이었다. 그러지 않고서야 어떻게
그따위 쓰레기들을 버젓이 시의 이름을 걸어 세상에 내놓을 수 있었겠는
가.

　그는 일제하에 창씨개명을 하고 가미가제 대원의 죽음을 칭송하던 입
으로 이승만의 전기를 쓰고 독재자 전두환을 칭송하며 권력의 온갖 것을
핥고 빨아댔다. 얼버무리기에는 정도를 넘어도 한참 넘어섰다. 아직도
그의 제자와 후예들은 여전히 그의 타락을 변명하고 그의 뒤에 줄을 선
자신의 처세를 옹호하고 싶겠지만 '미당문학상'의 폐지는 그로 인해 상처

---

20) '말당(末堂)'은 80년대 개그인 '이순자 시리즈'에 나오던 말이다. 미당(未堂)의 미
　(未)와 말(末)자도 구분하지 못하는 권력자의 무지와 허세를 풍자하는 얘기면서
　어찌 보면 그의 삶을 내다보는 복선이기도 하다. 미당이 참으로 미(未)라는 말이
　담고 있는 부정과 역설의 이름값을 했다면 그는 민중과 역사 앞에서 더할 나위
　없이 겸손하고 정의로웠을 것이다. 하지만 그는 죽을 때까지 지극히 오만했고 권
　력의 종으로서 "혓바닥 늘어뜨린/수캐마냥 헐떡거리며" "아무것도 뉘우치지 않"
　는 말단(末)을 선택했다. 인과응보다.

를 입고 피를 흘려야 했던 원혼들에게 바치는 때늦은 헌사이자 선물이
아닐 수 없다.

　정말 늦어도 많이 늦었다.

　　　한강을 넓고 깊고 또 맑게 만드신 이여
　　　이 나라 역사의 흐름도 그렇게만 하신 이여
　　　이 겨레의 영원한 찬양을 두고두고 받으소서.
　　　새맑은 나라의 새로운 햇빛처럼
　　　님은 온갖 불의와 혼란의 어둠을 씻고
　　　참된 자유와 평화의 번영을 마련하셨나니
　　　잘 사는 이 나라를 만들기 위해서는
　　　모든 물가부터 바로 잡으시어
　　　1986년을 흑자 원년으로 만드셨나니
　　　안으로는 한결 더 국방을 튼튼히 하시고
　　　밖으로는 외교와 교역의 순치를 온 세계에 넓히어
　　　이 나라의 국위를 모든 나라에 드날리셨나니
　　　이 나라 젊은이들의 체력을 길러서는
　　　86 아세안 게임을 열어 일본도 이기게 하고
　　　또 88 서울올림픽을 향해 늘 꾸준히 달리게 하시고
　　　우리 좋은 문화 능력은 옛것이건 새것이건
　　　이 나라와 세계에 떨치게 하시어
　　　이 겨레와 인류의 박수를 받고 있나니
　　　이렇게 두루두루 나타나는 힘이여
　　　이 힘으로 남북대결에서 우리는 주도권을 가지고
　　　자유 민주 통일의 앞날을 믿게 되었고
　　　1986년 가을 남북을 두루 살리기 위한

평화의 댐 건설을 발의하시어서는
통일을 염원하는 남북 육천만 동포의 지지를 받고 있나니
이 나라가 통일하여 홍기할 발판을 이루시고
쥐임 없이 진취하여 세계에 웅비하는
이 민족기상의 모범이 되신 분이여!
이 겨레의 모든 선현들의 찬양과
시간과 공간의 영원한 찬양과
하늘의 찬양이 두루 님께로 오시나이다
　　—서정주, 「처음으로—전두환 대통령 각하 56회 탄신일에 드리는 송시」
(1987) 전문

삶의 문학, 김숨, 작가정신

　지난주 시월의 막바지 저녁에 뜻 깊은 자리에 초대를 받아 다녀왔다. 대전·충남지역 진보문학의 뿌리이자 모태이고 80년대 들불처럼 번졌던 문학운동의 주체며 산증인인 '삶의 문학' 동인들이 해마다 모이는 자리였다. 대부분 나와 호형호제하는 사이지만 두셋은 이름은 알았어도 제대로 인사를 나눈 적이 없었다. 어쩌면 서먹할 수도 있었는데 모두가 따스하게 맞아주어 안방처럼 편했다.

　얼마 전 김숨이란 소설가가 위안부 할머니들의 삶을 다룬 증언록과 작품까지 쓰고도 대표적 친일문학인을 기념하는 '동인문학상'을 덥석 수상했다는 소식을 듣고 숨이 턱 막혔다. 오랜만에 그립던 형들을 만나 회포를 풀다 보니 그제야 숨이 트이고 살 것만 같았다. 김숨이 대전에 연고가 있어 그런지 왠지 남의 일 같지 않았다. 묻고 싶었다. 왜 그렇게 해야만 했을까.

　이번 모임은 전인(순) 시인의 시집 『지친 자의 길은 멀다』, 권덕하 시인의 시집 『귀를 꽃이라 부르는 저녁』, 이강산 시인 소설가의 시집 『하모니카를 찾아서』 출간과 황재학 시인의 붓사위전 '붓과 사유하다'를 한데 축하하는 자리이기도 했다. 문득 30년도 지난 언젠가 대전 은행동 근처 선술집에 동인들이 모여 문학과 삶을 논할 때 구석 자리에 앉아 경청했던 일이 어렴풋이 떠올랐다. 그러고도 참 오랜 시간이 흘렀다.

　78년 『창 그리고 벽』이란 동인지에서 88년 무크지 『삶의 문학』 8집에 이르기까지 동인들이 겪은 고초가 남달랐다. 85년에 『민중교육』지 사건으로 교사 중심의 동인 상당수가 해직이 되었고, 88년에 출간마저 중단되는 아픔을 겪었다. 아픔이 헛된 것은 아니었다. '삶의 문학' 동인들은 '자유실천문인협의회'와 '대전·충남 민족문학인협의회'를 거치며 대전·충남 문학인들의 구심이 되었고 90년대 말 '대전·충남 민족문학작가회의'를 결성하기에 이른다.

그동안 누구는 세상을 떠나갔고, 누구는 일가를 이루고, 누구는 명망을 얻었으며, 누구와 누구는 서로 멀어졌고, 누구는 퇴직을 하고, 누구는 또 무슨 사연을 겪으며 이렇듯 한자리에 모이거나 모일 수 없었다. 동인들이 처음 내걸었던 "문학이 보다 인간다운 삶에 그리고 정직하고 떳떳한 삶에 부끄럽지 않게 뿌리내려져야 한다."(『창 그리고 벽』 1집)는 작가정신은 어떻게 되었을까? 자신에게 정직하고 떳떳하며 부끄럽지 않은 '삶의 문학'은 무엇일까?

그들이 벼렸던 작가정신의 칼날은 지금 서슬처럼 더 시퍼래지고 번득이게 됐을까? 아니면 녹이 슬거나 무뎌졌을까? 알 수 없는 일이다. 오직 저마다 스스로에게 물어볼 수 있을 뿐. 소크라테스가 실천이 따르지 않는 앎은 아예 앎이 아니라고 했듯이 작가의 삶과 분리된 문학은 아예 문학이 될 수 없는 게 아닐까? '삶의 문학'을 부정하는 김숨의 삶과 문학을 생각하니 자꾸만 한숨이 나온다.

광주, 40년, 인연

광주 오월문학제에 왔다. 80년 5·18 광주민중항쟁 40년 행사다. 해마다 묵은 빚을 갚듯이 찾아오지만 무등산의 품이, 금남로, 충장로가 늘 같은 온도인 것만은 아니다. 올해는 전태일 열사 분신 50년, 4·19 혁명 60년, 한국전쟁 70년, 대전 산내 골령골, 충북 영동 노근리 민간인 학살 70년이기도 하다. 이토록 길고도 참담한 시간이 흘렀으나 학살과 항쟁과 전쟁의 역사는 현재진행형이다.

앞서 역사의 제단에 피를 뿌린 분들이 있었기에 오늘 우리들의 평화와 안락이 있음을 결코 잊을 수 없다. 오월문학제 본행사 말미에 「임을 위한 행진곡」을 부르기 위해 모두들 자리에서 일어섰다. 문학제 이튿날 망월동 묘지 언덕에 서서 작가회의 동지들과 함께 다시 한 번 노래를 불렀다. "앞서서 나가니 산 자여 따르라~." 언제나 가슴 밑바닥에서 뜨거운 것이 솟구쳐 오른다.

망월동 묘지 언덕에 서 있노라니 불현듯 지나온 40년의 기억과 회한이 밀려온다. 인연이란 게 참 묘하다. 결코 나만 특별하다고 볼 수는 없으나 그 인연의 자락이 오늘 내가 이 자리에 서 있게 만든 까닭이란 걸 생각하면 허투루 여길 일도 아니다. 삶은 무상하고 덧없는 것이지만 그 안을 헤쳐 보면 알 수 없는 인연의 무언가가 나를 이끌어가고 있다는 것을 매번 느끼게 된다.

인연. 하나

댓잎처럼 푸르렀던 내 나이 스무 살 때, 80년 오월 광주의 참상과 진실을 기록한 황석영 작가의 『죽음을 넘어 시대의 어둠을 넘어』(1985)란 책을 읽고 난 충격이 내 삶의 방향을 급격하게 바꿔버렸다. 글쓴이가 나와 이름이 같았다는 건 그저 우연이었을 것이다.

광주의 충격적인 진실을 접하고 나서 그 길로 학생운동의 길에 발을 들여놓게 된 나는 급기야 20대 후반 4년의 긴 수배생활을 하며 푸르렀던 내 청춘의 나머지를 그곳에서 다 태워버렸다. 누구도 나에게 그 길을 가라고 강요하지 않았지만 차마 그 길을 외면할 수가 없었다.

그때 오랫동안 집에도 연락을 못 하다가 어머니가 너무 보고 싶어 큰마음을 먹고 시골집에 전화를 했다. "여보세요? …… 여보세요? …… 여보세요?……." 수화기 너머로 어머니의 목소리를 들으며 눈물이 쏟아지는데 결국 아무 말도 하지 못하고 전화를 끊어야만 했다.

40년이 흘렀다. 내 삶을 송두리째 먹어버린 그 세월이 다시 나를 비통하게 만든다. 아직도 광주의 진상은 낱낱이 밝혀지지 않았고 최고 책임자의 처벌은 제대로 이뤄지지 않았다. 와중에 많은 이가 민주화운동 이력을 훈장처럼 달고, 나라에서 보상도 받고, 보란 듯이 어깨에 힘을 주고 산다지만 나는 한 번도 그러지 못했고 그럴 마음조차 생기지 않았다.

누구를 원망하고 탓할 일이 아니라는 것을 잘 알면서도 생활이 곤궁해지고 삶이 막막해질 때마다, 젊은 시절에 고생한 덕분에 이제는 부와 명예와 지위를 얻게 되었다는 자들의 소식을 풍문으로 들을 때마다 한동안 꿈속에서도 넋두리하듯 되뇌곤 했다.

80년 광주, 오월의 그 참혹한 진실만 아니었다면 내 삶이 이렇게 되지는 않았을 것이다…….

하지만 이게 어찌 광주의 탓이겠는가. 이게 어찌 나 혼자만의 아픔이고 비탄이겠는가. '불의 시대'를 온몸으로 건너온 우리 세대 대부분이 함께 나눠 갖고 있는 상흔이다. 불에 달군 인두로 지진 듯 흉측하게 일그러진 상처지만 평생을 끌어안고 살아내야 하는 모두의 업이다.

40년 세월이 흘렀지만 언제야 광주의 영령들은 진실로 '죽음을 넘어 시대의 어둠을 넘어' 편안히 잠들 수 있을까. 언제까지 학살자가 광주를 조롱하며 활보하는 것을 두고만 봐야 할까. 강풀 작가가 『26년』이란 웹툰의 마지막에서 광주의 원흉 살인마 전두환을 향해 쏜 총알이 아직도 허공을 날고 있다.

그때 광주가
날개 다친 나비처럼 푸드덕거리며
내게 날아왔다

40년 전 광주의 오월이 아니었다면
찢겨진 날개에 흥건한 피를 보지 않았다면
지금의 내가 있었을까

40년 전 광주가 아니었다면
속절없이 쫓겨 다니다 허망하게 끌려간 일이
꽃잎처럼 찢어진 내 청춘의 임종이
벼락같은 사랑과 참담한 결별이 있었을까
애벌레처럼 가련한 내 운명이 있었을까

40년 전 광주가 없었다면

40년 전 그토록 무도한 살육이 없었다면
40년 전 광주의 금남로가 붉은 피로 물들지 않고
5월의 수풀에 살랑대는 봄바람처럼
그저 한없이 평온한 세상이었다면

그때 광주가
피 흘리는 나비처럼 비척거리며
내게 날아왔다
내 머리 위로 낮게 드리우는
음습한 먹장구름을
유령처럼 수척한 날갯짓을
나는 외면할 수 없었다
　　　　　　　─졸시, 「나비효과─광주민중항쟁 40주기에 부쳐」 전문

인연. 둘

　해마다 묵은 빚을 갚듯이 광주 오월문학제에 참여하고 있다. 그런데 이토록 관대한 빚쟁이가 없다. 광주전남작가회의 작가들은 언제나 살뜰하고 다정하기 이를 데가 없다. 일 년에 한 번 겨우 얼굴을 비치고 말 뿐인데도 광주와 무등산과 금남로는 뭐라 한마디 원망도 질책도 없다. 언제고 말 없는 자가 더 무섭고 준엄한 법이다.

　작년 오월 문학제에 참석했을 때 망월동 구 묘지에서 일어난 사건을 잊을 수 없다. 저마다 뜨거운 햇볕을 피해 그늘에서 담소를 나누며 쉬고 있는데 저쪽에 눈길이 갔다. 조병연 화가(민족미술인협회 전남지회장) 형이 혼자서 무언가를 물끄러미 바라보고 있었다. 순간 야수 같은 내 '찍

사'로서의 본능이 카메라에 손이 가게 만들었다.

일단 사진을 찍고 나서 병연 형이 바라보고 있었던 것이 무언지 궁금해 그쪽으로 갔다. 함광수 열사, 내가 모르는 이름이고 얼굴이었다. 그런데 문득 묘비명에 적힌 생몰 연도가 눈에 들어왔다. 63년생이었다. 병연형도 63년생. 하늘이 도왔다. 연출이 아니라 100% 실시간 리얼 버전으로 찍은 역사적인(?) 사진 한 장이 그렇게 탄생했다.

63년생이 63년생을 처연히 굽어보는 사진 속의 장면이 광주의 40년 통한의 세월을 다 말해주고 있다. 돌아와서 시 한 편을 쓰지 않을 수 없었다. 내가 쓴 시라기보다 하늘이 나를 불러 쓰게 한 시라고 해도 좋겠다. 그렇게 광주에 묵은 빚 하나를 갚을 수 있었으니 늘 살뜰하고 다정한 광주전남의 작가들한테 조금은 면목이 서게 되었다.

63년생이 운다

80년 5월에 붙박인 채
꿈처럼 망월동 언덕에 누워 있는
꽃다운 열여덟 63년생을
우연히 마주친
머리 희끗한 쉰일곱의 63년생이
바라본다
삶과 죽음, 이승과 저승이
속절없이 갈라진 언덕 위에서
63년생이 63년생을
굽어본다

63년생이 운다

—졸시, 「63년생」[21] 전문

그런데 이 시를 올해 〈광주 5·18 40주년 걸개 시화전〉에 보낸다는 걸 깜박하고 놓쳐버렸다. 그래서 '병연이 형에게 본의 아니게 죄를 짓게 되었다. 사진 출연료도 못 드렸는데 걸개 시화로라도 보답을 해야 했건만 참으로 애석하게 되었다.'고 절망하고 있는데 얼마 전 느닷없이 주영국 광주전남작가회의 사무처장 형한테 연락이 온 게 아닌가.

그렇게 하여 이 시를 이곳에 가까스로 싣게 되었다. 기막힌 인연이고 운명이 아닌가. 결국 아무리 얽히고설킨 것도 때가 되면 풀리게 되는 법이다. 생전에 못 이루면 어떤가. 훗날의 언젠가는 그런 날이 꼭 올 것이다. 80년 광주의 해원(解冤)도 그러하리라 믿는다. 다만 오랜 시간을 묵묵히 견뎌내고 이겨 낼 자세를 담담하게 돌아볼 뿐이다.

작년 오월문학제 때 한국작가회의 이사장이었던 이경자 소설가가 했던 축사 한 구절이 지금도 내 마음에 들어와 앉아 있다. 40년을 맞는 광주의 오월은 "아직 빙하(冰河)의 시간"이며 곳곳에 "공포와 수치심과 자책감의 얼음이 박혀" 있다. 그 얼음을 한데 녹여내기 위해서 과연 우리가 무엇을 해야 하고 할 수 있는지 다시금 묻고 또 묻는다.

과연 "지금 여기는 우리가 바라고 꿈꾸던 세상인가." 광주민중항쟁 40년, 전태일 열사 분신 50년, 4·19 혁명 60년, 한국전쟁 70년, 대전 산내 골령골, 충북 영동 노근리 민간인 학살 70년, 학살과 항쟁과 전쟁의 역사는 아직도 현재진행형이다.

---

21) 함광수(1963~1980) 조병연(1963~)

거두절미하고 말하자면

—황희순 시집 『수혈놀이』(애지, 2018)

거두절미하고 말하자면 황희순 시인의 네 번째 시집 『미끼』(2013)의 황홀한 먹이를 덥석 물었던 독자라면 그의 새로운 시집 『수혈놀이』(2018)도 차마 피해갈 수는 없을 것이다. "나를 사가세요. 부위별로 팝니다."(「부위별로 팔아요」)라며 필사적으로 탈출구를 찾던 시인의 절박한 외침을 어떻게 잊을 수 있단 말인가. "나는 이제 품절이다"(「나는 이제 품절이다 —「부위별로 팔아요」 후렴」)라고 선언까지 하고 깔끔하게 털고 일어서는 것 같았지만, 그러기에는 그녀가 앓고 있는 상처의 뿌리와 시(詩)의 연원이 너무도 깊고 모질었다.

그 상처의 뿌리는 "할머니 말 믿기지 않아 빨갛게 익은 뱀딸기 따먹고 말"아서 "사람으로 둔갑한"(「뱀딸기 전설」, 세 번째 시집 『새가 날아간 자리』) 원죄 의식에 잇닿아 있다. 그녀가 왜 끊임없이 자신의 머리를 자르고 꼬리를 감추기 위해 애썼는지, "길어지는 목을 수시로 베어 시(詩) 속에 욱여넣고 봉"(「고백하자면」, 『미끼』) 하려 했는지 짐작이 가지 않는가. "아들아, 어미가 범죄를 저질렀구나/이런 망할 놈의 세상에 생명을 탄생시키다니"(「Last Holiday」, 다섯 번째 시집 『수혈놀이』).

그토록 오래도록 상처를 앓으며 시인은 숨바꼭질하듯 "종적을 감추고 (……) 칼날을 피해 숨어 있"(「숨바꼭질」, 『미끼』)고 싶었으나 이제 그것이 속절없는 일이란 것을 깨닫기 시작한 듯 보인다. "이것들이 언제 이렇게 자란 거야 썩기 전에 뿌리까지 도려내고 사람노릇은 이제 그만두기로 하자 보란 듯 구름 너머 훌훌 날아가자"(「꿈의 뿌리」)며 스스로를 다독인다. "새로 돋은 이 머리는 가짜일 거야. 진짜라면 이럴 리 없어"(「거두와 절미와」)라며 도리질할수록 밤새 "깨끗이 까놓은 마늘, 싹이 돋아/하늘로 머리를 치켜세우"(「雨水」)듯 "파닥파닥" 날개 돋아나니 그녀라도 별 수 있었겠는가. "날아라날아라"(「돋아라, 날개」).

다섯 번째 시집 『수혈놀이』는 그녀의 그토록 깊고 오랜 상처가 드디어 삶의 '옹이'로 변하여 그녀를 더욱 깊고 넓고 단단하게 만들어 줄 것이라는 기대를 갖게끔 하는 변신의 징후가 곳곳에 드러나 있어 반갑다. 시인은 "네 것을 뽑아 내게 심는다면/기꺼이 중심을 내놓을 것이다//이 별을 숨 쉬게 하는 건/서로 다른 너와 나의 옹이다"(「데칼코마니」)라면서 "나, 곧/껍데기로 남을 게 뻔하"지만 "이제야 비로소 내 몸에/무엇이든 담을 수 있겠다"(「耳順」)며 너그러이 고백한다. 그러고 보니 그녀도 어느덧 이순(耳順)의 나이를 지나고 있다. 시인은 "시간이 약이란 말은 틀린 말"(「Last Holiday」)이라고 정색하고 있지만 시간이야말로 우리의 참된 스승이란 것을 왜 모르리.

그런 변신이 어찌 거저 일어나는 일이겠는가. "처음부터 다시 시작하게 해달라고, 前生은 다 무효라고. (……) 한 번만, 딱 한 번만, 그럴 수 있다면"(「절호의 찬스」)이라고 외치는 간절함이 없었다면 말이다. "내가 할 수 있는 건 계속 살아있는 거였어요 (……) 나는 나 자신이 되고 싶었어요"(「고통의 규칙」)라고 영화 「프리다 칼로」의 대사를 되뇌면서도 시인은 나와 더불어 살아가는 뭇 생명에 대한 공생의 깨달음으로까지 시선을 확장시켜 나간다. "거기 누구 없나요?"(「별의 변주─空無路程」) 그것이 놀라운 변신의 징후. 시집의 2부에서 시인은 초파리, 말벌, 고추잠자리, 영양, 무당벌레, 직박구리, 향어, 심지어 바퀴벌레와 꼽등이라는 타자의 '거울'을 연거푸 들여다보며 함께 "끝없는 이 미로를 탈출할"(「영양의 거울)) 길을 찾아 나선다.

인드라망의 구슬이 얽히고설켜 서로를 비추며 삼라만상을 이루듯이 시인의 '거울'도 서로를 비추며 어둑한 길을 밝혀주고 있다. 다만 시인은 섣부르게 '우리는 하나다'라고 외치지 않는다. "그래그래, 인정/같이 살자"(「바퀴의 거울」)라고 손을 내밀면서도 "노는 물이 다르"(「향어의 거울」)다는 것을 외면하지 않는다. "개미와 나와 모기와/서로 못 본 척하며/밑도 끝도 없이/기웃대며 부대끼며"(「別別동거」) "영양과 나와 너와/기러기와 꼽등이와, 동고동락/동병상련 동상각몽"(「영양의 거울」)하며 살아간다. "매미는 맴맴, 소쩍새는 소쩍소쩍/사람은 랄랄랄"(「랄랄랄」)하면서 말이다. 각자공생이다.

다시, 거두절미하고 말하자면 '거두와 절미'는 결코 이뤄질 수 없는 꿈이다. 「시인의 말」에서 고백했듯이 시집 자체가 "폐기처분에 실패했다"고 한 증거이기 때문이다. 잘라도 자꾸만 '비어져 나오는 발'의 상징은 이제 "하늘로 간 별"(「별의 변주-空無路程」)을 따라 '날개'를 파닥거리며 새로운 시집의 원천이 될지 모른다. "불꽃 낭자한 축제에 정신이 팔려 피를 몽땅 낭비해 버렸지"만 "살고 살고 또 살아도 어김없이 혼자라도 다시 살고 싶어지는 12월"은 어김없이 찾아올 것이다. 내가 시인의 엄마는 아니지만 시인의 물음에 자꾸만 대답하고 싶어진다. "엄마, 이 딸도 잘 버틴 거지?"(「분꽃프리즘」) 시인의 슬프나 아름답고 아무렇지도 않게 질박한 시 한 편이 그 대답이다.

마늘밭둑 쪼그려 앉은
팔순은 되어 보이는 노인
日,

싹이 났네

아이구우 저거 줌 봐아
마늘 심으믄 마늘 나구
파 심으믄 파 나구우

백만 번쯤 보고 또 보다보면
하나마나한 말도
특별해지는
봄,

—「그 자리」 전문

자연에 깃드는 시간의 자리

—김황흠 시집 『건너가는 시간』(푸른사상, 2018)

1.

8월의 첫날에 얼마 전 남녘에서 제비가 물고 온 박씨처럼 날아든 시집 한 권을 펼쳐 들고 읽는다. 김황흠 시인의 시집 『건너가는 시간』(푸른사상, 2018)이다. 드들강이 흐르는 광주 근교에서 어머님과 농사를 지으며 산다는 시인의 순하디순한 모습이 떠오른다. 자연은 늘 스스로 그러하거늘 자연의 일부가 되어 스스로 '또 다른 나인 너'와 더불어 '노랗게 익어가는 시간'처럼 조촐하니 익어가는 시인의 '자리'를 생각한다.

> 잠시 비닐하우스 문 그늘에 앉아
> 뜨거운 햇살도 아랑곳 않고 너풀거리는 푸른 모를 바라본다
> 바람은 서늘한 기운을 드리우고
> 소금쟁이 사분히 밟고 간 조용한 파문
> 왜가리 한 마리 모르쇠 내려앉는 서슬에
> 뒤스럭거리는 물살 소리를 읽는
> 시간이 노랗게 익어가는 그 자리
> 네 옆에 다른 내가 앉아 벙긋 웃는 너를 보네
>
> —「건너가는 시간」 전문

시집은 온갖 것을 머금고 온갖 우여곡절을 겪으면서도 '조잘거리는 물살'을 일으키며 끝내는 바다로 '낭창낭창' 흘러가는 드들강을 닮아 있다. 시간이란 게 또 그러하다. 온갖 일이 벌어지고 온갖 가능성을 끌어안고서도 강물처럼 '고요히' 흘러가니 말이다. 시간이 그저 흘러가기만 하는 게 아니란 것을 안다면 시인의 '고요'가 어떤 곡절한 사연을 담고 있을지도 넌지시 짐작이 간다.

도시 근교에서 농사를 지으며 사는 일은 모르긴 해도 "변두리로 밀려나는 신세 박한 삶/무르다 못해 설움이/시커멓게 썩은 물로 쏟아"져 더께로 "꼬질꼬질하게 눌어붙"(「봄 무 작업」)는 아픔이 있었을 것이다. "곤궁함이 파랗게 질려도/두꺼운 벽 하나 대고 사는 세상인데/하소연을 해도 길거리에서 누구 하나/애처롭게 손잡아주는 일 없"고(「한파」) "그때나 지금이나 팍팍한 살림 나아진 것 없"(「남평장」)을 테니 누군들 별 수 있었겠는가.

시인은 외롭다. 그 외로움은 "떠나간 사람들은 다시 돌아오지 않고/남아있는 사람만이 홀로 집을 지키다가 늙어가는 일에 익숙해지는" 일이며 "나이든 사람은 하나둘 보이지 않고/어느 사이 빈집"이 되어버린 "이 동네의 일상"이기에 하릴없는 슬픔이다. 어머니와 단 둘이 반려견과 더불어 산다는 시인에게 그 슬픔은 언제든 자신의 일이 될 수 있기에 "더 감출 수 없는 빈집/텅 빈 시간을 견뎌오던 벽"이 "어둠 속으로 저벅저벅 찾아오는 빗물에 젖"(「고요가 사는 동네」)어 들듯이 속절없다.

그 아픔과 외로움의 내력은 곡절한 것이지만 시인은 결코 목소리를 높여 분개하거나 쉬이 절망하지 않는다. "쏟아지는 소낙비를 피할 생각은 않고/논둑에 서서 비를 맞는다//(……)//강아지풀 우거진 농로 지나 숨죽인 마을로 가는 동안/어둠은 빈 호주머니에 자꾸 손을 찔러 넣"(「하지」)을 테지만 말이다. '작은 강 하나하나'와 (「두물머리에서」) '온갖 소리와 쓰레기'까지(「범람」) 한데 모아 바다로 흘러가는 강물처럼 그 또한 그저 담담하게 그 모든 것을 받아들이고 품어낸다.

자연은 스스로 그러하다. 자연의 일부인 우리 또한 스스로 그러하면 되는 것이다. 사계의 순환이 저절로 그렇듯 "나락이삭도 그렇고" "피들도 그렇다" "호박이 그렇고" "고추가 그렇듯/등굽은 동네 할머니가 그렇다" "철 따라 왔다가 가는 새 떼가 있는가 하면/떠나간 그 자리를 찾는 새 떼가 있다" 다만 "적적함이 물들기 시작할 무렵/떠도는 바람이 제자리를 향해 눕는 산그늘에서/멀리서 찾아온 벗의 소식을 듣는다"(「가을단장」) 이것이 시인이 외로움을 견디고 세상과 불화하지 않으면서 자연의 시간에 '고요히' 깃드는 법이다.

그것은 '마음'의 지극한 경지면서도 그것마저도 '잊어버리는' 어떤 것이다. 부처는 "지나가는 사람들이 따 먹"고 "우수수 떨어지고" "씨앗까지도/새들에게 다 내놓는/파리똥, 포리똥"인 보리수나무 아래서 오랜 수행 끝에 그것을 깨달았다지만 정작 나무는 나그네인 부처를 잊은 지 오래다. 물론 '완전한' 망각이란 없는 것이기에 "나무는 손바닥으로 땡볕을 가리며/새 떼를 부르다가 문득, 오래전에 잊어버린 나그네/떠나간 신발을 어루만"(「포리똥, 파리똥」)진다. 나무와 나그네는 하나가 아니면서도 속절없이 하나로 이어져있다.

시인은 우리네 삶이 그렇다고 믿는다. 스스로 그러한 자연을 닮아가는 것, 아니 자연에 깃들어 조잘거리며 철벅거리며 출렁거리며 시간이라는 큰 강물을 따라 흘러가는 것이다. 그러하기에 남들은 무심코 지나가기 마련인 자연의 '소리'를 듣게 된 건지도 모른다. 아니, 몸의 귀가 아닌 마음으로 받아들이므로 시인은 소리를 '읽는다'. "어둠이 강을 가려도 흐르는 소리는 역력"(「밤, 남평대교를 바라보며」)하다. 시인의 마음이 되어 가만히 귀를 대어보라. 세상은 얼마나 시끄러운가. 아니 얼마나 '고요한 소리'들로 반짝이는가.

"뒤스럭거리는 물살소리"(「건너가는 시간」) "물이 하얗게 얼었다/밤새 몇 번이고 굳어가며 내는 소리"(「한파」) "드들강은 (……) 소리란 소리 한 데 모아 담았다 덜어내기 바쁘다"(「사기접시」) 시인은 우리가 듣는 소리를 듣지 않고, 우리가 듣지 않거나 못 듣는 소리를 듣는다. 심지어 시인은 "차디찬 바람이 잦는 갯벌에서 홍건하게 젖은/꼬마 속살 찌는 소리"(「와온갯벌」)를 듣고 "옛사람이 남기고 간 숨소리"(「폐사지에서」)를 듣는다. 모두가 '고요'에 머물지 않으면 들을 수 없고 읽을 수 없는 소리들이다.

2.

'건너가는 시간'은 우리가 시간을 건너간다는 말이면서 시간이 '무언가'를 건너간다는 뜻이기도 하다. 그 무언가는 '사이'이다. '사이'는 나와 너, 이쪽과 저쪽을 갈라놓는 동시에 이어주는 '틈'이다. 시간의 강물은 수많은 사이의 틈을 건너가고 흘러가며 사이를 '틈'으로써 종내 "그 짝이나 이 짝이나/사람살이는 마찬가지"(「사이라는 말」)인 것으로 만든다. 수많은 샛강들이 모여 함께 출렁거리며 바다로 흘러가는 강물이 그런 것처럼 말이다.

그 사이로 흐르는 개천은
우두머리에 이르러 드들강과 합수,
나주 산포를 지나 금천에 이르러
작은 이름을 지우고
비로소 영산강 줄기로
서남해에 이른다
다시보자

얼마나 많은 샛강이 모여 바다에 이르고
또 얼마나 많은 사이가 모여 더 큰 힘이 되는가

—「사이라는 말」 부분

　그렇게 자연이 스스로 그러하듯이 나도, 너도, 우리들 모두 자연의 일부로서 그렇게 '시간을 건너가며' 어딘가로 흘러가고 있는 것이다. 그 '어딘가'는 시인이 "몇 점 매화 다시 흩날리는데/겨울은 어디를 향해 사라져 가는 것일까"(「봄을 붙이다」)의 그 어디이며, "한 바퀴 휘젓고 가는 한줄기 살바람/오는 곳을 모르고 가는 곳을 모른다"(「편지함」)는 그 자리다. '그럼에도 불구하고' 시인이 허무나 절망의 수렁에 빠지지 않고 "없는 놈이라고 힘조차 없겠냐/노란 막걸리 한 잔 마시고/얼씨구 좋네, 지화자 좋아!"라며 "덩실덩실 춤을"(「편지함」) 출 수 있는 것은 그가 꿈꾸는 세상이 있기 때문이다.

　시인은 "풀씨들/간절히 가고 싶은 곳//(……)//도깨비들이 산다는 그 나라/방망이를 휘두르면 뭣이든 이루어지는/그 나라"(「도깨비풀 이야기」)를 꿈꾼다. "퉁퉁 부은 발을 쓰다듬"으며 "하염없이 미안타 미안타/서로 살 부비"(「다친 발에게」)며 "다 같이 먹고 살자고 오순도순 정답게 모"(「봄에 깃들다」)여 사는 그런 세상을 꿈꾼다. 다만 바람이 "이파리 소리를 끌어안을 줄 모르"고 흘러가는 것처럼 "아직도 가을은 멀고/저마다 이유를 다는 하루 그러나//(……)//소유할 수 없는 것에 애착을 갖지 않"(「이유 있는 소리」)으려고 애쓸 뿐이다.

　그리하여 시인은 "곤궁함이 파랗게 질"(「한파」)리고, "그때나 지금이나 팍팍한 살림 나아진 것 없"(「남평장」)고, "눈발이 휘날"리고, "참나무 가지가 부대끼다 툭 툭 분질러"지고, "대나무 허리가 휘어"지고, "왜 사나 싶어 울컥해지"다가도 "먹먹하게 걸어가는 동안/달빛에 물든 터널 비닐이 하얀 메밀꽃으로 웃는다"(「꽃샘추위」)고 여긴다. 우리는 "어둠에 길을

잃은 게 아니라/찾아갈 수 있는 길을/가려하지 않기 때문, 그리하여/잃
어버렸거나 잊히는 것"(「길에 대한 단상」)이다.

시인은 드들강변에 나가 "몇 번의 물난리로//(……)//수목이 죽어간 자
리마다/굳게 뻗어 나와 굳세게 흐드러진 억새"의 "흙 속으로 단단히 겯
고 내리는 뿌리"(「억새는 억세다」)를 본다. 그곳에서 자연에 깃들며 '시간
이 건너가는 자리'를 바라본다. 어떻게 자연이 겨울을 견디고 봄을 준비
하는가를. 어떻게 강물이 모여 "둥둥거리는 조바심도/낭창낭창 흘려보
내"고 "수심을 알 수 없는 그렁그렁한 물살을/물고 나르며" 고요히 바다
로 흘러가는가를. 어떻게 우리 모두 "마지막 길"(「숨 놓을 때」)을 '시간을
건너' '만세를 부르며' 흘러가야 하는가를.

　　　겨울이 오랜만에 눈빛으로 환하다
　　　가지에 쌓인 눈으로
　　　앙상한 가지는
　　　겨울은 겨울다워야 한다고
　　　바람이 마른 억새에게 이르고
　　　억새는 숱 다 빠진 머리를
　　　눈 속에 묻는다
　　　물닭 몇 마리
　　　얼지 않은 물길을 쪼르륵 헤엄쳐 가는 동안
　　　대촌천 활짝 웃는 물살이
　　　드들강에 이르러 만세를 부른다
　　　　　　　　　　　　　　　　　　　　—「그 자리를 바라보네」 전문

금강 유역(流域)에 핀 환한 꽃

—차승호 시집 『난장』(애지, 2019)

근자에 시나브로 회자되고 있는 '유역문학(流域文學)'이란 말에는 '지역(地域)'이란 말이 갖는 폐쇄성을 말의 힘에서부터 이겨내고자 하는 비원이 담겨 있다. 문제는 그것이 말처럼 쉽지 않다는 데 있다. 강물이 흘러가며 광대한 삶의 터전을 이루듯이 유(流)의 역동성이 역(域)의 개별성을 넘어 '시대의 보편성'까지 아우르며 거침없이 펼쳐져야 하기 때문이다.

유역문학론이 한국문학을 논하는 자리에 당당히 안착하기 위해서 필요한 것은 두말할 것도 없이 이를 뒷받침할 수 있는 창작물이다. 그런 뜻에서 보자면 유역문학론은 차승호의 다섯 번째 시집 『난장』으로 하여 그 뒷심을 얻고 뜻을 펼쳐갈 원동력을 얻은 게 아닌가 싶다. 내게는 시집 해설에 나오는 '보기 드문 차승호만의 미학'이란 것이 다름 아니라 '유역문학론'을 뒷받침하고 입증하는 '창작의 결실'로 읽힌다.

시집 『난장』은 시간의 지층으로 켜켜이 쌓아진 다양한 구전문학과 고향의 장소성과 입말이 결합된 이 시대에 보기 드문 차승호만의 미학을 성취하고 있다. 또한 경쟁과 자본에 의해 맹목적으로 정교화되는 사회적 인식적 구조를 탈피할 자유분방함과 넌출거리는 유동성을 보여준다.

—김정숙, 시집 『난장』, 「해설」 부분

시집 『난장』의 배경이 되는 금강 유역의 입말과 정서와 삶을 탁월하게 형상화한 다른 시인들의 시편을 손꼽지 못할 것은 아니다. 하지만 그러한 형상화가 당대의 보편적 가치와 문제의식의 정수에까지 육박해 들어갔느냐는 점에 대해서 의문이 생긴다면 『난장』은 그를 에두르지 않고 아니 끌어안고 종내 흘러넘치며 온 들녘을 풍요롭게 적시고 있다는 점에서 말 그대로 경계를 넘어 담대하게 펼쳐지는 유역문학의 전범을 보여주고 있다.

그런 점에서 시집 『난장』은 어쩌면 물길을 막는 보를 밀치고 소용돌이치고 여울지며 종내는 거침없이 서해로 흘러가는 금강을 닮아 있다. '난장'이란 말이 본래 사전적인 뜻에서 정례화된 상설 시장이 아니라 특별히 며칠간 더 여는 장이거나 한데에 물건을 벌여놓고 사고파는 장을 뜻한다면, 온갖 것을 머금고 온갖 것을 자유자재로 펼쳐놓고 온갖 것이 거침없이 벌어지고 흘러간다는 점에서 '난장'과 '금강'은 하나로 잇닿아 있다.

시집 『난장』의 거침없는 역동성은 내용과 형식 면에서 공히 찾을 수 있는데 시집을 읽다 보면 절로 어리둥절해지거나 미소를 짓거나 배꼽을 잡게 되고 고개를 끄덕이거나 무릎을 치게 된다. 형식 면에서 우리 고유의 전통 시가인 판소리나 민요, 고려가요, 시조 나아가 현대시, 심지어 대중가요, 충청도 입말까지 차용하고 변형하여 자유분방하게 써먹는 포식성(飽食性)은 압권이다.

내용 면에서는 결단코 자본과 경쟁에 의해 점차 사라지고 무너져가는 암울한 농촌의 현실을 꼬집고 비틀고 일깨우는 해학과 풍자의 정신에 있다. 1부 「놀란고라니경중최대한멀리뛰기삼보일배」란 놀랄 만큼 낯선 제목의 시에는 농촌의 정치 선거판이, 「신처용가」에는 막막한 농촌 청년세대의 현실이, 「소맥 한잔 말어」에는 농촌도 어김없는 '흙수저'의 문제가 도마에 올라 있다. 1, 2부에 나오는 시편의 대부분에 반어나 역설의 서늘한 풍자가 해학의 웃음이나 곳곳에 펼쳐진 성적(性的) 코드 아래 도사리고 있는 것은 시인이 자신의 고향이자 삶의 뿌리인 농촌의 현실을 바라보는 눈길이 그만큼 애타고 절실하다는 것을 말해주는 것이리라.

그러는 와중에도 타향에서 오래도록 살아온 시인이 고향에 두고 온 피붙이들의 가족사(「도망가다」, 「의자 어머니」)를 꺼내고 특히 아버지를 애타게 그리워하는 사부곡(「길이 멀었으면 좋겠다」, 「세류리」, 「자동차이야기」)에 이르러서는 눈시울을 붉히게 만든다. 그럼에도 불구하고, 결국 "만성이 된 그리움"(「만성에 대하여」)에 시달리며 "생이 참 남루하다"(「앉은뱅이 작은 방」)고 여기는 시인이 종내 이르고자 하는 곳은 그 모든 것을, 죽음마저도 끌어안고 흘러가는 '대긍정'의 세계이다.

「백 년 산길」, 「백 년 상수리나무」, 「백 년 농사」, 「백 년 꽃」에 반복적으로 나타나는 '백 년'이란 그러한 온갖 간난신고의 풍파를 견디며 묵묵히 흘러가는 금강 물 같은 우리네 삶의 오랜 시간이며 역사의 은유다. "탈정(脫井)에 든 곤(鯤)"처럼 "구만리장천"(「개구리 장자」)에 올라 바라보면 우리네 "희로애락이니 오욕이니 칠정이니 하는 것도 백 년쯤 묻었다 꺼내보면 참말 개수작일 것 같다." 그저 모든 게 "손차양을 하고 먼 골짝 한참 바라보는 환하디 환한 날"(「환한 날」)이다.

시집 『난장』이야말로 그런 귀한 날에 금강이란 유역문학(流域文學)에 핀 '환한 꽃'이다.

빈집의 주인으로 사는 법
—윤임수 시집 『꼬치 아파』(푸른사상, 2021)

바싹 마른 그 집
다 쓰러져가는 블록담 속으로
들어가보고 싶다
들어가서
세월에 덧나고 금 간
상처와 상처가 서로 붙들고
쓰러질 듯 쓰러질 듯 쓰러지지 않는
그 오래된 끈기를 보고 싶다
가장 큰 슬픔으로 한순간
쓸쓸히 무너져내려도 아쉬움 없을
깊고 오래된 눈빛들의
상처의 집 하나 짓고 싶다

—「상처의 집」(실천문학, 2005) 전문

'상처'는 윤임수 시인이 낸 세 권의 시집들을 관통하며 삶의 한복판에 똬리를 틀고 앉은 견고한 화두이다. 시인은 첫 번째 시집 『상처의 집』과 두 번째 시집 『절반의 길』에 이어 세 번째 시집 『꼬치 아파』에서도 여전히 '상처'의 문제를 천착하고 '상처의 집'에 깃드는 꿈을 꾼다. 시인은 "세상의 모든 야윈/그러나 눈빛 고운 그대들을 보듬는/상처의 집 한 채이고 싶고/그 집의 오래된 주인이고 싶"(「나는」, 『꼬치 아파』)다.

왜 시인은 그토록 오랫동안 '상처'의 문제에 천착하는 것일까. 단적으로 말해, 상처 없는 삶이 하나도 없기 때문이다. 세상에는 온통 '아픈 사람' 투성이다. "집에서 멀리 떠나와(……)/별 차도 없는 요양생활 기약도 없이 흘러가는"(「아픈 사람」) 인생들이 즐비하다. 상처의 정도와 치유의 방법과 효과가 사뭇 다를 뿐 누구도 상처에서 자유롭지 못하다. 물론, 시인도 예외가 될 수 없다.

두 번째 시집에서 이미 은밀한 가족사의 아픔과 방황의 내력을 넌지시 비춘 바가 있지만(「채송화」, 「근황」) 시인은 세 번째 시집에서 본격적으로 상처를 보듬고 다스리는 방법이 무엇인지, 어떻게 '상처의 집'이 "세상의 모든 야윈/그러나 눈빛 고운 그대들을 보듬"고 "불편함의 힘을/온몸으로 맞이하"(「불편함의 힘」)며 "삼삼한 세상"(「삼삼한 세상을 그리며」)으로 나아가는 길인지 밝히고 있다.

세 번째 시집의 도처에는 "내 시에도 사람이 가득했으면 좋겠다"(「사람」, 『절반의 길』)던 그의 바람을 넘어 '상처적 존재'들의 그늘진 사연이 가득하다. 상처적 존재는 철도가 일터인 시인이 전국을 유랑하며 만난 보일러공 시인(「불편함의 힘」), 선반노동자 출신 떠돌이(「약력」), 하치장 노동자(「두부탕」), 폐지 줍는 노인(「폐지 줍는 노인」), 담배 피우는 여인(「담배 피우는 여자」)과 같은 사람들, 미원집, 별난집과 같은 술집, 망해사, 요선암 같은 절집, 억새, 팽나무, 백일홍과 같은 자연물 등을 망라한다.

수많은 '상처적 존재'들과의 만남에서 시인은 깨닫는다. 상처와 아픔은 작고 여린 존재들에게 보다 가혹하기 마련이다. 표제시 「꼬치 아파」에서 "장대비에 맥을 놓은 백일홍"을 보고 '꼬치 아파'라며 "혀 짧은 발음"을 하는 이는 누구인가. 꽃의 아픔을 자신의 아픔으로 보듬는 이는 '장애'의 아픔을 지닌 누군가일 수도, 결국 시인 자신일 수도 있겠지만 "바로 여기/이곳에 서 있는 지금 당신"(「내 마음의 부처」)이어야 한다고 말하고 있는 것은 아닐까.

　　혀 짧은 발음의 그는
　　가끔 미간을 찡그리며
　　아후 꼬치 아파, 하는데
　　대체
　　골치가 아픈 것일까
　　꼬치가 아픈 것일까

　　오늘 아침
　　장대비에 맥을 놓은 백일홍을 보며 또
　　아후 꼬치 아파, 하는데
　　백일홍은 골치도 없고 꼬치도 없으니
　　분명
　　꽃이 아픈 게 맞으렷다

　　　　　　　　　　　　　　　　　　　　　　—「꼬치 아파」 전문

　상처를 치유하는 길은 의외로 먼 곳에 있지 않다. "아름다운 것들은 아직도 멀리 있"(「미원집」)지만 "아무리 먹물 같은 세상이어도/사실은 절망과 희망 사이가/그리 멀지 않"(「묵호 등대」)다. "내게는 발라내야 하는/가시일 뿐인 이것이/네게는 삶을 지탱하는/든든한 뼈"(「아주 사소한 생각」)인 것이다. 시인은 그렇듯 "슬며시 경계 허물어진 마음으로"(「삼강에서 보내는 편지」) 살다 보면 수많은 상처들이 "자근자근 삭아 내 속에 깊은 항아리로 자리할 것을 믿는다."(「요선암」)

그렇게 늙은 아버지의 갈목비가 "안으로 안으로 팍팍한 삶 쓸어담"(「갈목비」)았듯이 시인도 "세상 속으로 훌쩍 스며들"(「삼소굴에 들고 싶다」)어 "한세월 말없이 받아들이는 무청"(「도장상 심원사」)처럼 "부족한 듯 넘치지 않고/모자란 듯 설치지 않는 삶을 향해/내 마음 한 자락 내려놓"(시인의 말)고 싶은 것이다.

그렇듯 시인의 오랜 화두인 '상처'는 이제 '상처의 집'에서 '빈집'으로 변주되어 더 넉넉해지고 깊어진다. 빈집은 "마음 접는 그 집 쓸쓸하지 않게/애써 여린 몸을 푸르게 흔드는 마늘잎들"(「빈집」)의 품새다. 물끄러미, 진드근히, 느긋하게, "저물도록 머물게" "세상으로 내려가는 뒷덜미들을"(「금오산 부처」) 끌어안는 부처의 마음이다.

문득, '상처의 집'이자 '빈집'에 깃들어 "내가 사랑하는 모든 그대를/아니 사랑하지 않는 당신들까지도"(「우리 동네 식물원」) 모시고 살고 싶은 시인과 '영월 섶다방'(「늦겨울소망」)"에서 대추차 아니, 탁배기 한 잔 걸치고 싶어진다.

걸어다니는 구도(求道)의 별

—이은봉 시집 『걸어다니는 별』(천년의시작, 2021)

    지난가을의 문턱에 전남 곡성에서 열린 〈조태일 문학제〉에 들렀다가 시인을 뵈었다. 세종시 한동네에서 살면서도 뵙기가 어려웠는데 내가 지리산 산방을 오가게 되며 그곳에서 만나다니 반가웠다. 전라도며 광주 토박이들이 우글거리는 속에서 충청도 사람의 생김새며 말씨까지 그대로 지닌 시인의 모습이 자연스러웠던 것은 그가 수십 년간 광주의 대학에 몸을 담고 제자를 길러내며 그곳에 뿌리를 내리고 살았던 내력 때문이리라. 일찍이 그가 뿌리로서의 고향에 대한 속내를 비쳤듯이 "고향을 반드시 고향에 건설할 필요가 있겠는가. 발길이 닿는 모든 곳이 새롭게 세워야 할 고향"(「고향, 자연, 상실, 꿈」, 시론집 『화두 또는 호기심』, 작가, 2005, 62쪽)이고 뿌리이다.

    이제 시인은 퇴임을 하여 고향인 충남 공주군 장기면(현 세종시)으로 돌아와 자연의 품에 또 다른 둥지를 틀고 종심(從心)을 바라보는 나이에 이르렀다. 그의 열두 번째 시집 『걸어다니는 별』은 지난 세월의 궤적을 복기하며 '반성'하고(「반성」), '고백'하고(「고백」), '자화상'을 그리며(「자화상」), '흙으로 돌아가는'(「시든 꽃다발」, 「구절초 이별」, 「책들」, 「굴참나무 잎사귀」) 또 다른 '꿈'을 꾸는 새로운 '뿌리 내리기'로 빼곡하다. 이 또한 "발길이 머무는 곳마다 고향을 건설하는 일"이며 고향에서 다시 뿌리를 내리는 일이기에 "여전히 힘들고 어렵다." 하지만 "이것처럼 보람 있는 일이 어디 있겠는가."(앞의 시론집 62쪽.) 표제시 「걸어다니는 별」의 '별'은 영락없이 그렇게 '진실'을 추구하며, '사랑'하며, '꿈'꾸며, '구도(求道)의 길'을 걷고 또 걷고 있는 시인 자신의 은유이다.

> 사춘기를 너무 심하게 겪다가
> 순식간에 땅바닥에 떨어진 별
> 지금은 땅바닥 위를, 먼지 나는 흙바닥 위를
> 터덜터덜 걸어 다니는 별
>
> (중략)
>
> 지친 내 가슴속에도 살고
> 힘든 네 가슴속에도 사는 둔하고 미련하고 어리석은 별
> 진실이라는, 사랑이라는, 꿈이라는 별
>
> ─「걸어다니는 별」 부분

그것은 '별'이기에 "온천지가 캄캄해지지 않으면"(「별」) 보이지 않고, 높고 아득한 것이나, 불행과 절망과 고독과 환멸과 설움의 틈바구니에서 자라는 것이고(「이놈 파충류」), 지금 이곳의 맨땅 위에서 꽃피우는 '자유', '생명', '희망', '기쁨'은 '슬픔', '고독', '아픔'의 다른 이름이기에(「꽃피운다는 말」) 땅바닥에 떨어져 "흙바닥 위를/터덜터덜 걸어다니는 별"(「걸어다니는 별」)이다. 시인이 걸어온 길이 그러했다. "그늘 많은 잎사귀"가 우거지고 "콸콸콸 시냇물이 흐르는 숲"인 줄 알았으나 "아직도 숲속 마을까지의 길은 멀다."(「시인의 말」) "눈 뜨면 타박타박 고비사막을 걷고"(「술」) 있다.

무엇이 먼저 필요한가 칼과 뿔과 소 중에

나는 잘 참으며 저만치 서서 그냥 웃는다

—「해(解)」 부분

시집의 맨 앞에 실린 시 「해(解)」는 시인이 어떻게 구도(求道)의 길을 '걸어가는 별'인지 이해할 수 있는 또 다른 실마리를 던져주고 있어 흥미롭다. '解'는 뿔(角)과 칼(刀)과 소(牛)가 모여 전체 글자를 이루고 있는데 이중에 하나라도 빠지면 글자가 되지도 않고, 소의 뿔을 자를 수도 없다. 이렇듯 삼라만상은 상호연관되어 있으며 보완적이다. "나와 타자, 유와 무, 색과 공, 생(生)과 사(死)가 불이(不二)의 관계이다." 하지만 "이들 각각의 관계를 불이의 관계로 자각하고 그것을 일상의 삶에서 실천하기는 쉽지 않다."(「시의 깊이와 성스러움」, 평론집 『시의 깊이, 정신의 깊이』, 천년의시작, 2020, 43쪽) "무엇이 먼저 필요한가"라는 선택의 '대상'[=적중 (的中)]과 '때'[=시중(時中)]를 제대로 아는 것이 어렵기 때문이다.

이른바 '중용(中庸)'의 문제다. 조심스럽다. "시간이 중을 바꾸잖아요/ 시간의 행방을 알아야/진실로 중을 잡지요 간을 맞추지요"(「윤집궐중(允執闕中)」), "지금은 때가 아니다 평등과 평화까지도 주둥이 꽉 다물고 있다"(「진리의 뺨」) 한편으로는 느긋하다. "안될 것 없다 때가 되면 바로 세워지리"(「지구아가씨」), "아무리 세찬 태풍도 때가 되면/다 그치기 마련, 멈추기 마련/지나가지 않는 것이 어디 있으랴."(「코로나 태풍」) 시의 마지막 연은 그런 문제에 대한 시인의 통찰과 구도(求道)의 자세를 압축해 보여준다. "(1) 나는 잘 참으며 (2) 저만치 서서 (3) 그냥 웃는다" (번호— 필자)

(1) 인간의 정신은 정(精)과 기(氣)와 신(神)으로 이뤄져 있는데 잘 참고 견디는 힘은 신(神)이며 본능(精)과 감정(氣)을 적절하게 통제하는 이성

의 영역이다.(앞의 평론집, 17~26쪽) 시집 곳곳에서 「해(解)」, 「코로나 태풍」, 「줄넘기」, 「세월」) 참고 견디는 얘기가 나오는 건 우연이 아니다. (2) "저만치"는 여유의 '태도'이지 방관의 '거리'가 아니다. 그가 무조건 참는 것은 아니며(「더는 피할 수 없다」) 언제든지 "단번에, 순식간에" 뛰어내리는 결단(「폭포」)을 품고 있기 때문이다. (3) 잘 참는 것은 세상을 긍정하며 사태를 낙관하는 데서 온다. 아무리 어렵더라도 "가라앉은 마음, 이빨 드러내놓고/히쭉히쭉 웃는다 방 안이 환해진다."(「장맛비」)

우리가 걸어가야 할 [길=도(道)] 또한 그렇다. 길은 언제나 주어진 "낡은 길"인 동시에 "닦는 자의 것, 닦을 때나 생"기므로 있기도 하고 없기도 하다. "잠깐 눈을 감았다가도 이내 풀덤불 우거지는 길, 파랗게 곰팡이 피어오르는 길"이다. "한구석에 버려져 있으면 안 된다 끊임없이 갈고 닦아야 한다"(「닦는 길」) 어려움을 잘 참고 견디며, 여유를 갖고, 사태를 긍정하고 낙관하는 자세는 "무엇에도 집착하지 않는 소요(逍遙)의 마음"(앞의 시론집, 63쪽)이기에 결국 어떤 길을 가든 우리 모두가 "흙으로 돌아가는" 중이라는 깨달음만큼이나 깊고 높은 정신의 경지가 아닐 수 없다.

여래의 눈으로 참혹한 세상을 굽어보는 법

—권덕하 시집 『오래』(솔, 2018)

1.

권덕하 시인의 두 번째 시집 『오래』를 받아놓고 선뜻 펼쳐보지 못했다. '오래'란 시집 제목이며 푸른빛으로 감싸인 시집 표지의 서기(瑞氣)가 예사롭지 않게 다가왔기 때문만은 아니었다. 왠지 모르게 '오래'도록 곁에 두고 봐야 할 듯했다. 결코 서둘고 싶지 않았다. 하지만 한 번 시집을 펼쳐 본 이후로 몇 번을 다시 읽게 되었는지 모른다. 처음에는 낯설었기 때문이고 나중에는 시를 읽은 감동이 쉽게 가라앉지 않았기 때문이었다. 그 감동은 누구에게나 열려 있지만 낯선 것으로부터 와서 아무에게나 일어날 수 있는 일이 아닐 것 같기에 아름다우나 슬픈 빛으로 어룽거린다. 그럼에도 내가 그 감동을 느낄 수 있었던 당자가 되었다는 건 아무리 생각해봐도 행운이 아닐 수 없다.

2.

시인이 시집의 제목으로 단 '오래'는 참으로 신묘한 말이다. 시집 전편에 '오래'란 제목을 단 시는 나오지 않는다. 그런데 어떻게 이 말이 표제가 될 수 있었을까. 제목으로 내걸지는 않았으나 시집 전편을 관통하는 어떤 '무엇'을 이르는 것이기에 그랬던 것이 아닐까. 시집 말미에 부록으로 실린 낱말풀이를 보고 '오래'가 세 가지 뜻이 한데 얽혀 있는 말이란 것을 알았다. '오래'는 '길게'라는 시간적 의미에다 '한동네의 몇 집이 한 골목으로 또는 한 이웃으로 되어 있는 구역 안'이라는 공간적 의미가 씨줄과 날줄로 한데 얽혀 있는 말이었다. 게다가 '오래'는 '문(門)'이라는 뜻까지 담고 있었다. '오래'란 결국 시간과 공간이 하나로 엮여 만물이 드나드는 '문'을 말한다.

불현듯 인류의 가장 오래된 깨달음을 적은 노자의 『도덕경』 1장에 나오는 '도(道)'라는 말이 떠올랐다. '오래'는 도덕경 1장 첫 구절의 '도(道)'이자 마지막 구절인 '중묘지문(衆妙之門)'의 은유 아닌가. 시인에게 물어 확인해 보니 과연 그랬다. 최세진의 『훈몽자회(訓蒙字會)』와 다석 유영모 선생이 노자의 『도덕경』을 순 우리말로 풀어쓴 책 『노자와 다석』(류명모, 교양인, 2013) 등에 '오래'의 관련 기록이 있었다. 『훈몽자회(訓蒙字會)』에 '門 문문 속호문자재외위문국어(俗呼門子在外爲門國語) 오래문'이라 나와 있었고 『노자와 다석』에도 노자의 『도덕경』 1장의 마지막 구절인 '뭇 오묘한 것이 나오는 문'인 중묘지문(衆妙之門)을 설명하면서 오래가 문의 순 우리말 이름이라고 분명히 밝히고 있었다.

결국 '오래'는 '도(道)'였다. 『도덕경』 1장의 첫 구절인 '도가도비상도(道可道非常道)', 도라는 말이 도라고 말하면 참된 도가 아님'에도 불구하고 '부득이' 그 '무엇'인가를 가리키기 위하여 자의적으로 이름 붙인 것이듯 '오래' 또한 그러했다. 오래는 시간과 공간이 생기고 뭇 생명이 어울려 살아온 '본연의 모습'을 가리키는 그 '무엇'을 가리키는 말이다. 도는 온갖 것이 드나드는 문으로서 온갖 것을 가능케 하는 그 '무엇'을 가리키는 동시에 그것에 온전히 다다르지 못하는 우리네 인간의 인식적-실천적 한계를 동시에 가리키는 말이기에 이중적이다. 도라는 것을 한시도 떠날 수 없다고 하면서 도를 잃었다고 말할 수 있는 것은 존재론과 인식—실천론의 차이 때문이다. 도는 늘 그러하지만 우리는 늘 그렇지 못하다. 하지만 도는 늘 그러한 것과 그러하지 못한 것까지 모두를 '끌어안는다.' '오래' 또한 그러하다.

3.

세상은 '오래'를 잃은 지 오래다. 앞의 오래는 도(道)를 이르며 뒤의 오래는 시간상 '길다'라는 뜻이다. 다시 말해 세상은 '도'를 잃은 지 오래다. 지금은 "기척으로 다 통하고/인사가 따로 없"어도 아무렇지도 않았을 그때, 더불어 모여 살던, "글자가 생기기 전/기억할 일도 없고/그러니까 말하자면 유문도 없는"(「우리 사이」)그때가 아니다. "불 끄고 먹"어도 될 복숭아 "비닐봉지 꽉 차도록 담아주는" (「천도복숭아」) 그때의 모습이 아니다.

도를 잃었기에 세상은 참혹하다. 존재론적으로 스스로 존재할 수 있는 것은 아무것도 없다. 더불어 기대고 이어져 있기에 삼라만상이 존재하는 것일진대 그러한 깨달음에 이르지 못한 인간들이 사는 세상이 어찌 참혹하지 않을 수 있겠는가. 참혹하다는 것은 존재론과 다른 차원의 정서적 반응인 동시에 인식론적 작용이다. 참혹하다는 인식은 고통을 수반한다.

2부에 실린 여러 시편은 모두가 그렇듯 고통스러운 현실 세계에 대한 참혹한 인식을 표현하고 있다. 그것은 참된 삶을 잃어버린 것이기에 고통스러울 수밖에 없는 '색계(色界)'이다. "차마 마주할 수 없는 거울, 눈 감고서야 볼 수 있는 거울"(「색계1」) 같은 곳이다. 시인은 세월호 사건으로 물속에 가라앉은 목숨들(「사월의 눈」, 「유족」, 「색계1」), 산내 골령골 사건으로 국가권력에 의해 무참히 학살되어 땅속에 묻힌 목숨들(「색계1」, 「색계2」), 5월 광주에 죽어나간 목숨들 (「오월을 걷다」), 스크린도어에 허

망하게 목숨을 잃는 비정규직 청년 노동자의 참혹한 삶들(「스크린도어」)을 고통스럽게 '끌어안는다.'

고통은 누구에게나 일어날 수 있기에 무차별적이지만 그것을 응시하고 받아들이는 것은 저마다 같지 않기에 차별적이다. 대개는 자신의 고통에 머물지만 더러는 나만이 아니라 뭇 생명의 고통에까지 인식이 미친다. 뭇 생명의 고통을 내 것으로 여기고 더불어 그 고통으로부터 벗어나는 길을 찾는 자를 가리키는 말이 여럿 있겠지만 불가에서는 이를 일러 '부처' 또는 '여래(如來)'라 한다.

여래가 세상을 바라보는 시선은 고통을 '있는 그대로' 보기 보다는 '끌어안는 것'이다. 있는 그대로 본다는 것이 세상으로부터 일정한 거리를 두고 세상에 개입하지 않는 것이라면 '끌어안는다'는 것은 세상과 자기를 분리할 수 없는 한 몸으로 만드는 것이기에 세상에 적극적으로 개입하는 것이다. 물론 무턱대고 끌어안고 있기만 해서 될 일이 아니다. 여래가 세상을 굽어보는 것은 세상과 절연하지 않으면서도 거리를 두고 세상을 살리는 행위다. 그것도 잠깐만이 아니라 '오래' 할 수 있어야 한다.

그렇기에 참혹한 세상을 끌어안는 시인의 어조는 격앙되었다기보다 처연하다. 아픔의 공유는 나 자신을 돌아보고 내 안을 비우는 것으로부터 시작되어야 마땅하기에 그 처연함은 담담하면서도 서늘하다.

> 어디에 서있는지 모르고/죄 많은 줄 모르고/돌아갈 곳도 모르고//참 오래 살았습니다
>
> ―「유족」 부분

처연하기에 더욱 참혹하지만 그것이 고통을 견디고 이겨내는 길이라고 믿기에 시인은 서둘지 않는다. 다만 시인은 여래의 눈으로 세상을 굽어보며 그 고통을 극복하는 길이 무엇인지 '혼잣말'처럼 읊조린다.

강 흐르는 뱁이여 먼길 걸어온 도붓장수 등짐 풀어놓듯 모래톱 쌓는 뱁이여 손가락 사이로 바람결 헤는 뱁이여

헐은 마음 만지듯 빈 소주잔 쥐어보는 뱁이여 학 타고 놀다 곤히 잠든 이 앞에 잔 하나 더 내려놓는 뱁이여 고시레 헌 것까지 여덟 잔이면 충분해도, 그냥 한 병 더 시키는 뱁이여

양팔 잡고 아이 그네 타는 뱁이여 두 팔 벌려 내 임 얼싸안는 뱁이여 저물녘 뒷산이 앞산 등 토닥이는 뱁이여 상가마당에 쪼그려 앉아 화톳불 쬐는 뱁이여

일 나가다 빈 까치집 올려다보는 뱁이여 밭고랑 사이 두 손으로 끌고 가던 몸에 초저녁별 뜨는 법이여 마른 방죽이 입술 사이로 달무리 맞는 뱁이여

우렛소리 가까워지다 멀어지는 사이 헤아리는 법이여 천지간에 사람 드나드는 뱁이여

—「팔진법」 전문

이 시 안에 그 법(法)이 다 들어 있다. 여덟 잔 위에 한 병 더 얹는 것, 뒷산이 앞산 토닥이는 것, 상가 마당에 앉아 죽음의 슬픔을 함께 겪는 것, 한 손이 아니라 양 손으로 그네를 타는 것, 강 흐르듯 흘러가는 것 결국은 이 모든 것을 '함께 끌어안는 것'이 그 비결이다. "천지간에 사람 드나드는 뱁"은 영락없이 도덕경 1장의 마지막 구절인 "온갖 것이 드나드는 문"인 도(道)이자 '오래'를 말하는 것 아닌가.

그렇듯 시인은 참혹한 세상을 응시하면서 다시 오래[=참된 말(言)이자 도(道)]의 도래를 기다린다.

> 아직 누군가 오지 않은 모양인데//(……)//쓰러진 말이 일어나길 기다리듯/의자가 오래오래 서있다
>
> ―「파랑대문 옆 의자」 부분

말은 오래고 의자는 시인이다. 잃어버린, 오지 않는 '누군가'인 '오래'를 기다린다. 그러니까 시인은 곳곳에서 '혼잣말' 하지 않을 수 없는 것인지 모른다. (「혼잣말」, 「건달을 위하여」, 「병원 옥상정원」) 혼잣말은 관계가 절연된 부정적 의미에서의 혼잣말인 동시에 세상이 지닌 아름다움, 세상 본연의 모습인 '오래'에 시선을 멈추고 오롯이 그 순간에 스며드는 혼잣말이기에 또한 이중적이다. 그 혼잣말은 귀 밝은 이라야 찾아낼 수 있는 것이라 아스라이 멀다. "땀 들이는 선풍기 속 들여다보니/평조로 바람 감던 벙어리 물레/부러진 날개 하나 감추고"(「가객」) 있는 풍경 속의 선풍기처럼 서글프면서도 "어룽어룽 그늘 오래 열려있"(「금강 그늘 문」) 어야 볼 수 있는 것들이기에 낯설고도 아름답다.

내가 보기에 그 '오래'된 세상이 펼치는 진경(眞境)은 이 시 한 편에 다 녹아 들어 있다. 아프고 상처 받고 서글픈 목숨에 들어가는 따스한 밥 한 그릇인 "볕뉘 한 술", 그 밥을 지어 함께 나눠먹는 삶에 우리의 '오랜' '오래'가 담겨 있고 우리가 살아가야 할 '오래된 미래'까지도 다 들어가 있다.

> 모두 저녁 들고 있구나
> 비탈 타던 나무들
> 우렁이 속을 날던 새도

길에서 내려와

저녁 드는 세상

고개 숙이고

쇠심처럼 질긴 하루

묵념하듯 되새길 때

빈 밥그릇에서

홀연히 환해지는

볕뉘 한 술,

몸 아픈 서녘에 오늘도

개밥바라기 떴다

—「다석 (多夕)」 전문

이 얼마나 따스하고 자비로운 말씀인가. "모두 저녁 들고 있구나"

4.

권덕하 시인의 시집 『오래』는 여래의 눈으로 참혹한 세상을 굽어보는 법이 무엇인지 우리에게 묻고 있다. 가르쳐주는 것이 아니라 묻고 있기에 시집은 따스하지만 불편하고 아름답지만 낯설다. 시편들마다 선뜻 '의미'가 형성되지 않고 낱낱의 '이미지'만이 흩어져 있는 듯 다가올 수도 있다. 여래가 세상을 굽어보는 행위를 일러 '자비'라 하지만 그리 '자비' 롭지 않게 다가오기에 머뭇거릴지도 모르겠다. 하지만 도(道)가 차마 말할 수 없는 것을 '부득이' 일러 붙인 이름인 것이듯 시인은 차마 말할 수 없는 것을 부득이 말하고 있는 것이다.

누군가 거들고 부축해준다 할지라도 스스로 하지 않으면 아무것도 할 수 있는 게 없는 법 아닌가. 자비의 시선은 다만 동기를 부여할 뿐이며 불성을 깨우치는 일은 결국 스스로 감당할 수밖에 없는 일이다. 아니 어쩌면 '도'라는 것 자체가 그러하다. 어디에나 있고 누구에게나 열려 있지만 결국 깨닫는 몫은 저마다에게 있다. "남의 손에 들려줄 수 없는" 것이다. 아는 자는 알 것이고 모르는 자는 여전히 모르겠지만.

> 마음보다 앞서 저무는 것은
> 남의 손에 들려줄 수 없는 지팡이와
> 내 발바닥 넉살도 부르튼 하루
>
> —「하룻길」 부분

5.

여담이지만 시집을 받아놓고 이토록 아름답고도 서글픈 '표지'를 지닌 시집이 또 어디 있는가 싶었다. 시집의 양 날개를 끝까지 펼치면 시인의 오랜 문우인 이원규 시인이 경남 하동의 악양 벌판에서 지리산 자락 너머로 아득하게 열린 밤하늘을 연속촬영으로 담은 풍경이 한눈에 펼쳐진다. 사진 속 밤하늘의 별무리는 시집 편편의 면모와 어울려 시집의 제목인 '오래'를 더욱 빛나게 하고 있다. 한복판에 박힌 대장별을 중심으로 동심원을 그리며 아스라이 펼쳐진 북쪽 하늘 아래 지리산 형제봉을 감싸듯 점점이 불을 밝히고 있는 인가(人家)는 광활한 우주를 여행하며 지구란 별에 잠시 머물고 있는 여행자인 우리 모두의 초상이기에 애틋하고 아련하고 비릿하고 물컹하지 않을 수 없다. 그 시간의 여행은 아주 오래고 오랠 수밖에 없기에 지금 이곳의 시간이 더욱 아름답고 애타게 느껴지는 것도 그저 담담하게 다가오는 것도 모두가 자연스러운 일이다. 우리는 모두 지상으로 내려온 별들 아닌가.

　이 글을 쓰는데 참 '오랜' 시간이 걸렸다. 낯선 경험이었다. 이 또한 이 시집의 제목인 '오래' 때문이었다고 한다면 나는 참 염치없는 사람인 것인가. 부디 시인의 가없는 '자비'를 구한다.

구도(求道)의 길을 걷는 순례자들에게 바치는 헌시(獻詩)

―김우식 시집 『걷는 시인 김우식』(문경, 2021)

마침내 나는 일어섰다. 그리고 한 발을 내디뎌 걷는다. 어디로 가야 하
는지 그리고 그 끝이 어딘지 알 수는 없지만, 그러나 나는 걷는다. 그렇
다. 나는 걸어야만 한다.

―알베르토 자코메티 (Alberto Giacometti 1901~1966)

1. 걷는 시인 김우식

나는 '걷는 시인 김우식'을 참 좋아한다. 그를 좋아하는 만큼 그가 이번
에 새롭게 낸 세 번째 시집 『걷는 시인 김우식』(문경출판사, 2021)도 참
좋다. 물론 새로운 시집이 아니어도, '걷는 시인'이란 수식을 떼어내도
내가 친근히 '우식이 형'이라 부르고 마음을 모아 '형님'으로 섬기는 김우
식이란 '사람 자체'가 한없이 좋은 건 달라질 게 없다. 나는 정갈한 그릇
에 가지런히 담긴 한정식의 빈틈없음보다 뚝배기에 묵은지를 넣고 지져
낸 맛의 웅숭깊음에 몸이 이끌리고 흠결 하나 없는 보석의 영롱한 빛보
다 나뭇잎 사이로 어룽거리는 빛의 어둑한 그늘에 마음이 더 기운다. 내
게 '김우식'은 그런 사람이다.

몇 년 전 일이다. 내가 대전작가회의 사무국장 일을 맡아 처음으로 회원들을 인솔해 광주 '오월문학제'에 참가하게 되었는데 그때 김우식 시인이 동행하였다. 처음이라고 했다. "하얀 불두화와 화사한 적모란처럼/가슴에 참회의 등불을 밝히는 5월"(「유성장터에서 2」) 늘 마음의 빚처럼 남아 있던 광주에 큰마음을 먹고 찾아왔다고 했다. 인솔자였지만 나도 처지가 크게 다르지 않았기에 시인의 고백이 내 안을 흔들었다. 그가 껑충하게 큰 키로 커다란 운동화를 신고 큼직한 가방을 등에 멘 채 오월의 햇살을 받으며 광주의 금남로를, 망월동 묘역을 성큼성큼 때로는 간밤의 숙취로 인해 비척거리면서도 꿋꿋하게 걸어가는 모습이 떠오른다. 그 곁에서 나도 함께 걸어갈 수 있어서 행복했다.

그때 이후로 해마다 거르지 않고 오월이 돌아오면 김우식 시인과 함께 광주행 열차에 몸을 싣는다. 다들 살기가 바쁘다거나 의미가 빛이 바랬다거나 그저 그냥 그렇다거나 이러저러한 이유를 들며 광주에 찾아가기를 주저하고 광주와 거리두기를 하려고 할 때 김우식 시인과 나는 열심히 광주를 찾아갔다. 늘 묵묵히 그러했고 자연스레 그러해 왔던 이들이야 별 새삼스럽지도 않은 얘기일지 모르겠지만 시인과 나에게는 그랬다. 해마다 광주에서 그립던 벗들과 선후배를 만나 문학과 인생을 논하고 술을 마시고 시대와 정의를 토로하고 망월동 묘역을 찾아 묵념하고 헌화하고 눈물짓고 다짐하는 일이 모두 특별했다.

얼마 전에 시인에게 발문을 부탁받으며 시집 제목을 '걷는 시인 김우식'으로 하면 어떻겠냐는 얘기를 처음 들었다. 시인 자신의 이름을 제목으로 다는 게 조심스럽다는 뜻도 내비쳤다. 그때는 시집 원고도 받기 전이라 선뜻 대답할 수 없었는데 아무래도 '이름'의 부담이 컸던지 곧바로 다른 제목을 정해서 알려왔다. 하지만 뒤늦게 새로운 원고와 이전에 낸 두 권의 시집까지 한데 읽어 본 내 생각에는 표제시로 「걷는 시인 김우식」만한 게 없었다. 그저 '신선한' 이름짓기의 효과 때문이 아니었다. '걷는 시인 김우식'에 시집을 관통하는 시인의 삶과 정신과 문제의식과 나아가야 할 미래까지 오롯이 담겨 있었다. 그런 뜻을 다시 전했고 결국 김우식 시인의 세 번째 시집은 '걷는 시인 김우식'의 이름으로 세상에 나오게 되었다.

나도 그러했지만, 누구라도 시집을 천천히 읽어 가노라면 김우식이란 사람이 새삼 "맑은 눈 속 지혜와 사랑"(「홍매 앞에서」)을 추구하며 구도(求道)의 길을 '걷는 시인'이자 '순례자'란 것을 알게 되고, '걷는다는 것'과 '시인'이란 '존재'의 의미에 대하여 새롭게 깨닫게 되고, 그에게 "인생의 전부"(「시인의 말」)였고 그를 "처절하게/무자비하게 소유했던"(「춘설(春雪)」) '한 여자'인 어머니에 대한 사랑과 그가 겪은 이별의 아픔과 회한과 그리움과 그가 마신 술과 그보다 많이 속으로 흘렸을 눈물과 새로운 희망에 마음을 넌지시 내주게 되고, '걷는 시인 김우식' 아니, 김우식이란 '사람'을 더욱 깊이 좋아하게 되리라 믿는다.

2–1. 길의 철학과 걷기의 존재론 ①

김우식 시인의 세 번째 시집『걷는 시인 김우식』에 실린 시편을 관통하는 주제는 '길의 철학'이자 '걷기의 존재론'이다. 사람은 누구나 걷는다. 호모 사피엔스로서 사람이 다른 동물이나 종들과의 경쟁에서 살아남을 수 있었던 비결은 '걷기' 능력에 있었다. 사람보다 잘 달리는 것들이 많고 사람만이 걷는 것도 아니지만 사람처럼 유연하고 자연스럽고 정확하게 또 효율적으로 걷지는 못한다. 사람은 오랜 진화의 결과로 두 발로 서서 걷게 됨으로써 두 팔의 자유를 얻었고 앞으로 걸어 나감으로써 원하는 것을 얻거나 원하는 곳에 가 닿을 수 있었다. 걷고 싶어도 걸을 수 없을 때 우리를 기다리는 것은 생기(生氣)의 사라짐이고 죽음의 그림자이다. 코로나 팬데믹이 유령처럼 지구를 떠도는 '지금 여기'에서도 사람들은 마스크를 쓰고서라도 한사코 숨을 쉬듯 걷고 있다. 시인 또한 그렇다.

도행지이성 물위지이연(道行之而成 物謂之而然)

길은 사람이 걸어 다녀서 만들어지고, 사물의 이름은 사람들이 불러서 그렇게 된 것이다.

—장자(莊子), 「제물론(齊物論)」, 『장자(莊子)』

'걷는다는 것'이 비단 진화생물학적인 의미만 갖는 것은 아니다. 종교적 의미를 떠나서라도 사람은 누구나 본래적으로 '구도(求道)의 길을 걷는 순례자'일 수밖에 없다. '길'은 사람이 살아가는 삶 자체나 사람이 마땅히 따라가야 할 도리(道理)의 철학적 은유이다. 인류의 오랜 지혜인 고대 동양사상에서 "사람이 어디론가 가고 있는 모양을 그린 글자 착(辶)과 사람의 몸 중 가장 위에 있는 머리 부분을 나타내는 수(首)를 합성한 회의문자"인 '도(道)'는 "사람이 다니는 길이자 따라야 할 도리이며 우주 섭리의 근원자"(우석영, 『낱말의 우주』, 궁리, 616~8쪽)로서 인문적 사유와 예술적 상상력이 한데 결합된 산물이다. 그것을 알든 모르든 사람은 누구나 길 위에서 태어나 길 위에서 살며, 길 위의 또 다른 존재를 만나 삶을 섞고 주고받으며 길을 걷다가, 결국 길 위에서 죽는다. '길이 아닌 것도 사람이 다니면 결국 길이 된다'는 장자의 말은 '길의 철학'이 왜 인간 존재론의 본령이 되는지를 잘 보여준다.

시인이 한사코 사랑하는 것 중에서 돌아가신 어머니를 제외하고 둘째 가라면 서운할 것이 있다면 아마도 술과 '걷기'가 아닐까 싶다. 지금도 앉은 자리에서 맥술을 마다하지 않고 밤을 새워 통음하고도 거뜬한 그가 건강을 지키는 비결은 다름 아니라 규칙적인 수면과 '걷기' 습관에 있다. 그는 아무리 술을 마셔도 밤 9시만 되면 귀가해서 일찍 잠자리에 들고 새벽같이 일어나서 대전 월평동 집 근처의 갑천 변을 걷는다. 칸트, 니체, 루소, 몽테뉴, 하이데거, 야스퍼스, 워즈워스, 소로우와 같은 수많은 사상가와 시인 작가들이 그러했듯이 그에게도 '걷기'는 나와 타자가 부딪쳐 무수한 '사건'이 일어나는 계기이자 깊은 사유와 명상을 부추기고 시적 영감을 얻는 주요한 통로이다. 시인이 표제시를 「걷는 시인 김우식」으로 내걸고자 한 것도 그러한 사정과 이해에서 비롯했을 것이기에 시집의 행간과 갈피마다 그런 '걷기'의 흔적과 노고가 흘러넘치는 것은 당연한 일이다.

시인에게 일상의 '걷기'가 숨 쉬는 일처럼 자연스럽듯이 그는 시집 안에서도 끊임없이 걷고 또 걷는다. 그에게 '걷는다'는 것은 '살아간다'는 것이며 '존재한다'는 것이다. '나는 걷는다. 고로 나는 존재한다.' 물론 걷는 것은 그저 움직이는 것만이 아니기에 그는 걸으며 끊임없이 새로운 것을 보고 듣고 겪고 생각하게 되고 그것을 시로 노래한다. 또한 '존재한다'는 것도 그저 '있는 것'이 아니라 끊임없이 변화하고 새롭게 생성하는 것이다. 자연이 그러하고 그것에 깃들어 사는 사람 또한 그러하다. 따라서 그에게 걷는다는 것, 산다는 것, 존재한다는 것은 그러한 '길의 철학'이자 '걷기의 존재론'을 형상화하는 일일 수밖에 없다. 그의 세 번째 시집 『걷는 시인 김우식』을 '구도(求道)의 길을 걷는 순례자들에게 바치는 헌시(獻詩)'로 이해하는 것은 그런 까닭에서다.

버들강아지 연둣빛 새순이 움튼 춘분 날
몸속에 숨어있던 바람 한 점
강물은 달팽이처럼 흐르고
갓 부화한 원앙 새끼들의 어둔한 날갯짓만 힘겹다

강변 플라타너스 가지 위의 텅 빈 까치집도

푸석한 짐을 내려놓고

헤어질 새끼들과 더 없는 아쉬움으로

이별의 긴 인사를 나눈다

헤어진다는 것은

또 다른 버리지 않을 무언가를 선택하는 일

봄비 한 차례

바람 한 점 막을 수 없는 만년교 밑으로

나를 떠나고 내가 떠나보낸 사람들이

하나 둘씩 흘러 들어온다

퇴직을 준비하는 퇴행성 관절염 사내의

어깨 위로 봄 햇살 한 줌 내려앉고

흐르는 것들과 흔들리는 것들이

갑천을 따라 걸어간다

　　　　　　　　　　　　　　　—「걷는 시인 김우식」 전문

　표제시 「걷는 시인 김우식」은 이러한 변화와 생성의 원리에 근거한 '길의 철학'이자 '걷기의 존재론'을 탁월하게 형상화하고 있다. 끊임없이 움직이며 변화하고 생성하는 것들은 생명이 있는 것(새순, 원앙 새끼, 사람들, 사내)과 없는 것(바람, 강물, 까치집, 봄비, 봄햇살) 모두를 망라한다. 삼라만상이 모두 끊임없이 변화하지 않고 새롭게 생성되지 않는 것이 하나 없다. 강물이 흐르고, 새싹이 움트고, 까치가 새끼를 낳고, 새끼가 독립을 하고, 봄비가 오고, 봄 햇살이 내려앉듯 사람들도 만나고, 헤어지고, 떠나고, 떠나보내고, 퇴직을 준비하며 '살아간다.' 그에게 "생의 전부"였던 어머니가 "살구꽃이 질 때" "긴 나들이"(「살구꽃」) 가시는 것도 피할 수 없는 일이었다. 그러고도 우리는 또 살아가고 살아내야만 한다.

"헤어진다는 것은/또 다른 버리지 않을 무언가를 선택하는 일"이기 때문이다. 이별은 피할 수 없으나 영원한 끝일 수는 없으며 그 또한 다른 시작일 수밖에 없다.

'걷는다'는 시집 곳곳에서 '흘러간다'는 말과 겹쳐서 쓰이며 변주되고 있는데 (「걷는 시인 김우식」, 「흘러가다」, 「달을 보다」, 「차오르다」, 「바람이 분다」, 「너에게로 가는 길」, 「마늘 각시」, 「열대야」, 「살구꽃」, 「호치민 이모」) 이것은 걷는 것과 흐르는 것에 중요한 공통점이 있기 때문이다. 흐른다는 것과 걷는다는 것은 시공간적으로 무언가에 '걸쳐 있음'을 뜻한다. 과거와 현재, 현재와 미래, 그리고 "자기와 자기 아님, 이쪽과 저쪽에 걸쳐 있음으로써 이쪽에서 저쪽으로 그리고 동시에 저쪽에서 이쪽으로 흐르는 것이 바로 떨림이다. 떨림은 흐름의 공간적 표현이다.(……) 흐름과 떨림의 결합을 긴장이라고 부른다. 떨리면서 흐르고 흐르면서 떨리는 상태가 바로 긴장이다."(조광제, 『개념어 사전』, 생각정원, 316~7쪽) 이렇듯 걷거나 흘러가는 것은 흔들림과 떨림의 '긴장'을 필연적으로 수반하는 과정이다.

이 시의 백미는 마지막 2행에 있다. "흐르는 것들과 흔들리는 것들이/갑천을 따라 걸어간다."는 표현은 삼라만상이 변화하고 생성하는 '흐름'의 이치와 갑천과 길을 따라 걷는 '시인' 자신의 모습을 절묘하게 하나로 엮어 형상화하고 있다. '걸어간다'의 주어는 표면상 '흐름(흐르는 것들)'과 '떨림(흔들리는 것)'이지만 그것으로 '물화(物化)'된 '시인' 자신을 가리키는 것일 수도 있기에 이중적이다. 주어를 시인 자신으로 하지 않고 비인격체인 "흐르는 것들과 흔들리는 것들이" "걸어간다"고 한 것은 삶이란 이미 그가 살아가며 견뎌내야 할 "모든 고단함과 수고로움"(「다시 동명항에서」)의 시간이 전제된 것이며, 걷는다는 것, 산다는 것은 그냥 흐르는 게 아니라 '흔들리는 것'까지 내포한 것이라고 말하고 싶었던 게 아니었을까.

수많은 삶의 무게를 등에 지고
해 질 녘 갑천을 따라 걷는다
슬픔은 한 번 더 사랑하라 하고
채근대며 흐르는 강물
흠집 나고 빛바랜 긴 시간을 견디며
흘러가는 저 꾸준함
사랑은 늘 상실에 대한
불안을 동반하고
홍수로 물이 넘쳐 쓰러진 갈대와
들풀 사이로 수많은 생명체가 흘러간다

—「흘러가다」 부분

시인은 담담한 어조로 '걷는다'와 '흘러간다'가 왜 한통속이며 한 곳으로 통하는지 왜 우리가 모두 스스로 걷고 흘러가는 '순례자'가 되어야 하는지 말하고 있다. 걷는 것이든 흐르는 것이든 모두 길을 따라 걷고 흐르기 마련이며 일시적으로 길을 벗어날지라도 그것은 결국 새로운 길을 만드는 과정일 뿐이다. 우리는, 아니 모든 존재는 저마다 "삶의 무게를 등에 짊어지고"서라도 하릴없이 걸어야 한다. "사랑은 늘 상실에 대한/불안을 동반하"지만 "슬픔은 한 번 더 사랑하라 하고", "홍수로 물이 넘쳐 쓰러진 갈대와/들풀 사이로 수많은 생명체가 흘러"가고, 아무리 "흠집 나고 빛바랜 긴 시간"일지라도 "견디며" 그렇게 '꾸준히' 걷거나 흘러간다. 그것이 존재하는 모든 것의 숙명이다. 모든 존재는 길 위에서 서로 연관되어 있다. 길 위에서 만나고 섞이고 부딪치며 길을 따라 끊임없이 변화하고 새롭게 생성되며 흘러간다. 하여 시인은 우리에게 "나도 그렇게 흘러갈 터"인데 당신은 어떠냐고 묻는다.

2-2. 길의 철학과 걷기의 존재론 ②

이렇듯 시인이 스스로 '순례자'가 되어 길을 따라 흘러간 곳마다 곡절한 사연이 무궁하게 펼쳐진다. 시인은 갑천 변에서 만난 "무리를 이탈한 원앙새 한 마리/소용돌이 속에서 벗어나지 못"하는 것에 감정이입하다가(「갑천 풍경」), 둔산동 선사 터 생강나무 아래에서 "청동기인의 숨소리"를 듣고(「선사터에서 2」), 유성시장에서 만난 "구부러진 허리"의 할머니를 보며 "성숙은 상처에 익숙해진다는 것"이라는 어린 시절 외할머니의 가르침을 떠올린다(「유성시장에서 1, 2」). 대전 근교의 추동리에서 "노부부의 잔주름 속 수몰의 애수"(「추동리에서」)를 만나고, 멀리 그의 고향인 전북 부안의 고사포항 바닷가를 거닐며 "유년의 기억"(「고사포 항에서」)을 되살리고, "꿈에서 깬 궁항"의 아침 해돋이를 본다(「궁항의 아침」). 함평만 "푸른 회색빛 갯벌"(「함평만에서」)을 거쳐 남녘으로 내려간 그는 강진만에 이르러 "눈 속에 동백새가 보이는/여인을 만나 (······)/붉은 동백의꿀 냄새를 맡고 싶"고 "물에 젖지 않는 동백" 향에 젖고 싶다며 "무진한 풍광에 서렸던/유배의 색채와 흔적을 더듬어/나를 발견하고 싶"은 속내를 털어놓는다.(「강진에 가면 1, 2」)

시인은 물길을 따라 흘러가면서도 "물에 젖지 않는 동백향"(「강진에 가면」)이나 "물에 젖지 않는 달빛"(「갑천 연가」)의 고고함과 초연함을 사랑한다. 하지만 그 자신은 정작 "그 향기에 젖고 싶"고 그 "긴 어둠 속에서성숙한 저 강물을 따라/스미고 번져"가며 "젖어" 갈 수밖에 없다는 것을안다. 희로애락의 자극에 감응하지 않고 젖지 않는 '초월'은 사람의 경지가 아니다. 우리는 다만 꿈꿀 뿐이고 초연한 척할 뿐이다. "가진 것 다내려놓고/쓸쓸한 척, 외로운 척 동정을 자아내던 너"처럼 "깊은 밤 어둠속에 말없이/내년 봄을 준비하는/처절한 흔들림"을 끌어안고 "수도승 같은 정진의 모습"(「한 번쯤 겨울나무가 되고 싶다」)을 추구할 뿐이다. '초월(超越)'이 아니라 '포월(包越)'이다. 그것이 '불완전의 완전성'을 꿈꾸는 사람의 운명이며 '길의 철학'과 '걷기의 존재론'을 이루는 본령에 닿아 있다고 나는 믿는다. 내가 '걷는 시인 김우식'을 참으로 좋아하는 까닭도 거기에 있다. '엄마'를 이제는 떠나보내야 한다는 것을 번연히 알면서도 떠나보내지 못하는 그 마음, 그가 끊임없이 구도의 길을 걷는 '순례자'인 동시에 희로애락의 자극에 왕성하게 감응하는 '시인'으로서 '걷는 시인'이란 것은 얼마나 다행한 일인가.

시인이 걷는 순례의 길은 "모든 고단함과 수고로움을 견뎌낸/시간들"(「다시 동명항에서」)이고, "바다가 햇볕을 사랑하는 고결한 방식"인 '소금꽃'처럼 "태양을 벗 삼은 인내의 시간"(「소금꽃」)이 빚어낸 결정이며, "달팽이 한 마리/어항 벽에 귀처럼 붙어/구피의 소리를 껍질 속에 담고 있는 시간"이 끓여낸 "아름다운 향연"(「라면을 끓이며 2」)이기에 처절하면서도 곡진하다. 현실은 오직 "시간이 돈이 되는 세상"(「둔산동 야상곡 2」)이고 "코로나 19의 비명이 날고 있"(「연날리기」)는 세상이지만 '순례자의 시간'은 얼마든지 우리가 그런 세상의 '익숙한 길'을 벗어나 "직선으로 다가와서/곡선으로 지나"(「풍경 소리」)가는 궤적을 그리며 새로운 '변화와 생성의 길'로 나아갈 수도 있다는 것을 '보여주기' 때문에 감격스럽다. 그런데 어떻게 그 길로 나아갈 수 있단 말인가.

새로운 변화와 생성의 시간에 대한 시인의 갈망은 사무치도록 간절하다. "단단하지 못한 대지 위에 뿌리를 내리고/평생을 건너온 삶/몸부림으로 일어서는 일"(「유성장터에서 2」)조차 버거운 현실이지만 그 속에서 어떻게든 긍정과 희망의 기운을 일궈내고 싶은 시인의 갈망은 어둠과 밝음이 팽팽하게 힘겨루기를 하는 긴장의 순간인 '꼭두새벽의 미명'이거나 붉은 해가 솟아오르는 '아침바다'에서 반복적으로 극대화된다.

　　괜히 울어도 보고

검은 물 밑바닥에 고여 있던 어둠이
몸을 뒤채며 청잣빛 비늘로
깨어나는 순간을 보고 싶다
뱃고동 소리가 채 물러나지 않은
꼭두새벽 미명을 팽팽하게
일으켜 세우고 싶다

—「강진에 가면」 부분

겨우내 검은 물감 같은
몸통으로 둘려있던
어둠이 그 거대한 몸을 뒤채며
흰빛으로 깨어나는 새벽을 보고 싶다
청동기인들의 숨소리가
채 물러나지 않은
선사터에서 꼭두새벽 미명을 팽팽하게
일으켜 세우고 싶다

—「선사터에서 2」 부분

작은 섬마을에 드리워진
안개의 미립자들을 동강 내며
활처럼 몸을 당긴 등 푸른 아침바다가
기지개를 켠다

—「궁항의 아침」 부분

물론 새로운 시간에 대한 갈망이 아무리 절절하다고 해서 문제가 거저
해결되지는 않는다. 세상의 모든 것이 연관되어 있고 그것이 길 위에서

벌어진다는 것을 깨달았다고 우리가 불행이나 어둠이나 가난이나 상실의 고통으로부터 자유로워지는 것은 아니다. 죽음으로 인한 이별이 피할 수 없는 것이란 걸 알았다고 해서 시인에게 "인생의 전부"였던 사람인 어머니가 살아 돌아오지도 않고, "가난은 또 다른 스승"(「도라지꽃이 피었습니다」)이란 것을 알았다고 해서 만년사거리 지하차도 위에서 "찌그러진 자동차 복원 유리 용접"(「차오르다」) 내걸고 공치고 있는 중년 아저씨의 삶이 완전히 복원되거나 저절로 용접되지도 않으며, "붕어빵을 파는 아줌마" 베트남 '호치민 이모'의 "푸른 외로움"(「호치민 이모」)이 공연히 달래지지도 않는다. 그것을 인정하는 것은 고통스럽지만 우리는 거기서부터 다시 시작할 수밖에 없는 일이다.

다만 우리가 사람으로서 할 수 있는 최대치는 모든 변화와 생성 자체를 긍정하고 부정적 결과까지 자연스러운 것으로 받아들임으로써 고통의 크기를 한껏 덜어내는 '대긍정'의 사유에 이르는 길밖에 없다. 그것은 우리가 어떤 불행과 고통이라도 완전히 피하거나 넘어서는 것이 불가능하며, 상처로 인한 고통이 존재의 한 축이라는 것을 긍정함으로써만 오히려 고통을 넘어서는 가능성도 열리는 '역설적 진리'에 도달하는 길이다. 아무것도 하지 않고 무조건 긍정하는 것이 아니라 내가 할 수 있는 최선을 다한 결과라면 그것이 어떤 것이 되더라도 받아들이는 마음의 자세를 말한다. 시인 또한 이러한 발상의 '전환'과 인식의 '전복'이야말로 새로운 길로 나가는 또 다른 문이라는 것을 여실히 깨닫고 있기에 이렇게 독백하고 있는 게 아닌가.

너는 아주 작고 여린 새순
코로나로 잃어버린 짧은 봄 햇살
이렇게 서로 바라볼 수 있어 좋다

충분하다
새들의 노랫소리와
무심하게 지나가는 바람
침묵으로 젖어 드는 봄밤
그걸로 충분하다
차분하게 숨을 고르고 초록 생명을 틔워낸
그대

충분하다

—「충분하다」 부분

"생명을 틔워"내고 살아 있다는 것, "이렇게 서로 바라볼 수 있어 좋다"는 것, 그것으로 "충분하다". 언제나 어둠과 빛은 공존하고 어둠이 있어야 빛의 밝음을 알 수 있는 법이다. 어둠은 결코 사라지지 않는다. "흐리지 않았다면, 탁하지 않았다면 몰랐을/깨끗하고 선명한 지난 시간들"(「6월이 오면」)이다. 어둠이 있기에 밝음이 보이는 법이다. "재채기 한 번을 시원하게 할 수 있는 일/얼마나 큰 축복인가를"(「장교수를 회고하다」) 깨닫는 '대긍정의 사유'다. "지독히도 출렁이는 일상/40년의 해녀 생활"에 "짙푸른 파도 위에서 순응의 한 생을 터득하고/멸치처럼 퍼덕이는 싱싱한 슬픔"을 알아야 닿을 수 있는 깨달음의 경지다. "비양도 멸치잡이 선장 아내의 독백", 이 한마디로 충분하다. "바다를 거스를 생각 없다. 할 수 있는 만큼만 해야지."(「그 여자의 바다」)

그렇기에 그토록 길고 오랜 순례의 길에서 찾은 시인의 소원은 이다지도 단순하고 소박할 수밖에 없다.

화려한 깃발도 소용없어/훌륭한 집도 필요 없어/다만 젊은 나뭇가지

로/내 잠자릴 엮어다오

―「내 단 하나의 소원」 부분

하여, "얼마를 더 걸어야/강물의 가슴 저 밑바닥에 닿을 수 있"(「갑천
연가」)을지 모르지만, "얼마나 더 퍼내야 가슴속 슬픔의 깊이를 알까마
는"(「어라, 오죽이네」), "얼마나 많은 바람을 만나야/가슴속 초록의 상처
가 아물 수 있을"(「바람이 분다」)지 모르지만 시인은 "빈 가슴으로 걷는
다." "서두르지 않고 멈추지 않으며/죽은 듯 살아 있는 저 강물의 강력"
(「갑천 연가」)처럼 흐른다. 서른여섯 살에 청상과부가 되어 '마늘고동'을
뽑아 '코흘리개' 외아들을 시인이자 선생으로 길러낸 어머니, 그에게 '한
여인'이며 '스승'이었고 "생의 전부"였던 너무나 보고 싶은 어머니를 이제
는 정말 떠나보내기 위해, "잊는 것도 사랑"(「그리움이 더」)인 줄 알기에,
잊기 위해, "저 검은 강물 속을 흐"(「달을 보다」)른다. "기억이 망각이 될
때까지/휘파람 불며"(「너에게로 가는 길」) 걷는다.

3. 바람이 우리를 데려다 주리라

How many roads must a man walk down
Before you call him a man
사람은 얼마나 많은 길을 걸어 봐야
진정한 인생을 깨닫게 될까요

How many seas must a white dove sail
Before she sleeps in the sand

흰 비둘기는 얼마나 많은 바다 위를 날아 봐야
백사장에 편안히 잠들 수 있을까요

How many times must the cannonballs fly
Before they're forever banned
전쟁의 포화가 얼마나 많이 휩쓸고 나서야
세상에 영원한 평화가 찾아올까요

The answer, my friend, is blowing in the wind
The answer is blowing in the wind
친구여, 그건 바람만이 알고 있어요
그건 바람만이 대답할 수 있답니다

—Bob Dylan, 「Blowing in the wind」 부분

　밥 딜런의 질문에 답할 수 있는 것이 오직 '바람'뿐이란 것을 진즉에
시인도 알고 있다. 일찍이 압바스 키아로스타미(1940~2016)가 영화에서
말했듯이 오직 "바람이 우리를 데려다 주리라"(1999)는 것을.

　얼마나 많은 바람을 만나야
　가슴속 초록의 상처가 아물 수 있을까?
　만약 물처럼 흘러가고
　그 바람처럼 흩날릴 수 있다면
　살살이꽃 사이를 지나
　상수리나무 숲을 지나
　어느 순간 내게도 닿는다면
　먼지처럼 떠돌다가

마주치기라도 한다면
그건 인연일 거야
그건 필연일 거야
그게 바람일지라도
그게 아픔일지라도

—「바람이 분다」 부분

시인이 다시 묻고 있다. "얼마나 많은 바람을 만나야/가슴속 초록의 상처가 아물 수 있을까?" 알 수 없다. 다만 분명한 것은 우리는 그 대답을 찾기 위해서라도 걷고 또 걸을 수밖에 없다는 것이다.

한자리에 가만히 서 있어보라. 꼼짝하지 않고 누구를 기다리지만 이내 발을 구르고 서성거릴 것이다. 서 있기만 하면 곧 불안정해진 상태에서 균형을 잡기 위해 움직이게 된다. 결국 앞으로 나아가야 하는 것, 이것이 걷기다. 걷는다는 것은 땅의 당기는 힘을 체험하는 것이다. 걷는다는 것은 곧 서서 죽으라는 권유다.

—Frédéric Gros, 『A Philosophy of Walking』(2014, verso)

그로스가 우리에게 "서서 죽으라"고 부추기는 것은 걷는다는 것이 인간의 피할 수 없는 숙명이자 인간을 '인간답게' 하는 일이기 때문이다. 인간의 삶 전체가 그렇다. 항구에 깃들었던 배가 어둠이 걷히면 다시 바다로 나가야 하듯 잠시 머물며 서서 쉬다가도 그렇게 다시 움직일 수밖에 없다. 그리고 싶어도 더 이상 그럴 수 없을 때, 더 이상 걸을 수 없고 흐를 수 없을 때라야 우리는 비로소 죽음의 신이 부르는 초대에 흔쾌히 응할 수 있을 뿐이다.

사실 초대라면 그런 초대보다는 가슴 따뜻한 시인 형님이 다정한 마음으로 부르는 이런 초대가 백번이라도 좋겠다.

>친구야 사는 일이 버겁거든
>변산으로 놀러 오게
>상수리나무 잎맥마다 층층이 고여 있는
>가을이 가기 전에
>햇살과 바람으로 빚은 동동주 한 잔 어떤가?
>저물녘 고요 속 고사포해변에서
>창 넘어 침몰하는 낙조를 보며
>아직 남아있는 꿈들을 얘기하면 어떨까?
>살다 보면 힘든 날이 하루 이틀이겠냐
>고사포 검은 바다 위로 별 무리가 우수수 떨어지고
>솔숲의 바람 소리가 술렁이며
>어둠을 털어 낼 때까지 마시자
>타지에서 떠돌다 고사포에 머무는 바람과
>시린 어둠 속에 빛나는
>계명성이 질 때까지만 마시자
>참
>완도산 말린 전복 있거든
>좀 가져오게

—「친구야 힘드냐?」 전문

연일 폭염이 기승을 부려 정신이 혼미하고, 코로나 팬데믹으로 아무리 거리두기를 외쳐댄다지만 이런 날, 불현듯 '걷는 시인 김우식' 형님과 "남파랑길 사초리 해변에서/개불을 안주로 잎새주 한잔하고 싶"어진다. 나도 "눈 속에 동박새가 보이는/여인을 만나"(「강진에 가면」) "다산 은거의 옛길을 되짚으며 백련사에 올라/촉촉이 비를 머금은 동백꽃 길을 걷고 싶다/듬성듬성 돋은/남도 섬들의 이름을 부르며/동백나무 가슴을 불러/붉은 꽃을 피우고 싶다"(「강진에 가면 2」). 우식이 형에게 소주 한 잔 따르고, "엄마, 이만하면 혼자서도 잘 버틴 거지?"(「마늘 고동」) 눈물 그렁거리는 형의 서러운 물음에 "형, 우시기 없기" 골려대면서 내가 형의 엄마라도 된 양 대답하고 싶어진다.

형, 그럼유. 잘 살고 있는 거쥬.
엄니도 "순간으로 영원을 살다"(「마늘 각시」) 가셨잖아유.

더 크고 높고 알 수 없는 것

2021년 12월 25일 초판 1쇄 펴냄

지은이 _ 김석영
펴낸이 _ 양문규
펴낸곳 _ 詩와에세이

신고번호 _ 제2017-000025호
주   소 _ (30021) 세종특별자치시 조치원읍 충현로 159, 상가동 107-1호
대표전화 _ (044)863-7652, 070-8877-7653
팩시밀리 _ 0505-116-7653
휴대전화 _ 010-5355-7565
전자우편 _ sie2005@naver.com
공 급 처 _ 한국출판협동조합
주문전화 _ (02)716-5616
팩시밀리 _ (031)944-8234~6

ⓒ 김석영, 2021
ISBN 979-11-91914-11-5 (03810)